异人崛起
网络名《圣墟》
10
辰东 著
继《完美世界》后
辰东又一东方幻想之作
后文明时代的全新历程/突破想象力的极限之作
内忧外患 名动星空
激起星际风暴 绘就无敌画卷
世间的枷锁被打开
全新的世界就此揭开神秘一角
异人崛起
10
辰东
圣人铜章激起星际风暴
霸气公主再展无双风采
无上秘法别有重大隐情
画卷初成难掩磅礴之势
内忧外患 / 名动星空 / 风云激荡
继《完美世界》后辰东又一东方幻想之作
定价：32.00元/册
《异人崛起》第1~10册
全国火热销售中
第11册即将上市，敬请密切关注！

完美世界23

PERFECT WORLD

Oriental Fantasy

辰东◇著

山东画报出版社

图书在版编目(CIP)数据

完美世界. 23 / 辰东著. – 济南：山东画报出版社, 2020.6（2022.1重印）
ISBN 978-7-5474-3143-6

Ⅰ. ①完… Ⅱ. ①辰… Ⅲ. ①长篇小说 – 中国 – 当代 Ⅳ. ①I247.5

中国版本图书馆CIP数据核字(2019)第145044号

WANMEI SHIJIE 23

完美世界23

辰东 著

责任编辑 郑丽慧
总 监 制 梁 洁
策划编辑 黄香春
统筹编辑 罗嘉蕾
装帧设计 曹希予
主管单位 山东出版传媒股份有限公司
出版发行 山東畫報出版社
社 址 济南市市中区英雄山路189号B座 邮编 250002
电 话 总编室（0531）82098472
市场部（0531）82098479
网 址 http://www.hbcbs.com.cn
电子信箱 hbcb@sdpress.com.cn
印 刷 湖南天闻新华印务有限公司
规 格 169毫米×233毫米 1/16
20印张 300千字
版 次 2020年6月第1版
印 次 2022年1月第4次印刷
书 号 ISBN 978-7-5474-3143-6
定 价 34.80元

CONTENTS

目录

WANMEI SHIJIE

第1133章 斥天

WANMEI SHIJIE

这一番景象让所有人目瞪口呆，异域的两位古祖是在与天渊对话吗？

地上的那块头骨有三丈高，如墨玉般乌黑，口、鼻、眼等七窍中喷出精气。只见精气瞬间化为神秘火焰，焚烧起金色法旨来。

“等一等，那块头骨怎么会散发出仙道气息？”九天十地这一边，有人看出了一些端倪。

许多人认为那块头骨一定大有来头，因为它散发的气息充满了神秘的力量，七窍喷神火，可怕至极。

众人知道，任何东西一旦被神火焚烧，肯定会立马变成飞灰。

附近的虚空都在燃烧，宇宙的神秘力量也被抽取了，这一切都是黑色的头骨造成的。正是因为如此，头骨喷出的火焰才能焚毁金色法旨。

天渊中，一个又一个金色符号浮现出来，洪大的声音响起，如同三千古佛诵经，又仿佛三千魔尊呼喝，震撼人心。那声音饱含威严，仿佛在斥责天渊，与之论述某种因果。

所有人都震惊了，安澜、俞陀两位古祖何其强大，仅通过一道法旨就能与天渊对话。

此时，异域的众人不由自主地跪了下去，向着天渊的方向叩首，这是他们发自内心的臣服。

九天十地这一边，很多人也双腿发软。这是一种实力的压制，犹如弱小的走兽见到兽王，不得不屈服。

“不！”有人不肯低头，大吼一声。然而，肉身背叛了他们的想法，他们的腿不受控制，渐渐弯曲。

一旦人体的潜力和能量被外界刺激，人就会不由自主地做出某种举动。

很明显，金色法旨上的符文是安澜、俞陀两位古祖所书。他们深刻洞悉人体的奥秘，故此当法旨一出，所有人都被影响了。

“哗！”

伴着一声轻响，十界图随风招展，威势惊人。大长老到了，他手持十界图，横穿虚空，挡住金色法旨的攻击，守护九天十地的众人。

九天十地的众人长舒一口气，一些人擦去了嘴角的血。

与此同时，异域那边的一位老者手持乾坤袋，使之迸发出万道光芒，庇护他们那一方。

一时间，众人屏住呼吸，密切关注祭坛和天渊的情况。

此时，金色法旨全部燃烧完了，只剩下一点灰烬，符文一齐飞向高空，随后进入天渊。

隐约间，众人看到两道金色的身影立在天渊的尽头，洪大的声音好像就是他们发出来的。

“与天渊讲因果！”大长老惊叹道。

九天十地的众人不禁大吃一惊，异域的安澜、俞陀太恐怖了，居然可以做到这一步！

安澜、俞陀两大古祖不属于这一纪元，而是来自上一纪元。在仙古纪元，安澜、俞陀两大古祖与真仙交锋，与九天十地这一边的无敌者对决，最终赢得了胜利。

安澜、俞陀存在的岁月无比久远，没有人能说清他们究竟是什么时候出现的，只知道他们曾与无终仙王、六道轮回仙王对决。两位仙王虽然不见得实力不如人，但不管怎样说，最终还是败了。

笑到最后的是异域的安澜、俞陀！

“轰！”

天渊突然有了反应，而且反应非常强烈，响声惊天动地。随后，白雾从天渊中冲了出来，洗礼天渊，涤荡乾坤。

“哧！”

随着一声轻响，秩序神链出现了。它们如同一柄又一柄仙剑从白雾中冲出，直接刺向那些从法旨中跃出的金色符号。

刹那间，响声震耳欲聋，让人的灵魂都跟着颤抖起来。

金色的符号被毁灭了一大片！

洪大的声音响起，充满了愤怒，安澜、俞陀两位古祖似乎要攻击天渊。然而，法旨终究只是法旨，并非道身，也不是神识，更不是真身，故此无法阻挡天渊的恐怖力量。

秩序神链哗啦啦作响，击穿了一个又一个金色符号。

最后，所有符号在“噗噗”声中被击碎，整道法旨都消失了！

“大长老，刚才那道金色法旨发出的声音是什么？”石昊走到大长老近前，问道。

这时，周围的人也竖起耳朵，很想知道这个问题的答案。

“如你们所料，异域的安澜和俞陀在责问，在斥天，在论述一桩因果。”大长老严肃地说道。

石昊闻言，心中不由得升起一股深深的寒意。

指责天渊，那是何等霸道！

尽管金色法旨被毁灭了，但是安澜、俞陀两大古祖并不惧怕天渊。不过，他们的真身目前还无法跨界，这其中一定有什么不为人知的秘密。

“他们究竟说了什么？”石昊真的很想知道那种大人物到底在法旨中写了什么。

与此同时，异域的一群人也在请教老祖，想弄清楚发生了什么。他们不认识法旨上的符号，只有大人物才看得懂那种特别的古文。

“那些符号很难认，我只猜出了大概的意思。”大长老轻叹道，“大意是必须寻到那件东西。此外，他们要接几位道兄回异域，所以一定要入关。”

这绝对是天大的事件！

在场的人听到这些话后，不由得身体僵硬，脸色发白。这个消息太过恐怖，让他们联想到了太多。

毫无疑问，异域的大军是想跨过天渊，闯入帝关！

“必须寻到那件东西”暴露了一件大事，多半涉及异域大军闯入这一界的原因。

九天十地究竟有什么吸引异域的众人？

此外，安澜、俞陀说要接几位道兄回异域则更令人心惊。别说几位大骑士了，就连大长老都感到头皮一阵发麻。

难道九天十地这一边有异域的人？

按照法旨所言，所谓的道兄肯定是和安澜、俞陀同级别的人物，不然安澜和俞陀怎么会称之为“兄”？光是想一想就让人觉得浑身发冷！

可是，九天十地的众人认真思忖了一番后，又生出了疑惑，若是这一界有安澜、俞陀那个级别的生灵，还需要人接吗？

“接引……”大长老心中满是疑惑，喃喃道。

就在这时，那位手持乾坤袋的异域老者开口了："我劝你趁早交出那件东西！"

石昊等人闻言，心头一震，同时也充满了期待，想从异域的老者嘴里得悉"那件东西"究竟是什么。

第1134章 同代不可敌

WANMEI SHIJIE

“东西是我们的，为何要给你们？”大长老反问异域的老者。其实大长老也不知道“那件东西”指的是什么，只是顺着对方的话接下去罢了。

“那就等着再被灭一次吧，这一次九天十地将会彻底覆灭！”异域的老者厉声道。

仙古一战，这一界大败，如今危机又来临了！

“那是什么东西？”石昊看向大长老，开口询问。

大长老神情凝重，没有回应。

“老东西，你想要什么？”九天十地这一边，一个暴脾气的战将忍不住了。

“放肆！”异域的老者大喝一声，两道银色光芒从其瞳孔中射出，瞬间击中了战将。

至尊！

九天十地的众人顿时觉得一股寒意袭遍全身，两道光芒就除掉了一个实力强大的战将，异域的老者绝对是名副其实的至尊！

“哧！”

伴着一声轻响，帝关的神射手一箭射出，瞬间击中了异域的四个强者。

异域的那位老者看向帝关的神射手，目光冷厉，气势汹汹。大漠中刹那间扬起无数沙尘，放眼望去，灰蒙蒙的一片。

这就是强者的威势，随便一个动作都能产生巨大的影响。

大长老冷哼一声，双目如同太阳般璀璨夺目，释放出一股威势。

“你敢开战？”异域的老者眉头紧皱，扬起乾坤袋。

“我还怕你不成？再去请几个人吧，你一个人不是我的对手。”大长老淡淡地说道。尽管没有开战，但是大长老表现出来的这种自信着实让九天十地这边士气大增。

“还未到时候，他日，你必定逃不出我的手掌心！”异域的老者冷冷地说道。

大长老大笑起来，道：“你是要请不朽者出手吗？也难怪，因为像你这样的人永远没有机会与我对决。看来你根本不知道那件东西是什么，就凭你也配在我面前索要那件东西？”

“你……”异域的老者羞恼交加，一时间不知道该如何反驳。他确实不知道那件东西是什么，只是弄懂了法旨的大概意思，故此才逼问九天十地的人，想借机了解清楚。

“让明白的人跟我谈，你没资格。”大长老沉声道。

异域的老者思索了片刻，冷笑道：“我明白了，你也不知道那件东西是什么。”

随后，异域的老者身子一晃，便消失了。与此同时，大长老也不见了踪影。

“老祖已走，我等再停留一会儿也该回去了。”异域的一个统领说道。他体外环绕着一个金色光团，看起来十分强大，正是他让人寻来武峰的。

“武峰，你上前去对付荒！”异域的这个统领命令道。

武峰英姿勃发，号称异域的十大天王之一，排名第四，法力高深。两界大军因受法旨干扰，已经暂时停战了，此时武峰上前，等于让大战继续。

“你们是想洗刷耻辱吗？我看你们今日恐怕还要遭受更大的败绩！”

“有些家伙坐不住了，寻到这个小子，想扳回一局，我看根本没用！”

九天十地这边，许多人大喊起来。

“除掉他！”

“武天王无敌！”

异域那边，一群人纷纷大吼。

异域的年轻一代对石昊深恶痛绝，只要石昊活着，他们就觉得很憋屈。而且，他们觉得只有由年轻一代的强者除掉石昊，才能洗刷他们大败在石昊手上的耻辱，不然他们将永远背负失败者的名号。

石昊一句话也没有说，径直向前走去。他准备会一会这个所谓的武天王。

“真是让人为难，金驼前辈让我除掉你，子铭兄又说他若是再遇到你，要亲自与你对决。”武峰故意这般说道。他的银色甲胄闪闪发光，如同由日月星辰编织而成，看起来十分神圣。

九天十地这边，许多年轻人火冒三丈，这个武峰太自负了，不就是异域的一个年轻天王吗？真以为自己所向无敌吗？

“你不必感到为难，我今日先除掉你，他日再除掉鹤子铭！”石昊冷冷地说道。

“这样吧，我和你过上几招，若你没有想象中的那么强，我便冒着得罪子铭兄的危险，替他除掉你。”武峰说完，迅速逼向石昊。

“好大的口气！一会儿千万不要逃！”九天十地这边，许多年轻人大喊道，希冀石昊大胜。

石昊面不改色，脚步平缓，不像是要对决的样子。

“看招！”待武峰靠到近前，石昊大喝一声。

“斩！”武峰大吼道。他右手捏天刀印，猛地向石昊劈去，眨眼间便劈出一道数万丈长的雪白刀光。

石昊则捏拳印，直接迎向武峰的刀光。

石昊和武峰一上来就施展强大的秘法，将千百招浓缩为一招，想要立刻击败对方。

“轰！”

伴着一声巨响，石昊一拳打散凌厉的刀气，与武峰的手掌撞在一起，周围的虚空瞬间就崩裂了。

武峰手捏刀印，发出的光芒越发璀璨夺目。他施展了一种可怕的祖术，使刀印的力量增强了不少。

“是不朽天刀诀！”异域的众人顿时变得激动起来。

这种刀诀必须掌握一种神秘的祖术才能施展，刀诀与祖术融合，号称无敌大法，是不朽者传下来的。

武峰施展出来的天刀诀正是不朽者启民亲自传授给他的！

“轰！”

刀光迸射而出，淹没天地，声音响彻天地，像是要将天穹劈碎一样。

面对这一击，石昊依旧是捏拳印，同时暗中施展不灭经功法。

“当！当！当！”

伴着清脆的响声，石昊三拳全部击在天刀上，与武峰捏刀印的手掌产生了剧烈的碰撞。随后，石昊的拳头和武峰的手掌分开了，两人没有继续对决。

石昊从容不迫，没有任何表情；武峰神情凝重，难掩心中的震惊。

此时，只有一些老辈的顶级人物看出了端倪，其他人并不知这一场对决的结果，以为还未分出胜负。

“呜呜——”

远方传来异域的海螺号角声，那是异域撤兵的信号。

今日发生的事很不一般，金色法旨无法震慑天渊，异域日后可能会有大动作。

“撤！”异域的顶级人物命令道。

手持乾坤袋的老者亲自殿后，防止九天十地的众人追击。

“荒，暂且饶你一命。武峰天王下次与你相遇时，一定会除掉你！”异域的年轻人非常不甘地大喊道。

“你们问他，他行吗？”石昊淡淡地说道。

异域的众多年轻人闻言，纷纷朝武峰所在的方向望去。然而，武峰没有回头，跟着大部队撤走了。

直至异域大军走到大漠的地平线尽头，武峰才“哇”的一声吐出一口血。

“怎么回事？”异域的众多年轻人不由得大吃一惊。

“武天王，你怎么了？”一个年轻人关切地问道。

武峰眉头紧皱，道：“我界的年轻一代中没有几人是那小子的对手，非子铭兄出手不可。”

第1135章 只为练兵

WANMEI SHIJIE

"呜呜——"海螺号角吹响，天地震动。

异域大军如同潮水般迅速退走，黑压压的一片渐渐消失在大漠尽头。

九天十地这边并无人追击，异域的那位老者手持乾坤袋在最后方防备，随时准备出手。

这时，吞天兽纷纷向帝关飞去，九天十地的众人也在大骑士的带领下开始撤退。

一场大战就这样结束了。

一路上，各族修士都很沉默，他们虽然这一次没有吃亏，甚至占了上风，但还是心有忧虑。一旦异域的不朽者跨界而来，后果简直不堪设想。

如今九天十地的众人能倚仗的只有天渊，一旦天渊被攻破，帝关肯定拦不住异域的大军，九天十地必将面临一场大战。

异域的安澜、俞陀两位古祖已经有所行动，传下了法旨，日后他们还会有什么动作？

那等盖世强者活过一个又一个纪元，天知道他们会怎么行动。天渊是否还能守住？若是天渊消失了，帝关和帝关的后方会变成什么样子？

"呜呜——"忽然，一阵悲伤的哭泣声从远处传来。

石昊循着声音向后望去，坐骑背上放着一具又一具尸体，修士们抬着一口又一口棺椁。这些都是战死的修士，他们之中既有十分出名的强者，也有默默无闻的小兵。

这样的场面触目惊心，让人忍不住长叹。

此战过后，又有不少妻子失去丈夫，孩子失去父亲，母亲失去儿子。哭泣声越来越大，越来越多，让人听了悲痛欲绝。这还只是损失的一部分人，还有一些人连尸体都没能留下。

"前辈，既然有天渊作为屏障，我们为什么还要出关和异域的人血拼？这么多人战死，太惨了！"一个年轻修士忍不住向统领发问。若是不出关，这些人就不会殒命。

“异域在攻击天渊，我们必须主动出击，破坏他们的行动！”一个中年人朗声道。他不是统领，却向年轻修士解释起来。

这时，骑坐在一只金貔貅身上的大骑士开口了：“一切都是为了练兵，为了磨砺出铁血战士！”

简单的一句话道明了所有。

“天渊有一天也许会消失，到了那个时候，你们想想这一界会发生什么？”一位老者这样说道。

众多年轻人顿时沉默下来，这是他们最不愿意面对，但在将来极有可能发生的事。

现在出兵既是为了磨砺各族修士，也是为了将来的决战做准备，那很有可能是灭世一战！

这一次两界大战的规模并不小，大漠中到处都是生灵，战场上留下了很多尸体。

毫无疑问，这种状况还会持续，各族战士会轮流出击，体验战争的残酷。

从古到今，战场从不缺枯骨，这一纪元肯定会更多。

哭声渐渐消失，整支大军都安静了。

九天十地的众人无声地向帝关所在的方向走去，强大的凶兽不再咆哮，一些巨禽在空中飞翔，投下大片的阴影。

每一次大战后都是这样的景象，众多战士战死沙场，这是一种难以避免的伤痛。

众人走进混沌雾霭之中，来到第一雄关前，静静地等待进城。

“哧！”

伴着一声轻响，一道仙光洒落，笼罩众人。当即就有个别生灵发出惨叫声，直接化成了灰烬。

异域的一些生灵借着这次大战混到九天十地的大军中，想要入城，然而他们跟历次一样，只要被帝关的一面古镜照中，便会现出原形，灰飞烟灭。

这时，石昊等人来到一条奇异的通道前，还没等他们明白过来是怎么回事，就被拉到了通道深处。

石昊觉得血液仿佛在轰鸣，神魂印记在猛烈地颤抖，像是在与帝关共鸣一样。他知道这是探查，任何一个进入帝关的生灵都会被严格地检查，只有不久前从这里出关的人才允许进入帝关。

众人在踏上征程之前，就已经在这里留下了独特的气息。

帝关古老而神秘，它能够屹立万古不倒，自然有其道理。

不久后，石昊跟随大队伍进入帝关，发现到处都是人，各族的人都在盼望族人回归。

撕心裂肺的哭嚎声此起彼伏，不少妇孺在帝关等待亲人回归，结果却迎来了噩耗。

石昊准备离开此地，这里没有人等他，石族的人没有资格来这里。

“嗖！”

随着一声轻响，一道金色的身影冲了出来，落在石昊的肩头。

“一个老头一直跟着我，生怕我跑丢，真是晦气！”小蚂蚁面露无奈之色，愤愤地说道。

石昊知道一定是城中的高手在保护小蚂蚁，怕它还未成年就战死在关外，那样的话，损失就太大了。

若无意外，十凶的后裔必定会成长为无敌者。

异域大军先一步回归。

好战的异域生灵冷血无情，哪怕亲人、朋友战死了，也只是一时悲恸，事后很快就会恢复过来。

异域的领地十分宽广，比九天十地还要大很多倍。各族回归后，都是通过超级传送阵前往领地的，但也有极少的一部分人直接呼朋引伴，组织聚会。

这一次，年轻一代的聚会更是非同小可。

“速速将我辈的最强者都请来！若不能除掉荒，实在是一大耻辱，我界的年轻一代岂能不如他人？”一个年轻人朗声道。

大漠一战，武峰的失败让异域的很多年轻人震惊不已，同时他们很是忧虑，区区一个人族小子居然打败了王族强者！

尤其是武峰的那一句“我界的年轻一代中没有几人是那小子的对手”惊动了很多人，引得众多年轻人纷纷关注起这件事来。

“能不能前往传说中的那几个古地，请帝族的人出世？”一个修为在虚道境的年轻人提议道。

这句话一出，年轻一代的不少人皆瞪大了眼睛，荒有那么可怕吗？居然要惊动帝族的人？

“慎重，帝族已经说好他们不出世了，而且他们一旦走出古地的话，肯定会雄霸世间，再也没有我们的机会了！”

不管怎样说，石昊成了异域的年轻一代眼中的名人，他在大漠一战中击败武峰，成功吸引了异域各族年轻强者的目光。

“师父，你……活着回来了！”

石族部落的村口，阿兽看到一道身影从远处走来，忍不住大喊道。

一群孩子听到这话，全都跑了过来，围在石昊周围。

“大哥哥，你真厉害！听说这次大战很惨烈，你一点伤都没有，好开心！”一个小女孩欢呼道，红扑扑的小脸上露出纯真的笑容。

这时，部落中的人都来了。看到石昊完好无损，他们都很高兴，有人拍了拍石昊的肩头，有人给他送上一大碗烈酒，还有人给他递上毛巾，让他擦去尘沙。

“回来就好，活着就好……”族长石厚德的声音中有着藏不住的激动。他最怕的就是迎接战士回归，因为每次都要听到噩耗，族中的强者几乎没有能活着回来的。

“孩子，快吃点肉脯，恢复下体力吧。”一个中年女子对石昊说道。

石昊谢过他们，心中很是温暖，有一种回到家的感觉。他在这里住了下来，准备将这里当作落脚地。

接下来的半个月，石昊都没有出去。他每日在部落中教孩子们修炼，同时揣摩自己的大道之路。等到再次出关，他的目标就不仅仅是战场了。

又过了数日，有人拜访这个地处山脉间的小部落。

“荒在这里吗？住得真偏僻，居然在这片荒山中。”来人嘀咕道。

“你是什么人？有何事？”阿兽迎了上去，询问来人。

“我为荒送来一封请柬。三日后，帝关有一个聚会，受到邀请的都是年轻一代的绝顶人物。”

“什么聚会？”一道金色的身影如闪电般冲了出来，落在信封上，吓了送信者一跳。

“如今我们都忙着修炼，哪有什么时间聚会？”小蚂蚁撇了撇嘴，道。

“这次的聚会很不一般，参与者都是今世年轻一代中的领军人物，相聚只有好处没有坏处。”送信者说道。按照他的说法，未来将是这批人主掌人世沉浮。

“在九天上又不是没有见过。”小蚂蚁不以为意，这般说道。

“这次可不仅有九天上的修士，还有帝关中各族的最强传人和无敌者的后代。此外，真仙的后裔也会到场，他们从未去过九天。”送信者耐心地解释道。

显而易见，送信者希望石昊参加此次聚会。

第1136章 奇才盛会

WANMEI SHIJIE

“无敌者的后代，那是什么人？”小蚂蚁嘀咕道。它直接忽略了真仙后裔，连问都没问。

送信者提醒小蚂蚁：“还有真仙后裔！”

“真仙后裔很了不起吗？我又不是没有见过，王曦、金展不就是所谓的真仙后裔吗？他们都来自长生世家。”小蚂蚁淡淡地说道。

“那些人你们没有见过，属于帝关的长生世家。”送信者解释道。他还是第一次遇到这么目中无人的蚂蚁，连真仙后裔都不放在眼中。

“又不是真仙的亲子，我连王长生那个真正的仙娃都见过，对真仙后裔并没有什么兴趣。记得之前我们还去王家大战过一场，王长生的确比他的那些子孙可怕！”

送信者听到这些话，心想：我这是遇上了一个什么妖怪？它就这么不待见长生世家吗？居然连带着将王长生也损了一顿，还“仙娃”，谁敢这么称呼一个活了无尽岁月的老怪物？

“小声点，不然你会大祸临头的！”送信者劝道。

“你不认识我？”小蚂蚁面露诧异之色。

不远处的石昊听到送信者和小蚂蚁的对话，觉得送信者拿真仙后裔在小蚂蚁面前显摆简直就是自取其辱，除非是真仙的亲子，不然谁能与小蚂蚁比高低？它可是十凶的亲子！

当年，十凶中的天角蚁虽不是仙王，但实力绝对不弱，近乎达到了仙王的层次。

“你……是谁？”送信者看向立在信封上的小蚂蚁，问道。

送信者有些摸不着头脑，这信封还在他手中呢，结果突然蹦上来一只目中无人的蚂蚁。

小蚂蚁瞥了送信者一眼，道：“你这娃不厚道，是不是故意忽视我，挤对我？”

送信者忍不住笑了，不久前这只蚂蚁还称王长生为“仙娃”呢，现在又摆出一副老气横秋的样子称呼他为“娃”，真是有趣。

“我刚出关，最近几年一直在修炼……”送信者说道。

石昊走向送信者和小蚂蚁，笑道：“这是天角蚁，十凶的亲子。”

“这……我走了！”送信者话没说完，便往回走了。其实他还有点想观察一下传说中的天角蚁，但是想到王长生都被它称呼为“娃”，便不敢和它深谈下去了，生怕它再说出什么惊人的话。

送信者跑到村口又停了下来，将那封请柬交给了部落中的孩子，然后扭头就逃，样子很是狼狈。

“三天后，碧落湖……”石昊看过请柬，随手将它丢在了木桌上。

“我出关了，听闻你去大漠大战了一场，收获颇丰啊！”这时，曹雨生恰巧来到了石昊所在的部落。

曹雨生所在的部落与石昊所在的部落只有一条大河之隔，他也是离石昊最近的一个熟人。

“胖子，你咋呼什么？”石昊瞪了曹雨生一眼。

曹雨生干笑了几声，道：“对了，刚才从这里跑出去的是什么人？他说他是给年轻强者送请柬的。他居然没听过我的名字，还没有给我送请柬，气得我直接揍了他一顿！”

石昊听到这番话，看着眼前这个胖子，一时间不知道说什么好。

“你真不厚道！”小蚂蚁都看不下去了。它好歹没动手，只是跟那个人讲道理而已。

了解清楚情况后，曹雨生更生气了，道：“无视我，有什么了不起的，不去就不去……不行！非去不可，就算不给我请柬，我也要去。”

“我这里有请柬，你拿去就是。”石昊对曹雨生说道。

“这上面写了你的名字！”曹雨生提醒道。

“你还真要去啊？”小蚂蚁看向曹雨生，面露惊讶之色。它没见过脸皮这么厚的人，这胖子居然真的在研究请柬！

“去，一定要去，我跟你们一起去！”曹雨生死死地拽住石昊，大喊道。

“不感兴趣。”石昊淡淡地说道。

“身在帝关，人家如此热情地邀请你，你怎么能不给人家面子？再说，未来肯定是要联手杀敌的，如今正好去认识一下，提前联络感情。”曹雨生对石昊软磨硬泡。

近日，九天十地年轻一代的心情很不平静，尤其是各族的精英和最强传人，他们都在等待一封请柬。可惜，很多人都收不到请柬，无法参加那个传闻中规格极高的奇才盛会。

这一日到处都在传，一场聚会将在帝关的碧落湖举行。这次的聚会属于年轻一代，到时候讲经论道等是必不可少的。

如果有人知道石昊不愿意参加这个年轻一代的聚会，肯定会很疑惑，因为不少人挤破了脑袋都想参加。

“听说这一次聚会有从异域带回来的奇珍展示。”

“这算什么，重头戏还在后面呢。据闻有人得到了长生仙药的消息，古人留下的残图标注着仙药出没的区域，那幅图会在聚会中展示。”

“我听说还会谈及禁区的秘密！”

帝关中，各族的一些年轻修士议论纷纷。他们虽然不能参加聚会，但是对聚会的热情很高，打听了很多消息。

“哪个禁区？”

“自然是九天的禁区！”

“什么？！”

许多人深感意外，九天的禁区不容随意谈论，不然可能会惹出意想不到的大祸来。

“听闻这次聚会的主办方还向某个禁区送了请柬呢，只是不知道禁区中是否会来人。”

这则消息一传出，马上引发了不小的风波。

九天的禁区是什么地方？那是真正的龙潭虎穴！谁若是闯入禁区，便要付出血的代价！

这么久以来，禁区毫无动静，如同寂灭了一般，难道真的会有生灵走出来不成？

“盛会……绝对是盛会！”有人惊叹道。

众人很想知道这是谁出的主意，竟敢如此大胆。要知道，九天的禁区的神秘程度超乎想象，从某种意义上来说，禁区生灵的层次不会低于史上那些早已消逝的盖世强者。禁区的生灵非常低调，漫长岁月以来没有任何动静，若是与他们为敌，那么世间肯定会大乱，九天十地多半就完了！

三天转眼过去了。

这一日，帝关中一处景色优美，常年被灵气笼罩的地方热闹非凡，众多年轻奇才纷纷来此聚会。

碧落湖青碧翠绿，犹若一块晶莹的玉石镶嵌在大地上，常年有仙道气息从湖中冒出。据闻，这片区域在古代的时候有仙居住。

碧落湖周围有多座灵山，有的灵山发光，显得神圣灿烂；有的灵山漆黑如墨，弥漫着黑雾，不过并不恐怖；还有的灵山呈紫金色，如同一柄又一柄剑插在湖岸边。这些灵山有不少都是悬空的，并不全是坐落在地面上。淡淡的雾霭弥漫在灵山周围，让此地看起来如同仙境一般。

石昊架不住曹雨生的软磨硬泡，最终还是离开了石族的居住地，前往聚会的地点。

远远地，石昊、曹雨生以及小蚂蚁就看到了一番非凡的景象，湖水清澈，灵山座座，仙雾弥漫。

“真的有从禁区中走出来的生灵吗？我好想看一看他们到底长什么样子！”小蚂蚁兴奋地说道。

石昊虽然没有说话，但心中也是这样想的，这是他来碧落湖的最大目的。

第1137章 强者云集

WANMEI SHIJIE

"这地方真美！"曹雨生感叹道。

远处，四个少女从一条碧绿的小溪中走来，长裙拖在水面。她们清丽脱俗，宛若从仙道世家走出的女子。

碧落湖美丽迷人，如同绿色的宝石一般，石昊等人虽然离碧落湖很远，但是完全可以感受到那种灵气。

无数冰晶树扎根在湖泊周围的灵山上，发出耀眼的光。冰晶树很特别，是半透明的，树上的纹理清晰可见，树的颜色有很多种，紫色的树如同由紫金铸成的一般，红色的树宛若玛瑙般透亮。

"的确很美！"石昊停下脚步，仔细观察这个地方。

"这个人好胖啊，嘻嘻！"四个少女路过石昊几人身边时，看了曹雨生几眼，皆掩嘴轻笑。

"这是富态懂不懂？"曹雨生当即反驳道。

很快，四个少女越过碧落湖，飞上了前方一座灵山。灵山上坐落着亭台殿阁，白雾弥漫，看起来十分有意境。

"是卫家的四位仙子！"

"是她们，传闻中的卫家四凰！"

离碧落湖不算很远的地方有不少人出没，他们看起来年纪不大，皆在三十岁上下，此时道出了那四个少女的身份。

很多人没有资格参加奇才盛会，但是很想见到那些传说中的人，故此来到碧落湖的外围，关注盛会的进展。

卫家的四位仙子名气很大，当有人道出了她们的身份之后，立马引发了不小的躁动，许多人纷纷议论起来。

卫家的四位仙子不仅美貌惊人，而且天赋过人，不得不让人感到敬畏。

卫家是帝关内的三大长生世家之一，神秘而古老，九天十地的很多人根本不知道它的存在。卫家的年轻一代中有四个绝世的女子，号称"四凰"，传闻四人联手可以打败所有同龄人。

就在这时，一辆银色的战车驶来，隆隆作响，车身发出耀眼的银光，宛如银色的火焰，很是恐怖。

“五灵战车！”有人惊呼出声。

那辆战车通体锃亮，以银白金属铸成，留有昔年大战的痕迹。最为特别的是，拉车的像是五只银鸟，它们银白雪亮，轻灵中隐藏着霸道与凶猛，拉着战车隆隆而过，威势惊人。

据闻，五灵战车征战四方，震慑诸敌，曾伴随着一位无敌者立下赫赫战功。

“这是齐宏，如今五灵战车属于他。他深得无敌者器重，是其传人。”一个年轻奇才解释道。

帝关中的几位无敌者一直在祖坛闭关，道行深不可测，是帝关的最高守护神。

“齐宏果然了不起，深得那等人物器重，连五灵战车都归他所有！”一些人惊叹道。

五只银鸟看起来像燕子，其实是朱雀，也有人视其为真凰，只不过它没有璀璨的翎羽。所有人都知道五灵战车的可怕，它曾在关外闯阵、杀敌，所向披靡，让敌人闻风丧胆。它见证了无敌者的辉煌，是帝关中最重要的宝具之一。

传说，不用主人掌控，五灵战车就会主动发起攻击。它是一件极有用的武器，更是让帝关所有修士都眼红的座驾。

“齐宏是无敌者的继承人，必定会崛起，没有人能阻挡他前行的脚步。”一个年轻奇才肯定地说道。

“曾有传言说，五灵战车不仅仅是凡间兵器那么简单，只是一直没有发挥出真正的威力而已。无敌者将它传给齐宏，这意味着什么？”有人小声议论道。

五灵战车一来，碧落湖便剧烈地晃动起来，刹那间光芒冲霄，引发了惊人的异象。

周围的灵山和碧落湖宝船上的许多人顿时大吃一惊，更有一些人直接前去迎接五灵战车。

“嗖”的一声，银光从五灵战车上迸射而出，形成了一条路。不少人的心中都一阵悸动，仿佛面对的是一位无敌的至尊。

“五灵战车太可怕了！”有人感叹道。

银光大道铺展到地面，两个生灵从五灵战车中走了出来。其中一个生灵被银色的光焰笼罩着，如同天帝一般，格外出众，他的头发是金黄色的，瞳孔如同两轮金色的烈日般璀璨夺目，骇人至极。

此外，这个生灵的肉身很强大，如同不灭金身一般。令人感到惊讶的是，他的金身居然闪烁着银光！相传，只有古代大贤和部分仙道者才拥有如此命相。

众人不禁倒吸了一口凉气，齐宏比传说中的还可怕，如同战仙转世，睥睨天下，俯视群雄。

齐宏旁边还有一个人，那个人被混沌之气包裹着，只露出一双如同天日般明亮的眼睛。

“金展！”一个年轻奇才认出了那个被混沌之气包裹的人。

金展是金太君最看重的后代，主修今世法，号称九天十地的绝代天骄，神勇无敌。

看到金展跟着齐宏从五灵战车上走了下来，众人猜测他们两人的关系肯定不一般。

“请。”齐宏对金展说道。

“齐兄先请。”金展伸手示意齐宏先行。

齐宏和金展刚踏上一座灵山，许多年轻奇才便迎了上去。帝关中几乎没有人不认识齐宏，金展也是一样，他来自九天，传闻走在今世法这条路的最前沿，将来可能会开辟出更为宽阔的修道之路。

“齐宏兄，你来了，看你金身银光，气势惊人，他日定会登上武道绝巅，所向无敌！”一个年轻奇才称赞道。

齐宏闻言，很是从容，并没有面露倨傲之色，而是谦逊地还礼，并向众人介绍身旁的金展。

“一代天骄金展，久闻大名，果真是人中龙凤！”有人恭维道。

齐宏和金展被众人围着，已然成为此地的焦点，很多年轻奇才拥簇着他们俩一同向前走去。

“真是好神气，好威风啊！”曹雨生感叹道。他和石昊还没踏入碧落湖就看到了这等排场，五灵战车载着两大奇才参加盛会，如同真正的至尊出行一般。

小蚂蚁撇了撇嘴，对金展感到很不满，因为金展是王家认定的女婿，定会与石昊作对，为王家出头。

“他不惹我们，我们也不要挑事，相安无事最好。”石昊不愿在这里生出什么风波，对小蚂蚁这般说道。如今，异域大军压境，边荒随时都可能会被攻破，他哪里有什么心思争强好胜？

“王家的那个女子怎么没跟金展走在一起？”曹雨生四处张望，寻找王家的掌上明珠王曦。

“别找了，来了。”石昊悄声道。

不远处，两辆战车横空而来。几只可怕的蛮兽拉着战车，轰然作响，由远及近，响声逐渐变大，到了最后竟如雷霆般。

“拓古家族的闪电战车！”一个惊讶的声音响起。

那是两辆紫金战车，一前一后，车身环绕着一道又一道雷电，亮得刺眼，可怕至极。

“拓古驭龙，拓古家族的真龙。”一个年轻奇才盯着第一辆战车上的男子低语道，似乎有所忌惮。

拓古家族是帝关的三大长生世家之一，族人皆为真仙后裔，体内流淌着仙血，实力不容小觑。

拓古驭龙号称拓古家族的真龙，年纪不大，一身修为无几人能及。他独自站在第一辆闪电战车上，满头紫色长发飘舞，一双眼睛炯炯有神，发出如同雷霆般的紫光。

第二辆闪电战车上站着两个女子，其中一个女子身穿鲜艳的红衣，犹如一朵火红的玫瑰，正是拓古驭龙的妹妹。她名为拓古落雁，人如其名，有着沉鱼落雁之姿。另一个女子是王曦，她一身雪衣猎猎，如同欲乘风而去的仙子。

“难怪王曦没有和金展走在一起，这是两线出击啊！”曹雨生嘀咕道。

金展与齐宏同乘五灵战车，而王曦则与拓古家族的人走在一起，这两人是故意分头行动吗？他们如此拉拢两大传人，是为了将长生世家都拉到同一战线吗？

“这群人想结盟，我们得小心！”小蚂蚁面露警惕之色，对石昊说道。

“没什么用，只要一人成仙，便可以覆灭天地。未来若有大变，个人的力量才是最有价值的，再多的绵羊也抵不上一只狮子。”石昊淡淡地说道。

随后，石昊看到小天王骑着一只古兽进入碧落湖，许多人纷纷出迎。

与此同时，大须陀、戚顾、蓝仙等人也到了。后面又陆陆续续来了不少人，石昊一个也不认识，好像都是帝关的年轻修士。

第1138章 是荒

WANMEI SHIJIE

是时候进去了！

这时，石昊和曹雨生乘在一叶扁舟上，荡起阵阵涟漪，沿着一条溪流进了碧落湖。

碧落湖周围坐落着多座灵山，这些灵山很是雄伟，周围弥漫着白雾，山上生长着芝兰灵草，灵气十足。

聚会正式开始的时间快到了，一些战车、神兽载着年轻奇才先后来到这里，人越来越多。

“禁区的人没准真的会到场，我好像看到有人进入帝关，不知是不是禁区的人。”一个不起眼的年轻奇才说出这一个惊天的消息，顿时引起了众人的热议。

所有人都惊呆了，禁区真的派人来了帝关？这实在是太不可思议了！从古至今都没有几个人见过禁区的生灵，根本不知道他们长什么样子。

一些人得知这个消息后，很是兴奋，若九天上的禁区也派了人来，那可真是前所未有的一次盛会了。

“轰！”

伴着一声巨响，碧落湖中腾起道道光芒，浪涛冲天，一座岛浮出水面，被光芒笼罩着。

碧落湖中的岛居然自行出现了！

对于众人来说，岛悬空或者藏于水下都算不上惊奇的事，不过这座岛有些特别，疑为真仙遗址，曾有真仙在上面居住。哪怕如今在岛上已经寻不到洞府，只有一些瓦砾和葱郁的植物，这座岛还是很吸引人。

传闻，一块凡铁久经真仙把玩，便能化成瑰宝。故此，真仙长期居于一个地方，便会留下仙道气息。此地的仙道气息正是从碧落湖中的岛上散发出来的。

时间到了，奇才盛会开始。

众人纷纷登上碧落湖中的岛，五灵战车格外引人注目，一大群人当即就围了上去。小天王、大须陀、拓古驭龙等人也是焦点，片刻间便被人围得严严实实了。

卫家四凰就更不用说了，美丽的女修士远比男修士更受欢迎，一群青年俊杰紧紧地围在她们身边，聊起天来。

“人真多啊！”小蚂蚁感叹道。

“是你？！”一个年轻人见了小蚂蚁，顿时脸色发白。

正是那个送信的人。他还记得小蚂蚁口气大得吓人，连王长生都被它称为“娃”，要是它在这里和他说出什么过分的话来，那他可就性命难保了。

“你也来了，晦气！”送信的年轻人正准备走开，又遇上了曹雨生。他心中一惊，掉头就跑。

碧落湖的岛上佳木葱茏，神泉汩汩，霞光闪烁，药香扑鼻，让人迷醉不已。

“慌什么，你撞到我了！”一个维持聚会秩序的紫发青年对那个送信的年轻人呵斥道。

“对不住，刚才……”送信的年轻人欲言又止。

“刚才怎么了？”紫发青年问送信的年轻人。

“有人没有得到请柬，也来参加聚会。”送信的年轻人一边说话，一边瞥了曹雨生一眼。

“是什么人？故意来捣乱的吗？！”紫发青年大步走到曹雨生近前，喝道，“你……离开，立刻！”

曹雨生斜视紫发青年一眼，挥了挥手中的请柬，厉声道：“有你这么招待贵客的吗？睁大你的小眼睛看一看，这是什么？！”

紫发青年一时间有些手足无措，不知道该信还是不该信，向送信的年轻人投去疑惑的目光。

“马上给我道歉！即便我没有请柬又如何，你就不能客气点吗？”曹雨生冷冷地说道。

“他真的没有请柬，那是别人的。”送信的年轻人说道。

“你偷了别人的请柬？”维持聚会秩序的紫发青年提高了说话的音量。

这时，周围有不少人开始关注这件事，因为紫发青年和曹雨生太引人注目了。一些人诧异万分，难道还有人敢在这里搅闹不成？

“请柬是我朋友的。”曹雨生解释道。

“不行！即便你朋友没有来，也不能借给你，没有请柬就不能参加聚会。”紫发青年严厉地说道。

“是吗？可我看金展和王曦到了这里后，金家和王家也有其他人来，我不信你们会给一族送上两份请柬。”曹雨生冷笑道。他进来后，对参加聚会的人进行了仔细的观察，金展的小叔金志飞到了，王曦的一位堂兄也来了。

“你……”紫发青年有些恼怒，不知道该如何反驳，因为的确有不少人带着熟人一同赴会。

“对了，那个老头难道也算年轻奇才吗？你不赶走他，反而跑到我这里挑起事端，你是故意为难我吗？！”曹雨生指向不久前与石昊激战，被石昊夺走坐骑的金志飞说道，“不知道我乃今世年轻一代的第二至尊吗？真是无知！”

紫发青年冷笑起来，道：“说再多也没用，你既然没有收到请柬，那就没有资格参加此次聚会！”

“他们为何能参加？”曹雨生指向王家、金家的人，又指向其他一些没有请柬的人。

“你能跟他们比吗？那是长生世家的奇才，带他们来的人足以称尊天下！”紫发青年厉声道。

此时此刻，许多人都将目光投向了曹雨生和紫发青年。

“是……曹胖子！”有人认出了曹雨生。

“需要什么资格？”就在这时，石昊从后方走了出来，询问紫发青年。

一些人当即认出了石昊，比如大须陀、谪仙、守护者的后裔独孤云、戚顾等。

“你是谁？”紫发青年并不回答，反问石昊。

那个送信的年轻人急忙上前，在紫发青年耳边悄声说了几句，紫发青年顿时睁大眼睛，倒吸了一口凉气，眼前这个人竟然是闻名九天十地的荒！

“有些误会，您自然可以带上一两位朋友。”紫发青年立马转变了态度，这样说道。

“到底是什么人？”一些不认识石昊的人很是不满，嘀咕道。

就在此时，五灵战车的主人齐宏走向石昊，隔着很远就对石昊说道：“幸会，幸会！”

不少人大吃一惊，无敌者的传人齐宏竟然亲自迎接这个清秀的年轻人，还表现出这般客气的态度。

“原来是你，我们在路上见过！长相这么清秀，却有如此不凡的战绩，的确让人意想不到。在我的想象中，你应该是三头六臂、豹头环眼才对，哈哈。”卫家四凰走向石昊，其中一个少女笑嘻嘻地说道。

一些不认识石昊的人不由得目瞪口呆，连卫家的四位仙子都主动与这个年轻男子打招呼，似乎还在套交情，他究竟是谁？

“呵呵，荒一战成名，在大赤天边疆连胜异域的十位年轻强者，震惊天下，今日终于见到真人了。”长生世家的拓古驭龙满头紫发披散，威风凛凛，也到了石昊近前。

众人终于知道这个年轻人是谁了，拓古驭龙道出了他的名字——荒！

石昊没有想到这几个人会主动来迎接他。卫家四凰来迎接他也就罢了，她们和他没有什么利害冲突，可五灵战车的主人齐宏分明是与金展一同乘战车而来的，而拓古驭龙的妹妹和王曦走得很近，他们怎么也对他这么客气？

此地瞬间沸腾了。

帝关中的人虽然知道石昊的名号，但是几乎都没有见过他，现在他们终于明白眼前的人是谁了。他们目光炽热，看向石昊，又惊又喜。

“天啊！他就是荒，我跟他一路来的，相距不是很远。”

“荒兄，在下深感佩服！大赤天边疆一战，你为我界争了光，让所有人扬眉吐气。我听闻你的光辉事迹已久，但从未见过你，今日得见真是幸事！”

一堆人围了上来，石昊被堵得严严实实的，更有一些少女向他投去灼灼的目光。

帝关处在这一界的最前沿，时刻面临异域大军的威胁，没有谁比帝关的人更清楚异域的生灵有多么可怕。对帝关的人而言，连胜异域的十位年轻强者简直就是一个神话！

当然，也不是所有人都这么热情，比如金展自始至终都没有动一下，王曦的态度也很冷淡。

第1139章 当诛

WANMEI SHIJIE

石昊的身份被道出后，顿时引起了不小的风波。

成群的年轻人聚集起来，想与石昊进行近距离的接触。很多年轻人都是在帝关长大的，这是第一次见到石昊。

“说来惭愧，我们虽身在帝关，一直在修炼，但至今还没有与异域的有名人物对决。异域生灵的实力不弱，大赤天边疆一战震惊天下，荒兄实在让人佩服！”帝关的一个年轻奇才这般说道。

此时，石昊想移步都难，周围全是人，有男有女，他们有一个共同的特点，那就是洋溢着青春气息，正处于黄金年龄段。有些人想向石昊打听大赤天边疆一战的详情，有些人想与他结交，并故意拉拢他。

一时间，这里一片嘈杂。

“哇，这只小蚂蚁就是传说中的天角蚁吗？通体金黄，眼睛这么大，好可爱啊！”一个小姑娘瞪大双眼，发现了石昊肩头的小蚂蚁。

这番话引起了许多人的注意，他们纷纷将目光集中在了小蚂蚁身上。

“太可爱了，虎头虎脑的，一看就招人喜欢。”小姑娘嚷道。她不过十一二岁，还没有成年，应该是族中的兄长或姐姐带来参加聚会的。

其他人闻言，一时间不知道说什么好。这只小蚂蚁可是十凶的亲子，拥有强大的实力，一旦发狂，同等级的生灵根本不能与之抗衡。

小蚂蚁则有些哭笑不得，它被人称为“可爱”还是头一遭。当听到“虎头虎脑”这一形容词后，它忍不住开口了：“虎是什么？跟本王哪里像了？你要是拿真龙来和我比较，我也认了。”

小姑娘听到小蚂蚁说的话，开心地大笑起来。其他人忌惮小蚂蚁十凶亲子的身份，都不敢笑，心想：这天角蚁还没有成年，一旦成长起来，天知道会有多么可怕。

这时，一个稍微年长的奇才低语道：“听闻仙古一战，有些真仙极力想留下血脉，可是大多都失败了。有个别人留下了血脉，结果也被加害了。”

异域当年为了不留下后患，所过之处，什么都没有剩下，那段岁月真的很黑暗，真仙的子嗣几乎都被灭了，个别留下血脉的也被害得不能正常出世。

据说，后来那些真仙血脉或被混沌之气封印，被送进了天地造化地的祖脉中，可惜还是没能存活。

“天角蚁一族留下的血脉十分健全，毫无问题。”石昊说道。

众人闻言，惊叹不已。

“据说当年天角蚁大人的实力直追仙王，天角蚁大人果然了不得，在那种黑暗岁月都护住了子嗣。”一个年轻奇才面露钦佩之色，感叹道。

事实上，真相远比众人想象的残酷。石昊去过小蚂蚁的出生地，见过天角蚁大人遗留的烙印，天角蚁大人付出了巨大的代价才让小蚂蚁活下来。

石昊身边跟随着一只天角蚁，这让许多人都很羡慕，天角蚁若是成长起来，绝对可以守护一族，使一族昌盛。

当然，前提是异域没有攻破帝关。

“我等的瑞兽、神禽等与荒兄差得太远了。”帝关的一个年轻奇才叹道。

“你什么意思？！”小蚂蚁不爱听这话，它跟荒可不是什么主仆关系。

帝关的这个年轻奇才知道自己说错了话，脸立刻变得刷白，十凶的后裔怎么可能沦为他人的仆从？被别人追随还差不多。

“小蚂蚁与我是兄弟关系。”石昊解释道。

“荒兄、天角蚁贤弟，这边请。”齐宏请石昊和小蚂蚁上座，化解了此时的尴尬气氛。

在这里，座位很有讲究，中央的座位没有几个。石昊直接被请入最中央的座位，坐了下来。

曹雨生也被人安排坐在了这里。刚才很多修士都是冲着石昊去的，曹雨生差点被挤到没影儿了，现在曹雨生的待遇完全不同了，众人回过神来，知晓了他是石昊的兄弟，于是将他奉为上宾。

这时，一声冷哼传来，似乎有人对齐宏等人礼遇石昊的行为表示不满。

曹雨生回头一望，正好看到金志飞冷厉的目光，刚才的声音是他发出的。

“他是谁？”曹雨生故意装作不知道金志飞的身份。

“金展的小叔叔，名为金志飞，是一位天纵人物。”旁人悄声道。

“小辈，打听我的来路，是想挑战我吗？”金志飞轻蔑地扫了曹雨生一眼，随后又盯着石昊看了片刻，眼中流露出浓浓的杀意。他很霸道，明目张胆地针对石昊他们，恨不得逼石昊立刻出手。

“这个老头是谁啊？不是说这是年轻一代的盛会吗？怎么混进来了一个老家伙？实在是不协调！”不得不说，曹雨生的嘴巴很毒，金志飞还不足四十岁呢，虽然确实不算年少，但是绝对谈不上老。

曹雨生张嘴就将金志飞定位为老家伙，这是赤裸裸的嘲讽。

“小辈，你……”金志飞火冒三丈，抬手就要向曹雨生攻去。

众人顿时大惊失色，金志飞是要在这里大打出手吗？这可是奇才盛会，才刚开始居然就要发生大战了！

不远处，金展站起身来，不过他没有干预的意思，只是在关注小叔金志飞，怕发生意外；王曦看向石昊和小蚂蚁，很关注事情的进展；六冠王宁川等人则冷眼旁观，没有什么表示。

“金兄，这样出手不太好吧？”这时，齐宏站了出来。

其他人见到齐宏出面，顿时愣住了。不久前他以五灵战车载着金展一同赴会，不少人都以为他跟金家走得很近，没想到他居然第一个出来反对金志飞。

齐宏正值二十几岁的年纪，而金志飞已经三十几岁了，且是金展的小叔叔，但齐宏只是称金志飞为金兄，显然并不认可他长辈的身份。

“金兄，今日我等聚在一起可不是为了大打出手的。”拓古家族的拓古驭龙也开口了。

众人大为震惊，两大年轻奇才这样表态，明显是维护荒他们。

“你居然当着我的面针对我的朋友？！”石昊向着金志飞走去，眼中射出如同闪电般的光芒。

旁观的人吓了一跳，荒都站出来了，这是要在此对决吗？

曹雨生与金志飞作对，也算是替石昊鸣不平，石昊自然不会任人威胁曹雨生。

“你算什么？居然在我面前摆出这副姿态！”金志飞厉声道。他原本没打算来参加奇才盛会，后来听闻荒会出现，才赶了过来。

上次元神大战意外落败，金志飞心有不甘，很想再战一场，彻底击败石昊。因此即便没有什么事，金志飞也要找出事来。

“手下败将也敢嚣张。”石昊淡淡地说道。

“你可敢与我对决？”金志飞挑明了来意。

这时，金展向金志飞走去，站在了金志飞的后面。虽然金展没有说什么，但是这种举动也是一种表态。

王曦一言不发，站在金展和金志飞的身边。

众人看到这样的场面，震惊不已，难以平静。

“你已经败了。”石昊面不改色。

“我一只手就可以打败你！”金志飞冷冷地说道。

“这娃没救了，就会吹牛，之前吃了败仗，现在大概是疯了。”小蚂蚁摇头晃脑，这般说道。

众人不禁觉得有些可笑，豆丁大的蚂蚁也好意思称人家为“娃”。

“老头，你有没有羞耻心啊？这么大把年纪了，还和年轻人争强斗狠，我看你还是回家养老吧！”曹雨生故意嘲笑金志飞。

众人觉得金志飞遇上小蚂蚁和曹雨生简直是倒霉透顶，一会儿被叫作“娃”，一会儿又被称为“老头”。

“金前辈，我们来此聚会不是为了解决个人恩怨的。您如果对荒兄不满，可以他日约战，何必今日动刀兵？”卫家四凰中的一个少女开口了。

随后，帝关中有影响力的年轻人先后表态，皆偏向于石昊。一时间，气氛有些微妙。

金志飞对齐宏、拓古驭龙以及卫家四凰等人点了点头，道：“这次聚会可以论道，我想与荒论一场。不过，我也知道几位有些为难，那就改日吧。”

说完，金志飞准备转身就走。

这时，远处传来一阵兽吼声。四只金色的神兽拉着一辆战车，进入碧落湖的岛，来到了金志飞的近前。

“八叔就这么走了？”一个年轻人从战车上跳了下来，唇红齿白，长得很俊俏。

“主人，我们就这么离去吗？不是要收拾那个小子吗？”一个战仆问金志飞。

“他不应战。”金志飞应道。

“荒，你是怕我八叔吗？有种就对决一场，否则就滚出帝关！”那个容貌俊美的年轻人叫嚷道。

众人听到这番话后，脸色顿时就变了。金家的这个子弟说话太过分了，一看就是被宠坏的，仰仗着家族的威势，飞扬跋扈、无法无天，连荒都敢呵斥。

“走吧！”金志飞虽然觉得自家子弟有些放肆，但是没有教训他。

“荒，你真是懦弱，居然连对决都不敢，还是趁早滚出帝关吧！”金家的那个年轻人在离开之前，还不忘奚落石昊一番。

“胆小鬼，连对决的勇气都没有。”那个战仆附和道。

金志飞则没有任何表示，默默地上了战车。

“哈哈——”金家的那个年轻人大笑起来。

“轰！”一声巨响传来。

刹那间，地动山摇，飞沙走石。不少人觉得仿佛要窒息了，连神魂都一阵悸动。

“住手！”一直没有开口的金展大喝一声，想要阻止什么。

只见石昊抬手便向金家的那个年轻人拍去，金色的大手如同房屋般压塌了虚空，隆隆作响。

“啊——”那个容貌俊美的年轻人发出惨叫声，脸上满是惊恐。

“噗！”

同一时间，那个战仆也被金色的大手击中，瞬间没了生气。

“我不会接受无聊的挑战。”石昊冷冷地说道。

众人看到眼前这一幕，不由得倒吸了一口凉气，荒果然霸气十足，居然当着金展和金志飞的面除掉了金家的直系子弟！

“你好大的胆子！”金志飞大怒，跃下了战车。

“有何不敢？这是年轻奇才的盛会，随便一只阿猫阿狗都敢在此叫嚣，成何体统，当诛！”石昊喝道。

第1140章 挑战

WANMEI SHIJIE

“你居然敢动我的人！”金志飞满头长发飘舞，气势汹汹，厉声道。

“呼”的一声，狂风大作，坚硬的地面被金志飞的拳头砸得粉碎，景象骇人至极。

石昊面不改色，道：“那又怎样？”

“今日我要除掉你！”金志飞全身瞬间发出成千上万道光芒，璀璨夺目。

“你不是一直想跟我对决吗？找了那么多借口，现在我给你机会！”石昊冷冷地说道。

“慢！”齐宏上前，挡在金志飞和石昊之间。

“齐家小兄弟，你走开，不要护着他，今日我要与他做个了断！”金志飞目光冷厉，迈步向前。

“说得好像你很厉害一样，上一次还不是被打得口吐鲜血，乖乖献上了坐骑！”曹雨生在一旁奚落道。

“别太猖狂了，小心等下哭鼻子！”小蚂蚁也开口了。

小蚂蚁很是疑惑，今日怎么都欺负到荒的头上来了？他不仅被金家的一个后生挑衅，还被一个仆从呵斥，实在是太憋屈了！

金志飞与石昊结怨后，从奇才盛会一开始就不断寻衅，明显是想除掉石昊。故此，当被金家的一个小辈和一个仆从欺负到头上的时候，石昊丝毫没有手下留情。

“既然你们都这样说了，如果不出手将你们打败，实在是对不起你们！”金志飞怒气冲天，喝道。

与此同时，金展也出面了。他目光冷峻，盯着石昊，显然是与金志飞站在同一战线。

“荒，你太嚣张了，是觉得我金家好欺负吗？灭我族弟这笔债，你必须得还，你是想主动请罪，还是等我们出手？”金展气势汹汹，一开口就满是火药味。

现场的气氛一下子变得紧张起来，所有人的心都绷得紧紧的，没有想到事情会发展成这样。

“你们金家人太虚伪了！别藏着掖着，在场的人谁不知道你们的那点心思，现在说得这么冠冕堂皇，可耻！”曹雨生面露厌恶之色，大吼道。

“早就是仇敌了，还摆出一副好人的样子干什么？不服就放马过来！”小蚂蚁说话更直接。

“我就站在这里，想对决过来便是。”石昊面无惧色，目光如同闪电般刺眼。

众人心头一震，聚会才刚开始，火药味就这么浓，一场绝世大战很快就要上演了。

然而，一些人并不愿意此地发生纷争。五灵战车的主人齐宏，拓古家族的拓古驭龙以及卫家四凰等人一起向前走去，挡在了石昊和金志飞中间，将两人分隔开来。

“如此盛会若是因为纷争被搅乱，实在有些可惜。我觉得你们可以各退一步，今日还是莫动干戈为好。”拓古驭龙劝道。

“驭龙兄，你这就不对了，偏袒得太明显。”这时，王曦的声音响起了。她袅袅婷婷，一身雪白的衣裙不染一丝红尘气息，整个人显得清丽脱俗。

她乘坐拓古家族的闪电战车而来，显然与拓古驭龙有交情，但现在双方的立场相悖。

“我说的是实情，今日各位同道难得聚在一起，理应尽兴论道，岂能彼此争斗，互相仇视？”拓古驭龙反驳道。

王曦的脸色变得严肃起来，她继续说道：“不管怎样说，这个人除掉了金家一个重要的弟子和一个仆从，这是事实。帝关中有规矩，不能随意行凶，违反规定者应当以命偿命，情节严重的话，应当诛灭一族。”

众人闻言，皆倒吸了一口凉气，这个女子看起来美丽可人，却如此冷酷无情。这是要将荒置于死地，甚至连石族都不放过啊！

起初，谁都没有意识到事情的严重性，因为金家子弟和仆从做得太过分，他们被除掉后，许多人还在暗中拍手称快呢。现在一想，果真是有些麻烦，王曦直接言明帝关的规定，让荒陷入了危难之中。

“我记得若是故意挑衅，从而被诛的，这种情况不在违反规定之列，无罪可言。”石昊平静地说道。

“不错，是有这个说法。”卫家四凰中的一个少女点头道。

“既然你们主动挑衅，不断以言语激怒石昊，想让他出手，那么他便成全你们！”曹雨生不客气地说道。

“所有人都可以作证，刚才是那个老娃主动要求与荒对决的！”小蚂蚁指向金志飞，朗声道。

金志飞的脸色顿时变得极其难看，从“老头子”到“娃”，最后又成了“老娃”，他这一天的称谓可真是多变。

王曦听到这些话后，咄咄逼人的气势顿时变弱了几分。

金展眉头紧皱，目光冷厉，盯着石昊。

“那就按规矩来，荒除掉了金家的重要子弟，算是挑衅，也可以说是同意与金家人交手，双方要对决一场！”王曦提出了这样的建议。

“不错，对决是在所难免的，那就继续吧！”金志飞冷冷地说道。

拓古驭龙、齐宏以及卫家四凰等人正准备劝阻，结果石昊已经上前表示接受挑战了。

“我陪你们对决，放马过来！”石昊朗声道。

一时间，议论声如潮水般将此地淹没，众人将目光投向了石昊和金志飞。

即将展开对决的这两人都很不一般，石昊就不必说了，如今几乎没有人不知道他。

很多人都很想看一看石昊究竟有多厉害，特别是帝关中的奇才，无不想见识一下他连胜异域十位年轻强者的实力。金志飞是金家近代以来赫赫有名的奇才，才三十几岁就已经达到了斩我境，被公认为有天纵之资。

“好，我就等着你这句话呢。终于可以出手了，今日定让你输得心服口服！”金志飞神采飞扬，大笑道。

“老家伙，你忘了你不久前才大败吗？”

“你这娃，好了伤疤忘了痛！”

曹雨生和小蚂蚁先后开口。

金志飞本来兴致勃勃，结果瞬间被这两句话破坏了好心情。

“别急，一个一个来。等我除掉荒，再跟你们算账！”金志飞面露凶戾之色，喝道。

大战一触即发，事已至此，拓古驭龙、齐宏等人也不再阻止了。

“碧落岛曾有真仙居住，你们可以去碧落岛的道台上对决。这样一来，此地便不会遭到破坏。”卫家四凰中的一个少女提议道。

众人隔得很远都能看到碧落道台，它在一座断山上，断面平整，非常光滑。相传，那本是一座通天之山，后来被人破坏，留下了如同树桩般的一截。

真仙曾常年盘坐在碧落道台上闭关，故此随着岁月的流逝，碧落道台渐渐变得神圣起来。

“你一个人可以吗？要不要我替你找帮手？”来到碧落道台后，石昊看向金志飞，问道。

“既然你金家和王家站在同一边，不如你们两家联手，三个人一起上吧！”石昊用目光扫过金志飞、金展，又看向王曦，要同时与他们三人对决。

金展的脸色顿时沉了下来，他被誉为一代天骄，在今世法这条路上走到了尽头之后，又开辟出了新的修炼路途，谁敢小觑？现在荒却提议让他和别人联手，这是摆明了看不上他的实力，这个荒简直太狂妄了！

王曦紧闭红唇，一句话也没有说。

“小辈，纳命来！”金志飞厉声道。

“送你上路！”石昊说完，便迎了上去。

第1141章 天劫主宰

WANMEI SHIJIE

金志飞张口吐出一道雷电，那道雷电瞬间化为一只张开血盆大口的睚眦，猛地冲向石昊。

随后，金志飞眉心发光，露出一道剑形印记，印记刹那间化为一柄剑，狠狠地刺向石昊。

这才一开始，金志飞就动用了两种宝术攻击石昊。

众人不断往后倒退，避免被误伤。

“请上道台，不得在下方激战！”拓古驭龙大喊道。

帝关的众人对碧落岛有着深厚的感情，碧落岛是少有的真仙遗址，疑似与他们的先祖有着密不可分的关系。

“轰隆！”

石昊双手结法印，施展雷帝宝术。一时间，雷声阵阵，震耳欲聋，乌云密布，雾气弥漫。

石昊腾空而起，不断结印，全力施展雷帝宝术。

雷帝宝术本就强大得不可思议，当它与大自然的威力结合在一起的时候，则更加恐怖，甚至能引发天劫。

“轰隆！”

伴着一声巨响，雷霆之威爆发出来，猛然向金志飞攻去。虽然石昊和金志飞施展的宝术都有雷电，但是威力大不一样。

“轰！”

雷电交击，响声震天，光芒刺目，雷电不断出现，而后又快速消失。

“小辈，就这么一点手段吗？我送你往生！”金志飞冷笑道，实力似乎比刚才强了一大截。他口中喷出的雷电更耀眼了，那只睚眦变得如同山岳般巨大，同时他眉心的赤色剑形印记越发明显，散发出恐怖的气息。

“咻！”

一击过后，石昊腾空而上，落在宽广的道台上，双手依旧在不断结印。他继续施展雷帝宝术，聚集雷电，在天空中形成了一幅风暴图。

众人不由得目瞪口呆，这种手段实在太可怕了！

刹那间，狂风大作，飞沙走石，天地间的雷电元素都被聚集在一起，震耳欲聋的声音接连不断地响起。

当年，石昊在三千道州与天人族的真神激战，以低境界的实力施展出雷帝宝术的一个特别的招式，沟通天地之力，释放出拥有天劫般威力的雷霆，取得了跨境界的大胜利。现在他动用的就是这种特别的招式！

“轰！”

随着一声惊天动地的巨响，雷电瞬间就劈了下来，与金志飞的宝术产生了剧烈的碰撞。

云层厚重，降下的雨点化成了闪电飞刀。一时间，这片天地像是被石昊控制了一样，红色的旋风在此地肆虐。

金志飞脸色大变，他原本想以斩我境的修为直接击败荒，没有想到荒竟施展出这等秘术。这可不仅是一个人的力量，还有大自然的伟力。

这个时候，雷霆已经有些天劫的轮廓了。金志飞怀疑到了最后可能真的会降下天劫，那样的话，他就在劫难逃了。

“厉害啊！将雷帝宝术修炼得如此出神入化。若是有朝一日，荒可随意召唤天劫，那岂不是相当于乾坤的主宰了？”

“相传，雷帝当年就可以掌控世间诸多生灵的生死，但即便这样，他最后还是战死了。”

观战的众人纷纷议论起来。

“轰！”

伴着一声巨响，从金志飞口中喷出的雷电全部融入石昊的雷海之中，成为雷海的一部分。那只睚眦则被雨点化成的闪电飞刀击中，浑身变得焦黑，逐渐没入雷海中。

“砰！”

一个巨大的声音响起，那只睚眦化成了骨文，瞬间殒身。

“铮铮！”

剑鸣声此起彼伏，金志飞的眉心赤红如血，一柄剑在其眉心周围迸发出万道光芒。然而，那柄剑的光芒遇到石昊的雷霆后，却被挡住了，无法前行。

观战的众人不禁倒吸了一口凉气，荒的实力何其可怕！要知道，他可是比金志飞低了一个境界，却能够这样压制金志飞。

“雷帝宝术！”远处，有人惊呼出声。

“看招！”金志飞大喝一声。

一柄赤血剑快速从金志飞的眉心飞出，刹那间便没入雷海，如同闪电般向石昊刺去。

这是一件凶器，而且绝对不止斩我境的兵器那么简单！

“轰！”

伴着一声巨响，虚空被一剑劈成了两半，雷霆也是如此，一条空间通道被开辟了出来。

“哧！”

赤血剑发出如同仙光般万世不灭的光芒，眨眼间便到了石昊近前。

“雷帝宝术又如何？你道行不足，能把我怎么样？！”金志飞一边大喝，一边向石昊冲了过去。

此时，那柄赤血剑更加璀璨夺目了，眼看石昊即将被刺中。

“锵！”

随着一声轻响，石昊拔出大罗剑胎，迎向赤血剑。观战的众人只看到雪亮的光芒一闪，仿佛有人举霞飞升一般，而后就变得暗淡了。那是大罗剑胎上特别的印记，一个人形生灵周围光雨点点，雾气迷蒙。

由于大罗剑胎发威，这道印记浮现了出来，随之迸发的光芒刺痛了所有人的眼睛，再加上雷霆一直闪烁，因此许多人都没有看清两柄剑对决的过程。

“咔嚓！”

清脆的响声过后，赤血剑断为两截，掉在了地上。大罗剑胎一般不会主动发起攻击，但是如果被强大的兵器攻击的话，就会还击。

“你……”金志飞大吃一惊，一件如此珍贵的武器居然就这么没了。

石昊收起大罗剑胎，徒手与金志飞激战，继续施展雷帝宝术。

“雷霆对我无效！”金志飞穿过雷霆，向石昊扑去。

同一时间，金志飞施展出一种特别的古法，让体外多了一层金光。他神色严肃，双手合在一起，向前劈去。

“这是金家的绝学，属于仙道法印！”观战的一个年轻奇才惊叹道。

据闻，金家的一位真仙留下了许多无敌的神通，现在金志飞准备利用真仙神通对付石昊。

金志飞的肉身坚硬无比，如同穿了甲胄一般，他双手合十，耀眼的光芒瞬间迸发出来。

随着金志飞一步一步向前推进，雷霆逐渐被震散，最后消失不见。

“轰！”

仙道法印太霸道了，直接让长空发出震耳欲聋的响声，将石昊笼罩在下方。

“你我相差一个境界，你的道行远不如我，怎么可能赢得了我？！”金志飞厉声道。

“六道轮回！”石昊大喝一声，施展六道轮回古天功。

“至尊殿堂的绝学！”观战的人惊呼出声。

“轰！”

伴着一声惊天动地的巨响，石昊施展出六道轮回古天功。天穹当即被撕裂，时光碎片四处飞舞，六扇门也打开了，欲将金志飞拉进去。

“给我破！”金志飞吼道。

金志飞将双手合在一起，仙道气息瞬间弥散开来，一道巨大的身影出现在他身后，欲跟着他一起对付石昊。随后，他不断变换手势，用法印击破了苍宇，还将仙道法印化为了一种古天功。

“金家的古天功，金刚仙天功！”拓古驭龙面露惊诧之色，道。

此时的金志飞如同一位真仙般顶天立地，肌体发光，他身后的影子更加庞大了。

两种古天功撞在一起，刹那间释放出惊天的能量。

金志飞身后的金刚仙迈步而出，欲撕碎六扇轮回门，不惧时光碎片的攻击，顽强抵抗。

许多人吓得直冒冷汗，这就是真仙留下的神通吗？太不可思议了！

“轰！”

伴着一声巨响，六扇轮回门倒塌了，同一时间，金刚仙化成一股洪流，就此消失了。石昊被一股强大的力量震得横飞了出去，大口吐血。

不过，没有一个人觉得石昊弱，反而很震惊，他以低一个境界的实力与修为在斩我境的奇才对抗，居然没有殒命。

另一边，金志飞神色复杂，嘴角溢血，踉跄着倒退了好几步。他深知相差一个境界，彼此的实力差距会有多大，可是现在这个对手挨了一击之后居然还活得好好的！

尤其令金志飞感到不可思议的是，他动用了族中的绝学金刚仙天功都没有除掉对手。

“至尊殿堂果然恐怖至极，这一脉的天功比金刚仙天功还要强，不然荒何以能以弱击强？”一个年轻奇才说道。

“你说错了，这是因为荒足够强大。无敌的不是法，而是人！”另一个年轻奇才反驳道。

“下次不会有意外了，这场对决该结束了！”金志飞喝道，再次动用家族的至高绝学——金刚仙天功。

“你说对了，下一次不会有意外了，该结束了！”石昊冷冷地说道。

金志飞依旧很自信，厉声道：“斩我境，连真我都可斩开，更不要说外敌外物了。万法万灵皆灭，夙敌今世敌通通消失！”

金志飞大吼一声，金色的光芒瞬间迸发出来，让他看起来如同一位神圣的真仙。

“轰！”

伴着一声惊天动地的巨响，无论是地面还是空中，都布满了雷电。

石昊处在雷电的中央，浑身闪烁着恐怖的雷光，如同一位真仙般超凡脱俗，飘渺灵动。

“小叔，不好！他参悟了雷帝的最高奥义，演化出了天劫。那天劫是按照你的法体施展出来的，快退后！”金展冲着金志飞大喊道。

观战的众人听到这番话，皆目瞪口呆，天劫真的能人为演化？这……太恐怖了，若是掌握了此种宝术，岂不是所向无敌？

第1142章 驭天

WANMEI SHIJIE

掌控天劫，这是何其不可思议的事！

天劫是自然之威，上苍之力。它如同死亡之剑高高悬在修士的头顶，一旦坠落，修士多半就会殒命。

这绝对是令人毛骨悚然的大事件，掌控天罚，统御世间生灵。

“不可能，我不信！”金志飞怒吼起来。紧接着，他双手结印，浑身发光，将状态调整到了巅峰。

“咔嚓！”

伴着一个清脆的响声，闪电如同瀑布般垂落，混沌雾弥散开来，气氛显得格外恐怖。随后，雷霆如同汹涌的浪涛般冲破了混沌雾，天宇瞬间变得璀璨夺目。

石昊立在闪电海中，身体四周环绕着刺目的闪电，一头浓密的黑色长发变成了淡金色的，整个人如同远古巨人一般。

“装神弄鬼！就凭你也想掌控天劫，成为乾坤的主宰？做梦！”金志飞大吼道。

这时，金志飞体表的金光更加耀眼了，仙道气息弥散开来，宛若昔日的金刚仙再现人间。

“复苏吧，先祖遗留在我体内的仙血和仙道法印，你们永生在我的血液之中！”金志飞的声音如同来自地狱般，十分诡异。他好像在吟诵一段古老的咒语，召唤一个生灵归来。虽然他口中说不相信石昊能够掌控天劫，但心中还是很重视这件事，连家族的禁忌力量都动用了。

金志飞的体内亮起很多光点，无数光点聚集在一起，让他看起来如同一位古仙。

“纳命来！”金志飞大喝一声，用可怕的法印向着石昊拍去。

观战的众人不由自主地屏住呼吸，这一战到了最关键的时刻！

“去！”

石昊断喝一声，一指向前点去，与此同时，霸道的气势散发出来。紧接着，在他身后徘徊的雷霆浪涛好像山洪暴发一样，向前呼啸而去。

“轰隆！”

这种雷声太可怕了，如同地狱崩裂的声音，让人的灵魂都忍不住跟着颤抖，几种不同颜色的闪电一同冲向了金志飞。

金色的闪电圣洁，黑色的闪电阴冷，紫色的闪电高贵，银色的闪电冷冽……它们相互交织，构成了一幅令人难以置信的画面。

“轰！”

伴着一声惊天动地的巨响，金志飞施展出一个法印，同时他体内的仙光化成了一个模糊的神胎，眼看神胎就要挣脱而出。

这一击居然直接让天穹崩裂了！

金志飞施展出的法印不断放大，向石昊压去。各种颜色的闪电与金志飞的法印发生了剧烈的撞击，乾坤仿佛都要毁灭了。

“啊——”许多人惨叫起来。不少人感到双目一阵刺痛，不得不闭上了眼睛。因为石昊和金志飞打斗而产生的光芒太刺眼了，一些人甚至被电光和法印之光灼伤了双目。

“不可能！”金志飞低吼道。他被电光灼伤了躯体，全身剧痛，当即忍不住闷哼起来。

因为这是天劫，是石昊针对金志飞的法体施展出来的。

很多修士都能施展具有一般威力的雷电，太古狻猊、雷鸾等生灵精通雷道大法，更是能释放出境界更加高深的雷电。但是，那些雷电跟天劫完全不同。

“啊——”金志飞忍不住大吼了一声。他承受了太多痛苦，天劫是躲避不了的，无论怎么逃，那些雷电都会找上门来。这也是天劫与其他雷道大法的区别之一。

此时，无数闪电聚集在一起，形成了浪涛，狠狠地向金志飞拍击而去。金志飞不断地挣扎着，连面孔都变得扭曲了，浑身焦黑，如同一根烧焦的木桩。

看到这一幕的人无不胆寒，这真的是天劫，荒居然将天劫施展出来了，实在是不可思议！

众人终于明白荒有多么不凡了，他连天劫都可以掌控，不愧为连胜异域的十位年轻强者的高手！

在今世，一般人根本不可能渡劫，不是他们不够强大，而是引不来天劫。因为自仙古纪元一战后，这一界便分成了九天和十地，大环境受到了影响，天劫很难再出现了。

这看似对修士有利，保护了他们，其实是一种天地环境变差的征兆。没有天劫，这一界生灵的修炼速度也会变慢。缺少雷霆的洗礼，没有天劫的考验，只会让一代又一代生灵止步不前。

不过，如果修士找到正确的引劫方法，天劫也会出现。当然，这要求修士自身足够强大，不然下场会很惨。

因为主动引出天劫会触怒天地，天地可能会释放出修士难以承受的雷霆之力，没有几个人可以渡过那样的天劫。

金志飞渡天劫时被劈得浑身焦黑，侥幸活了下来，深知天劫有多么可怕。而且，随着实力的增强，修士面对的天劫会更恐怖，越到后面越难平安渡过天劫。

金志飞觉得到了斩我境后，他肯定无法成功渡过天劫，强行渡劫的话，说不定会殒身。天地环境的大变导致天劫中的雷电比一般的雷电威力大，整个九天十地中也寻不到几个能在斩我境渡过天劫的生灵。

故此，金志飞第一次有了害怕的感觉。

“小叔，唤醒仙血，不要犹豫！”金展担心金志飞殒命在此地，在后方大喊道。

不过，唤醒仙血要付出惨重的代价，因为唤醒的是体内血液的精华，那是仙道先祖传承下来的。

对于金志飞这种天纵人物来说，这点仙血比命还重要，一旦唤醒体内的仙血，金志飞就会大病一场。

修士和凡人不一样，一般是不会生病的，如果身体出了问题，神性力量就会锐减，而且根骨等可能会受损，自身资质也会被影响。金志飞体内的仙血是其天赋过人的因由之一，一旦失去，后果不堪设想。

“你惹怒我了！”金志飞如同一只受伤的野兽在咆哮。

金志飞在电光中扬起头颅，双手捶打着胸膛，浑身闪烁着神秘的光点，色彩斑斓，那是仙血在流动，在复苏。

“嗖！”

伴着一声轻响，数百个光点冲出了金志飞的肉身，在其体外聚集起来，化成一件神秘的衣物，披在了他的身上。

观战的众人不由得目瞪口呆，没想到金刚仙还有这种诡异之法，召唤仙血复苏之后，居然能形成这种防护。

“轰！”

雷霆落下，响声震耳欲聋，却被那件神秘衣物挡住了，金志飞暂时保住了肉身。

“我看你还拿什么跟我争？！”金志飞长发飞扬，大喝道。他仍感到浑身灼痛，那些雷电如同仙火一般，险些将他烤焦。

众人惊诧万分，金志飞的那件神秘衣物太诡异了，居然能让雷霆避退，天劫变弱，以至于雷霆即便击中他，攻击力也会被分散。

“我来斩你！”金志飞一跃而起，向着石昊扑去。

“小心啊！”曹雨生大喊道。

“修为在斩我境的老头子欺负年轻人，石昊，快躲开！”太阴玉兔正好看到这一幕，大叫起来。

不少与石昊有交情的人都焦急不已，替他感到担忧。

金志飞付出唤醒仙血的代价，从而拥有了不可思议的力量。很明显，现在的局势对石昊非常不利。

石昊站在闪电海中，整个身体都在发光，如同真仙一般神圣。他的表情没有一点变化，整个人镇定得有些可怕。

此时的石昊是空灵的、脱俗的，他独自屹立在天劫中，万法不侵。

“任何生灵都无法逃避天劫，只能面对，你……来渡劫吧，过不去，就在这滚滚红尘中归于黄土。”石昊淡淡地说道。

随后，石昊抬起了手，依旧是一指向前点去，只见一道天劫之光直接射向了金志飞。

金志飞当即变了脸色，但很快又平静下来，大笑道：“这点小伎俩伤不了我，你还有什么手段？”

“小觑天劫的人都没有好下场！”石昊厉声道。

“轰！”

伴着惊天动地的一声巨响，石昊用右手在雷霆海中一抓，远处的雷云当即裂开。一个池子出现在众人眼前，像是存在了亿万年之久，一股苍凉之气扑面而来。

“是雷池，不过是干涸的，里面没有雷劫之液！”许多人惊呼起来，没想到竟在此地见到了传说中的东西。

“收！”石昊断喝一声。雷池发出耀眼的光芒，形成了一股强大的力量，欲将金志飞收进去。

“啊，不！”金志飞大叫道，不停地挣扎着。他再次被闪电劈中，浑身都快要散架了。

石昊来到雷池旁，右手发光，一道璀璨的闪电迸射而出，眨眼间就化成了长刀。他手持雷霆长刀，猛地劈向金志飞。

“噗”的一声，金志飞被雷霆长刀劈中，忍不住吐了一大口血，瞬间失去了知觉。

第1143章 对立

WANMEI SHIJIE

观战的众人顿时感到头皮一阵发麻，一个天纵人物就这么被击败了，实在是太可怕了！

金志飞略微焦黑的躯体还躺在雷池中，其面部已经模糊不清了。这一幕让每一个年轻修士都心惊肉跳，难以置信。

金志飞是金家近代有名的奇才，潜力巨大，以前渡过天劫，结果今日却败在了荒的手中！

众人不由得暗自感叹，不愧是荒，怪不得他能够在大赤天边疆独自击败异域的十位年轻强者。

金展大吼一声，全身的骨文如同大道之花般绽放，恐怖至极。他猛地向前冲去，似要与石昊决一死战。

“不要逼他下狠手！”王曦劝解金展。

金展身为一代天骄，纵横四方，从没见过这种场面，竟有人在他面前打晕了他的族叔！

金展无法继续保持淡定了，瞬间变得怒容满面，想与石昊对决一场。

就在此时，一位老者突然出现了。他一把抓住金展的手臂，道：“你不能出手，想要塑成年轻一代第一人之不败金身，就只准胜不准败！”

“十二叔祖！”王曦开口，上前行礼。

这位突然出现的老者是王家的嫡系成员，实力非常强大，他亲自来这里，就是为了阻拦金展出手的。

显而易见，金家和王家一直都在关注石昊，对他的一举一动了如指掌，不然王家的这位老者不可能这么快出现。

金展面露不悦之色，道：“难道我还怕他不成？”

“贤侄，我知道你有天纵之资，但是这个荒也不容小觑，刚才他的凌厉气势已经显露出了仙道气运。两虎相争，必有一伤。现在你若是跟他对决，也许可以取胜，但不见得一定能全面压制，不值得为了打败他而付出沉重的代价。”王家老者解释道。

“先不要出手。”王曦也劝金展不要冲动。

金家和王家想将金展打造为年轻一代的第一人，让他名动天下，统领年轻一代，以便日后统御九天十地。

因此，现在金展绝不能有一点失误，更不能失败。

刚才荒的表现有目共睹，他能够掌控天劫，金展如果此时上去与他对决，不见得有把握稳胜。

“哇呀呀，一个中年人晕了，又来了一个真正的糟老头。这还是年轻一代的聚会吗？难道要上演老头争霸战不成？”太阴玉兔怪叫道。

原本此地的气氛很紧张，现在许多人听到太阴玉兔的一番话，都忍不住笑了起来。

王家和金家的人看向石昊和太阴玉兔等人，脸色很是难看。

“贤侄，不要生气，淡定一些。”王家老者对金展说道。

金展的脸色阴晴不定，他朗声道：“我现在就想出手对付荒，若是连这点自信都没有，还谈什么争夺世间无敌位！”

“别动，我来！”就在这时，又一位老者出现了。他是金家的人，法力高深，无声无息地出现在了金展身边。

“五叔祖！”金展叫了一声。来人是金展的五叔祖，与他血脉相近，也是金志飞的长辈。

“哈哈，今天这是怎么了？糟老头子开会吗？怎么来了一个又一个？这里到底举办的是什么大会啊？老头子聚会吗？”太阴玉兔故意嘲笑了一番。

“就是啊！要不大家回去将家中的族叔族爷都请来，让他们跟在身边当奶爹奶爷。奶爹奶爷出手，天下谁敢与之匹敌？”曹雨生瞥了金家和王家的人一眼，故意这样说道。

“哈哈，应该再带上个族奶奶，那样就什么都不缺了！”小蚂蚁跟着起哄。

一些人闻言，顿时忍俊不禁，笑声传遍了整座岛。

金展用冷厉的目光扫过那些发笑的人，没有说话。王曦的脸色也不大好看，金家和王家的两位老者更是觉得难堪，这么大年纪居然受到这样的侮辱，简直忍无可忍！

“两位前辈，今日此地举办的是年轻一代的聚会，似乎并未邀请你们。”这时，齐宏站了出来。

随后，拓古驭龙也向两位老者表达了同样的意思，他们不想将各大势力的老古董牵扯进来，以免此次聚会变得复杂。

“贤侄，这件事可能无法善了。荒太过张狂，居然对我族子弟下如此狠手，他需要给我们一个交代。”金展的五叔祖不愿就这样离开，对拓古驭龙说道。

“荒兄，可否饶金志飞一命？”拓古驭龙替金家求情。

这时，所有人都将目光投向石昊，雷海依旧在翻涌，雷池闪烁着金色的光芒，蕴藏着天地之威。

雷池中，金志飞的肉身早就被雷池炼化了，如同焦炭一般，骇人至极。他心中充满了不甘、屈辱以及震惊，难以接受这场败绩。

金志飞还活着，元神还在头颅之中，只是没有办法逃离，被石昊定住了。

“气煞我也！”金志飞的元神复苏了，忍不住咆哮起来。

“速速现原形！”石昊见金志飞嘶吼，大喊一声。

在场的众人看到这一幕，皆目瞪口呆，一代天纵人物居然落到这般下场，实在是令人难以置信！

“我这个人很直接，也不想跟你多废话，赶紧现原形！”石昊冷冷地说道。

“我体内流淌的是仙血，怎么会抵挡不住？不应该……”金志飞如同中了魔咒一般，神识在自言自语。

“区区一点仙血而已，加起来都没有小半滴，凭此也敢妄言击退天劫？况且，你有没有真正的仙血都不好说！”石昊厉声道。

这时，拓古驭龙、齐宏等人来到雷池的不远处，再一次向石昊求情。

“如今正值异域大军围堵边荒的非常时期，任何一位强者都不应在城中丧命，还请荒兄手下留情，让他去战场立功。”齐宏说得有理，让人难以反驳。

实际上，石昊之所以没有立刻除掉金志飞，也是因为有这样的考虑。

“这事没完！”金展的五叔祖不想放过石昊。

“老家伙，你们有完没完，一个接一个地来此闹事，当这里是老年人聚会吗？！”石昊奚落道。

“好嚣张！”王曦的叔祖刚说完，便伸出一只大手向着雷霆抓去，要攻击石昊。

石昊面不改色，毫不惧怕。他身边的雷池立刻发光，快速向王曦的叔祖冲过去。

“咔嚓！”

清脆的声音响起，闪电交织，王曦的叔祖的大手当场变得焦黑，而后粉碎。

“啊——”王曦的叔祖发出一声惨叫。他心头一震，传说中的雷池果然厉害，竟毁掉了他的一只手!

观战的众人更加震惊，连老辈人物都无法抵挡这种雷霆的攻击，遭受了重创，可见其威力之大。

“我看你也不服气，那就一起来吧！”石昊一边说，一边用雷电攻击金展的五叔祖。

“咔嚓！”

电光霍霍，响声清脆，金展的五叔祖又惊又怒，快速后退。观战的众人大吃一惊，荒竟强大到了这种地步，连负有盛名的老辈人物都无法与之匹敌。

“今日之事到此如何？”这时，卫家四凰中的一个少女开口了。

“我没意见。”说到这里，石昊看向金志飞，道，“在战场好好表现，多立些战功，不然的话，下次你就不会这么幸运了！”

“你你你……”金志飞羞恼不已，气得晕了过去。如今他已是元气大伤，除非以天材地宝熬炼肉身，否则修为将会受到极大的影响。

“我要除掉他！”金展大吼起来，目光冷峻，看向石昊。

金展的五叔祖和王曦的叔祖一起拦住了金展，不让他妄动。

“既然没什么事了，那就请闪开吧。我于雷帝宝术中领悟颇多，今日恰好引了天劫，要在此渡劫。”石昊淡淡地说道。

石昊盘坐在地上，领悟着雷池的奥妙，思考掌控天劫的各种问题。

众人看到石昊在天劫中思索、领悟、闭关，不禁目瞪口呆。

第1144章 悟道

WANMEI SHIJIE

一战过后，荒竟要在此闭关，渡过自身的天劫！

众人惊诧万分，荒不仅跨境界与金志飞对决，大获全胜，还要引天劫炼体。

“不愧是大赤天边疆一战大胜异域十位年轻强者的荒，怪不得有这样无敌的威势。”

“他真的要渡天劫吗？到了这个境界，尤其是像他这么超凡的境界，渡劫可能会引来传说中的好几种雷霆，后果简直不堪设想！”

许多人在吃惊的同时，也为石昊感到担忧。因为天劫会随着境界的提升变得更加恐怖，特别是天地大环境变了，天劫原本不会自动出现，若是强行引来天劫，就要承受更加猛烈的攻击。

“石昊，小心！你天赋过人，潜力巨大，可能会引来古往今来排名前三的虚道境天劫。那样的话，你肯定会熬不过去的！”曹雨生很担忧石昊的安危，提醒道。

这是事实，一旦天劫出现，石昊很有可能会直接殒命。虽然现在他看似已经掌控了天劫，但是真正渡劫时完全不是那么一回事。正如他自己所说的，天劫是躲不过去的，唯有勇敢面对。

“我知道！”石昊说完，便取出一些器物让曹雨生等人帮忙收着，同时还拿出了一块莹润的石头和一个金色的球体。

旁人都不知道石头和金色的球体究竟为何物，只有太阴玉兔、曹雨生等人清楚，那是两个生灵！

那块莹润的石头是打神石，由于吞食了太多惊人的东西，陷入了沉睡的状态，正在蜕变。它吞食的都是诸如万法石、天命石之类的东西，那是供给真仙炼器的至宝。那个金色球体则是皇蝶，它自从在仙家战场遗迹遇到那只古老皇蝶的尸体，得了大造化之后，就结了茧，一直没有动静。

“咔嚓！”

伴着一声巨响，漫天的闪电瞬间消失了，放眼望去，晴空万里。

荒不是要渡劫吗？怎么雷霆全都不见了？众人不由得大吃一惊。

此时，石昊正在闭目沉思，雷池的种种妙处浮上心头，当年雷帝是如何掌控天劫，从而判众生刑罚的?

雷帝虽然拥有盖世的宝术，但只是初步踏入问罪万灵的境界，并没有真正成为天劫的主宰者。

据闻，当年世间的诸多生灵都很惧怕雷帝，尤其是当异域的人得悉雷帝有掌控天劫的能力后，便联合起来攻击他。

雷帝如果真的成为天劫的主宰者，就很有可能当上一界之主。他本可以迈入世人难以想象的境界，可惜却提前殒身了。

这时，一个不是很大的雷池突然出现，来到石昊的眉心前。雷池弥散出混沌之气，闪烁着点点雷光，将石昊的眉心映衬得一片透亮。

众人讶然，雷霆没有出现，却突然冒出一个雷池，而且还这么小，发生了什么?

“此人不可留！”远处，王曦的叔祖对身边的几人传音。

“他在悟道，在内心观想、构建，让雷池再现！”金展的五叔祖道出了究竟。

众人愕然，这简直太不可思议了，难道荒还真的想成为天劫之主，掌控世间刑罚吗?

不少人觉得荒刚才之所以成功，是因为能力和运气，而现在他居然要将那种成功概率极小的事变成自身真正的能力!

这……太恐怖了!

“不行，一定得阻止他！不能让他彻底成功，不然的话将来会很麻烦。既然他要与我王家为敌，那就不得不断他的路了！”王曦的叔祖眼中闪烁着逼人的冷光，厉声道。

“这样不好吧，如果在众目睽睽之下要手段的话，会坏了王家的名声。”王曦小声说道。

“孩子，有些人你不趁早除掉，将来必成大患。不用担心，我们自有手段，不会暴露的。”王曦的叔祖沉声道。

“想除掉他何必弄得这么麻烦，一会儿我便在天劫中与他对决，将他解决了！”金展冷冷地说道。他被称为一代天骄，早就渡过了虚道境的天劫，而且是一次性闯过。

那一日，圣院中的所有人都目睹了金展的渡劫过程。在最后关头，他直接盘坐在地上，吸收了剩余的雷电，熬炼真身。

正是那一次的天劫让金展名动天下。

那场天劫是史上最厉害的几种天劫之一，足以排在前三。金展不仅闯过了天劫，而且还将剩余的雷电都吸收了，怎能不震惊各方？

金展不怕天劫，因此他想硬闯雷海，直接攻击石昊。

“先看一看荒渡的天劫是否在前三位，如果不是，那么他的潜力便比不上金家的麒麟儿，也许不用我们大费周章。”金展的五叔祖淡淡地说道。

“轰隆！”

就在这时，一道惊雷响起，响声震耳欲聋。

原来是位于石昊眉心前的那个雷池崩裂了。一时间，成千上万道光芒迸发出来，更有数不清的闪电在石昊周围闪烁。

“发生了什么？荒遇到大麻烦了吗？”

“不自量力！妄想成为天劫之主，自身先应劫了吧？”

众人纷纷议论起来，有的对石昊的处境表示担忧，有的则摆出一副幸灾乐祸的样子。

金家和王家的人目不转睛地盯着石昊所在的方向，像是在期待着什么。

很快，雷云散开，电光消失。

石昊依旧盘坐在地上，毫发无损，身体周围弥散着祥和的气息。一道又一道电光向他的眉心飞去，形成了一道小小的雷池印记，印记看起来神秘，让他变得不怒自威。

“只要有所领悟，就会出现那样的印记。”拓古驭龙低语道。

齐宏、卫家四凰、十冠王、谪仙、大须陀以及小天王等人看到这番场景，皆神情凝重。他们一直都没有低估荒的实力，可还是忍不住大吃了一惊。在这么短的时间内，荒居然就悟道有成，收获颇丰，简直令人难以置信！

这时，石昊睁开眼睛，抬头望向高天，整个人显得很冷静。所有人都知道他悟道有成，如今要开始引天劫熬炼真身了。

天地陷入寂静，众人一言不发，默默地注视着石昊，连聚会的事都暂时遗忘了。气氛有些压抑，天穹上似乎有什么东西要扑下来，有些人吓得忍不住战栗起来。

那究竟是怎样的天劫？为何会给人这种奇异的感觉？就好像要被吞噬了一样，难不成天劫还有生命吗？

“开始了！”齐宏惊呼出声。

天穹上出现了一些神秘的东西，让人看不清究竟是什么。

“那是什么？”

许多人都愣住了，纷纷睁大了眼睛。

刹那间，数不清的庞大黑影从上方冲了下来。

第1145章 九天十地劫

WANMEI SHIJIE

天劫来了吗？

原来那些庞大的黑影是一块又一块大陆，黑压压的，巨大无边，随之而来的是一股莽荒的气息。

这是怎么了？

众人很是疑惑，荒不是要引天劫吗？怎么会引来这么多块大陆？

“渡劫受阻，或者说他想引天劫，结果失败了？”有人小声议论道。

王曦的叔祖面露怪异之色，道：“没有引来天劫，这家伙在做什么？故弄玄虚吗？”

不少人都生出了疑问，这些大陆来自哪里？天劫呢？以荒的天资，他绝对能引来天劫，而且会引来非常恐怖的天劫，如今怎么是这样一番景象？

“咦？那块大陆……有点像三千道州，形状十分特别，只是缩小了很多。”一个年轻奇才悄声道。

“那块大陆看着有些眼熟，像是起魔地，形状一模一样，真是奇怪了！”另一个年轻奇才叹道。起魔地与三千道州并列，也是十地中的一片区域。

众人仔细凝视着那些大陆，一些来自古老家族的年轻奇才有自身所处地域的地貌图，对大陆的形状比较熟悉。

突然，有人尖叫起来：“这些大陆与九天十地中的十地一一对应，怎么会出现在这里？”

一时间，众人愣住了，有些不明所以。

“真是怪了，这个家伙做了什么？怎么引出来的？难道这是幻境？”金展的五叔祖惊讶不已。

“这就是天劫！”金展盯着那些黑压压的大陆，沉声道。

王曦心头一震，脸上露出不可思议的神色，其他人也大惊失色，难以置信。

天劫不是雷声震天、电光霍霍吗？怎么会如此安静，连一点声音都听不到？况且，那一块又一块大陆是如此真实，甚至能看到巍峨的大山，奔流不息的大河，万物生长，生机勃勃，怎么就变成天劫了？

“绝对是！”金展的语气很肯定。他渡过天劫，对天劫的气息很敏感，而且他觉得这次的天劫必定恐怖至极，关乎生死。

这次的天劫太奇怪了，既没有璀璨夺目的电光，也没有隆隆的雷声，安静得很诡异。

“所有的天地景物都是由天劫化成的，色彩、形状等跟真实世界的一模一样！”一个年轻奇才解释道。

“这就是天劫的最可怕之处，以假乱真，这才是罕有的恐怖天劫啊！”另一个年轻奇才感叹起来。

这也是众人的共识，此种天劫如此惊人，能是普通的雷电吗？

此时，被神丹滋养的金志飞复苏了，看到这么可怕的天劫，他顿时生出了一种恐惧感。

“我倒要看一看这种天劫有什么不凡！”王曦的叔祖冷笑道。

十块大陆近了，到了众人的眼前。

“天啊！还有那么多尸体！”有人惊呼道。

众人看到了陆地上的景象，赤红一片，烽烟漫天，像是经历了一场残酷的战争。残破的大旗插在地上，一具又一具尸体上插着刀剑，黑压压的一片，没有尽头。

也许只有仙古纪元末期一战才有这等惨烈的景象吧。

“轰隆！”

就在这时，雷声响起，不过雷声不是从十块大陆传来的，而是源自高空，原来是“九天”承载着日月山河横空而来。

“这是九天！”王曦的叔祖大喊出声。

至此，“九天十地”都出现了，全是由雷电演化而成的。“十地”是寂静的，无声无息，“九天”则不同，除了有雷电声，还有无尽的打杀声。

“这是……”

当“九天”靠近时，众人觉得头皮一阵发麻，胆战心惊。

无数生灵在“九天”上搏斗，刀光剑影，喊声震天，更有仙光闪烁。那是盖世人物在战斗，每一击都可以斩落星月，恐怖至极。

“护我妻儿！”

“保我族人！”

“守我山河！”

那是先民的怒吼，吼声中既有悲愤也有绝望，虽然他们不敌对手，但是依旧前仆后继。

这呈现的是仙古一战吗？仙古一战居然可以在天劫中演化，以这种方式展现在人们眼前，怎能不让人震惊？

“冲啊！守护我们的妻儿父母，保住大好河山，与异域的敌人拼到底！”

“拼尽最后一滴血，此生不悔！”

先民的声音震动了山河，在“九天”之间回荡着。

无数先民与异域大军交锋，热血洒落，成片成片的人倒下，但是没有一个人退缩。

看到这一幕，许多年轻奇才都被感染了，这就是仙古纪元最后悲壮的一次大战吗？先民明知必败也不投降，仍坚持不懈地战斗，这种精神怎能不让人钦佩？

“这就是荒的天劫吗？像是预示了什么一样。”

“我听闻有一种天劫十分诡异与特殊。它能预料未来发生的事情，引出一些妖异的东西。”

一些人看到异象后，小声议论起来。

其他人闻言，心头一震，荒居然能引来这种在传说中才会出现的神秘天劫，太可怕了！

“很奇怪，这种天劫是强还是弱？是好还是坏？”连王曦的叔祖这种老古董都对这种天劫不了解。

因为这种天劫太过罕有，只有少许不是很清晰的记载，没想到石昊渡劫竟遇到了这种东西。

“轰！”

伴着一声巨响，“九天十地”相遇了。一座又一座雷电浮桥出现，将“九天”和“十地”连接起来。

石昊不由自主地被一块大陆召唤了过去，紧接着，大陆上的一具尸体站了起来，手持黑色的战矛刺向石昊，气势汹汹，乌光闪闪。

“砰！”

石昊一指点出，当即让战矛崩裂，化成了一道黑色的闪电。

然而，更为可怕的事情发生了——原本躺在地上的来自异域的尸体，此时全都站了起来，他们手持兵器，杀气腾腾，如潮水般向着石昊涌去。

宁静被打破了。

兵器撞击的声音响起，一道又一道雷光迸发出来，气势惊人。

众人顿时感到头皮发麻，那么多生灵要一起攻击荒吗？他能应付得了吗？太恐怖了！

第1146章 闯十地

WANMEI SHIJIE

“嗷——”巨大的声音响起。

一个狮身人面的怪物向石昊冲了过去，浑身发着金光，速度越来越快，超过了其他生灵。

“轰！”

随着一声巨响，狮身人面的怪物化成了一道金色的闪电，横空千里，恐怖至极。

“当”的一声，石昊徒手迎向由怪物化成的闪电，如同金属相互撞击一般，火星四溅。

石昊断喝一声，一跃而起，避过其他的生灵，主攻狮身人面的怪物。

“轰隆！”

一声巨响过后，那个怪物又由闪电化成原形，它的速度太快了，超出了很多人的想象，一步就是上千里。

“嗖！”

随着一声轻响，狮身人面的怪物又一次向石昊冲去，张牙舞爪，面目狰狞，如同巨大的猛兽一般。看得出来，它是这片区域的头领，召唤诸多生灵重新爬了起来，一同攻击石昊。

“冲啊！”

同一时间，地上很多异域的生灵大叫起来，声音惊天动地，甚至连乾坤都晃动了！

石昊眉头紧皱，准备动用最强手段，否则后面的路会更难走。他要闯过“九天十地”，而这才刚刚开始。

石昊积聚力量，让骨文在拳头上浮现，随后动用天生的至尊宝术——上苍。

“轰！”

石昊一拳挥出，天地失色，响声震天。这个地方像是有一颗彗星猛然炸裂了一样，璀璨的光芒照亮了天宇。观战的年轻奇才们深感震惊，荒的实力到底有多强大?

石昊这一拳展现出的气势太霸道了，恐怕连修为在斩我境的修士上去都会被直接打倒。

如今，石昊的威势比之当初早已不可同日而语。他闭关几年，实力猛增，对自身的天生宝术理解得更为透彻。

“嗷——”那个狮身人面的怪物咆哮起来。它挥动金色的大爪子，张开血盆大口，与石昊这一拳展开了大碰撞。与此同时，其他生灵也拿着兵器，纷纷冲向石昊。

“砰！”

随着一声巨响，石昊的拳头击断了怪物的大爪子。

狮身人面的怪物怒吼一声，快速后退，受到了严重的创伤。在最后关头，它直接化成一道金色的闪电，猛地冲向石昊。

闪电轰鸣，雷霆交击，声势惊人。这些生灵不仅战力强大，而且因为是闪电所化，所以可以进行二次攻击。

狮身人面的怪物非常强，不愧是头领，但还是被石昊除掉了。

大陆上，人影绰绰，到处都是生灵。他们举着兵器冲向石昊，黑色的战矛、雪亮的长刀、赤色的利剑……

千军万马一齐冲向石昊，速度之快令人咋舌，根本难以躲避，因为他们都是由闪电化成的。

石昊大吼一声，掌中发光，一杆以神力凝聚而成的金色长枪浮现出来，璀璨无比。

“噗！”

石昊用长枪眨眼间就刺中了几个强大的生灵，光芒迸发出来，连他们的兵器都被长枪的气势震得崩裂了。

“咔嚓！”

虚空中，闪电交织，几个强大的生灵当即被击中，没了生气。

“冲啊！”剩下的生灵毫不畏惧，向石昊冲来。

石昊神情凝重，将长枪挥舞起来，长枪不断放大，横扫四方，光芒四射，气势惊人。

“啊——”

一阵惨叫声传来，许多生灵被石昊手中巨大的金色长枪刺中，瞬间化成了电光。

这是一场残酷的对战，石昊大显神威，气势不减，异域的生灵节节败退。

特别是石昊看到地上那些属于九天十地的修士的尸体的时候，战斗的气势就更加凌厉了。哪怕这只是一场天劫，他也当成了真正的战斗，手持长枪，怒斩八方，毫不手软。

石昊勇猛无比，实力强大，可是异域的人真的太多了，放眼望去，茫茫一片尽是敌人。一个人再强，也架不住人多，他如同被淹没在海洋中一般，被异域大军团团围住了。

“轰！”

一道又一道雷电接连迸发出来，响声震耳欲聋。石昊每除掉一个生灵，就要承受一道雷霆的攻击。

“这……太可怕了！”观战的众人惊叹道，没有料到天劫会如此恐怖。才刚开始就这么激烈，到后面会变成什么样?

要知道，这里可是有“九天十地”，石昊才刚登上“三千道州”，后面的路还很漫长。

“怎么会有这样的天劫？这是要置人于死地啊！”一些年轻奇才叹道。

这种天劫让人看不到希望，只有绝望。到处都是敌人，一个人征战，无论是谁都会感到深深的无奈与沮丧。

石昊向着这块大陆的深处进发。不久后，他的衣服变得破烂不堪，浑身都是血迹，连头发都是湿漉漉的。

“古代第一天劫也不过如此！”有人看热闹不嫌事大，这般说道。

“你错了，这多半算是前无古人的天劫，在这个境界，应该没有比这更强的天劫了。”另有人叹道。

在没有天劫的今世，若是主动引劫，就会使天劫的威力增大。天劫很有可能会除掉渡劫者，以这样的方式回应挑衅天劫的人。

石昊引来的本就是至强天劫，再加上威力翻倍，让人难以想象那究竟会有多恐怖。

此时，石昊冲向大陆的最深处，欲前往其他的大陆。

“九天十地”之间有雷电浮桥相连，石昊只能一步一步地前进。这意味着他必须一路闯过去，途经“九天十地”，任何一个地方都不能忽略。

可是，第一块大陆，也就是“三千道州”还未闯过，石昊就已经浑身是伤口，连走路都是踉踉跄跄的了。他身上插着九杆战矛，数十支箭……画面惨不忍睹。

最为可怕的是，插在石昊身上的这些兵器是由闪电化成的，随时都可能会崩裂。

“给我破！”

石昊大吼一声，施展雷帝宝术，强行逼出刺中他的兵器，使之在体外化为飞灰，瞬间消失不见。

随后，石昊遇到了一个特别强大的生灵。这是一个拥有部分王族血脉的生灵，也是统御此地的最高头领，他赤发飞舞，眼如铜铃，躯体庞大，挥动着手中的赤骨锏。

“连修为在斩我境的王族都出动了，太可怕了，必败之局！”许多人不由得变了脸色，惊叹道。

然而，石昊根本没有一点气馁的样子，双目发出如同雷霆般刺目的神光，手持雷霆兵器，朝那个生灵冲去。

这是一场生死大战！

石昊面无惧色，不仅与这个拥有部分王族血脉的生灵激战，还同时抵挡其他敌人的攻击。

这番景象令许多人震惊不已，荒一个人在千军万马中冲击，勇猛无敌，异域的无数生灵倒在了他的脚下。

想到先民大败，上一纪元被毁灭，这一界被分成了九天十地，再看到眼前的这一幕，观战的年轻奇才不禁热血沸腾，心潮澎湃。

终于过关了！

尽管石昊已是伤痕累累，但是他亲手击败了那个拥有部分王族血脉的生灵，成功走出了第一块大陆。

“闯过去了，迈出了关键的一步！”有人叹道。

石昊的衣服破破烂烂的，身上许多部位都变得焦黑了。他一边继续前进，一边自行疗伤，通过雷电浮桥来到了第二块大陆。

“冲啊——”

一阵怒吼声传来。

敌人并不给石昊休息的时间，一见到他，便对他展开猛烈的攻击。

石昊知道他现在已经没有回头路了，只能一路闯过去，否则等待他的只有死亡。

在征战的途中，石昊几次倒在了地上，许多人都以为他战死了，可是他又爬了起来，继续前进。

就这样，石昊闯过了一关又一关，居然要闯过“十地”了。

“成功了！他闯过了‘十地’，登上了‘九天’！”有人大叫道。

众人纷纷回过神来，荒一路激战，所向无敌，闯过了“十地”！

第1147章 谱写传奇

WANMEI SHIJIE

石昊走上浮桥，伴着雷电，从“十地”到了“九天”。

这是一种壮举，尽管异域的无数生灵阻挡在前，但是石昊依旧闯了过去。

到了“九天”，石昊的处境变得更危险了。

这里原本就在进行大战，石昊贸然闯进来等于中途参战，一下子就被很多生灵盯上了。异域的生灵毫不留情，疯狂出击，甚至放弃了原本的对手，开始攻击石昊。

先民无力伸出援手，石昊的处境比之前更艰难了。“九天”上，异域生灵的整体战力提升了一大截。

石昊只能坚持战斗，到了这一步，怎么回头？退缩也不是办法，天劫不会消失，要么成功熬下来，要么在天劫中殒身。而且，这种天劫没有办法找别人帮忙，只能依靠自身的力量。

“护我妻儿父老！”

“守我山河，洒我热血！”

无数先民在大吼，在战斗，个个都英勇无比，挥动着手中的兵器。

石昊被先民们感染了，仿佛回到了那个绝望的年代，在绝境中挣扎，在末世中奋起，不屈不挠。

“来吧，异域的魔崽子们，今日就给你们个痛快！”石昊大吼道，已经分不清是在渡天劫，还是梦回仙古了。

“嗖！”

一个银甲王者手持一杆方天画戟，骑坐在一只猛兽身上，径直冲向石昊。那只猛兽如同魔山般巨大，踩踏得虚空隆隆作响。

“若是你投降的话，我便收你为仆从！”修为在斩我境的银甲王者喝道。

观战的众人惊讶不已，这个银甲王者就跟真实的一样，居然在与荒对话，这里的闪电生灵比“十地”的还要可怕。

“王族算什么，我又不是没见过！”石昊厉声道。

“锵”的一声，石昊手中出现了一把雪亮的长刀，刀身弥散着恐怖的气息。

“看招！”银甲王者大吼一声，欲用坐骑踩踏石昊的肉身，同时将手中的方天画戟劈向了石昊。

石昊手中的长刀如同星河般璀璨，径直迎上银甲王者的方天画戟。

“当！”

雪亮的长刀与方天画戟撞在一起，响声震天，火星四溅，光芒迸发，让黑暗的星域突然变得明亮起来。

“留你不得！”银甲王者像是有灵识一样，不仅会与人交流，还带着真实的情绪，气势汹汹。

石昊断喝一声，向前猛攻。

一时间，石昊和银甲王者打得难解难分。

“那个人是谁？从哪里冒出来的？怎么这么厉害？他明明只拥有虚道境的修为，为何能与修为在斩我境的王族匹敌？”

“这可是修为在斩我境的纯血王族，不是拥有部分血脉的旁系王族，居然被他挡住了！”

异域生灵讨论的声音在雷电中响起，这让石昊有些怀疑自己究竟是在渡劫，还是由于时空错乱，来到了仙古的末世战场。

“看招！”

银甲王者大吼一声，施展祖术，银光立刻笼罩了此地。随后，附近的先民都变成雕像，没了生气，而异域的生灵丝毫没有受到影响。

此时，石昊感到身体逐渐变得僵硬，银色的光芒闪耀着，似乎要毁灭他所有的生机。

“给我破开！”石昊大吼一声，撑开唯一洞天，体内的神光燃烧起来，由内而外地开始爆发。

“斩！”

石昊断喝一声，动用全身的力量，将手中雪亮的长刀猛地向前劈去，数种宝术都糅合在了其中。

“哧！”

刀光冲霄，斩断苍宇，恐怖至极。

异域的银甲王者与坐骑一齐迎向石昊，只见那只坐骑咆哮着，浑身发光，正在施展惊天宝术。

这时，雪亮的长刀破开光幕，准确地劈中了那只坐骑的躯体。那只坐骑先是怒吼，而后哀鸣，最后“噗”的一声吐出了一大口鲜血。

“当！”

同一时间，石昊手中的雪亮长刀与方天画戟产生碰撞，神力释放出来，气势惊人。

“咔嚓！”

伴着一声轻响，方天画戟当即断裂。随后，长刀劈开银甲王者的护体神光，击中了他的额骨。

“轰”的一声，银甲王者瞬间便灰飞烟灭了。

石昊一刀便将异域的一个统领解决了！

“轰隆！”

巨大的声音响起，石昊被万道雷光击中，浑身变得焦黑，渗出刺目的鲜血，银甲王者化成的雷电把他伤得不轻。

这一战结束，石昊再次上路。他马不停蹄，一路向前，激战不断。

这一路所见十分凄惨，到处都在征战，烽火四起。

“不要啊！放手，放开我！”石昊远远望到一个小村庄内，一个少年被异域的一个生灵猛地摔在了地上。

“我跟你拼了！”一个村妇见状，哭喊着向异域的那个生灵扑了过去。

“哧！”

一道寒光闪过，异域的那个生灵一剑刺中了村妇。

“娘！”

后方，一个小女孩惊恐地大叫起来，双眼发直。

异域的那个生灵一脚踏出，小女孩当即便殒身了。

“畜生，纳命来！”一位老者大吼着，手持一把长刀，向异域的那个生灵劈去。

“噗！”

伴着一声轻响，那位老者口吐鲜血，而后被异域的那个生灵狠狠地甩了出去。

石昊在远处看得一清二楚，他不明白这天劫为何如此逼真，就像真实发生的一样。他猜测这多半都是昔日发生的事，是末世一战的真实景象，九天十地这边的生灵在那一战中几乎都殒身了。

石昊看到的那个村庄以及更远的地方，全都被放了大火。一时间，哭喊声此起彼伏，惊天动地。

石昊到了近前，手持一把战刀，“噗”的一声，劈中了之前看到的异域的那个刽子手。

这是一个流血的世界，到处都是哭喊声和打杀声。有些地方的景象石昊不忍目睹，比如那些部落、城池等，简直就是人间炼狱！

最后，石昊闯进了大荒中，不愿再目睹那些惨绝人寰的场面。这是天劫，哪怕他出手，也改变不了什么。

“不对，刚才见到的城池怎么跟今世的一样？难道说……”石昊不禁打了个冷战，喃喃道。

这不是曾经发生的事吗？难道是这一世必定会出现的惨剧？

大荒中也有很多异域的生灵，此时，成千上万只生有银色恶魔翅的银色蜈蚣张牙舞爪地向石昊俯冲过去。

可怕的是，异域的生灵数目庞大，无穷无尽。

石昊遇上了大麻烦，这种蜈蚣有三尺多长，不断喷吐雷电，在他身上留下了多处伤口。

经过一番苦战，石昊闯过了蜈蚣大关，拖着疲惫的躯体离开了这片天，进入了另一片天。

这是一场血战，石昊一路磕磕绊绊，几次都差点殒命，最后又顽强地站了起来。

天劫外的众人震惊不已，无不觉得这是一个神话，一个人渡劫居然接连登上了六重天！

在许多人看来，石昊早就该战死了，可他居然还在渡劫。尽管他现在全身焦黑，伤痕累累，但他还是没有放弃。

“第七重天！”

“第八重天！”

“……”

众人震惊地发现，荒拖着垂死之身，已经快闯入最后一重天了。

“上去了，他……登上了第九重天！”

“荒这是要谱写神话中的神话吗？在这种天劫中都能活下来？”

“这种天劫绝对超越了此境界所对应的所有天劫，而他竟要成功了！”

“前无古人，后无来者！”

一些年轻奇才仿佛身临其境，忍不住大叫起来。

“渡过这种劫，他将得到极大的好处。”有些人已经开始思索石昊究竟会有怎样的大造化了。

“荒正在书写无敌的传奇！”有人忍不住叹道。

第1148章 最后一重天

WANMEI SHIJIE

此时，石昊觉得很疲惫，他的肉身虽然很强大，但是也留下了不少遭到雷击的痕迹。

为了闯过八重天，石昊付出了极大的代价。这一路上他遇到的对手太多了，而且这些对手都十分强大，没有一个不是从千军万马中闯过来的。

一个人即使再强，也难以同一时间对付这么多敌人。蚁多还能咬死象呢，何况石昊的对手是异域的生灵！

这时，浮桥逐渐消失，雷光闪耀。石昊站在第九重天上，浑身都是伤，不知道还能不能坚持战斗。

远方，一件又一件宝具冲起，在天穹上碰撞，继而迸发出绚烂的火花，如同一颗又一颗星星撞在一起，而后崩裂。

“此界覆灭，当在今日！”异域的一个生灵大吼道，声音让人的灵魂忍不住颤抖。

石昊看到一只黑色的大手刹那间覆盖了整片天宇，不仅诸多宝具被大手震得粉碎，连月亮、星辰等也相继崩裂。

这一景象实在是太震撼人心了，石昊目不转睛地盯着那只黑色的大手，一动不动。

天劫外，众多年轻奇才不由得倒吸了一口凉气，这超出了所有人的预知，似乎是不朽之力！

天劫未免太恐怖了，这样的大难降临，谁能熬得过去？难道荒要渡这种大劫吗？

此时，就连金展的五叔祖都有点同情石昊了，他淡淡地说道：“真要是遇上那种力量的话，必定会身死魂灭。”

“自以为是的年轻人，天劫岂是那么容易渡过的？不是谁主动引劫都会安然无恙的，哪怕是绝世奇才，也可能会殒身。”王曦的叔祖冷然一笑，这样说道。

“天劫理应与境界相对应才对。”远处，十冠王盯着雷光，自言自语道。

即便是主动引劫，触怒了天地，天劫也不过是强大了一截，绝不可能一下子跨越几个大境界。

天劫是考验，也是希望，更是一种新生。若是顺利渡过天劫的话，好处极多，等于一次大涅槃。

“不朽者不会动手！”小天王凝视着雷光，对仙院的人说道。

第九重天上，喊声震天，景象更为惨烈。然而，出乎意料的是，当石昊来到这里后，竟没有一个生灵攻击他。

远处，光芒冲霄，剑气弥散，那是顶级高手在对决。

“轰！”

伴着惊天动地的一声巨响，翻天印落下，直接将数十万里的大地砸得塌陷了。一杆银色长矛先是刺中了一个九天十地这边的高手，随后又击碎了一颗星星，引发了大爆炸。

九天十地这边的高手还在顽强抵抗，结果在那颗星星爆炸的瞬间，他也被点燃了，当即殒命。

石昊轻叹，他以为天劫的威力与自身的境界对应，出现的生灵不会太恐怖，可现在看来，这种危险人物就在此地，就算遇到也不意外。

难道真的是死路一条了吗？

石昊见还是没有任何动静，便直接盘坐在地上，开始疗伤。他此时的情况很危险，肉身受损，连骨头都断了。

这一路走来，石昊遇到了太多强敌，想不付出代价就渡劫成功，那是不可能的。就连修为在斩我境的修士来了，多半都会殒身，这次天劫的威力超出了所有人的想象。

这时，一团朦胧的光浮现出来，笼罩了石昊。他开始从雷光中汲取力量，修复肉身。

突然，石昊心头一震，天劫的最后一重天中果然蕴藏着不一般的东西，本以为是毁灭之力，却暗藏生机。

石昊被这种先天生气包裹着，快速复原，体内的骨头噼里啪啦响个不停。

“唰！”

石昊睁开眼睛，快速横移出去数百丈，躲过了凌厉的一击。

一道雪亮的光芒一闪而过，那是一柄白金神剑，石昊刚才差一点就被它击中了。

危机来了！

第九重天起初的确给了石昊复原的机会，然而当他恢复了一些，对手马上就出现了。

“果然留下了一线生机，就看他能否闯过去了。”天劫外，众人见石昊恢复了精力，明白他有了希望。

“人族，弱小时不堪一击，强大时又深不可测，纳命来！”手持白金神剑的生灵大吼道。

一时间，异域的众多生灵向石昊冲了过去，刀气如惊涛骇浪般翻涌，剑光直冲霄汉。

“看招！”

石昊大吼一声，没得选择，唯有大战一场，闯出一条生路。

“轰！”

伴着一声巨响，一道又一道雷光炸开，响声震耳欲聋，惊天动地。

这些生灵一旦殒命或者遭受重创，大多都会化成雷光，而后爆炸，景象恐怖至极。

“哧！”

突然，几道不朽之光从天空中飞过，与仙光交织在一起，看起来很是神秘且诡异。

石昊身体一僵，仰头望天。那是几道强大的身影，他们冲向星域深处，眨眼便不见了踪影。

“可恨！果然是给了他机会，天劫并没有彻底地压制他！”王曦的叔祖怒吼道。

“太好了！”曹雨生等人心中的石头终于落了地。

但是，石昊知道现在还不是放松的时候，最大的危机肯定还在后头。

这时，天劫发生了变化，千军万马排成两排，几个生灵从中间走向石昊，他们穿着银白的战衣，如同无敌战神一般。

与此同时，更多的异域生灵涌现出来，石昊被团团围住了。“九天十地”的生灵没有退缩，纷纷向前冲去。

“噗！”

然而，为首的异域生灵太强了。冲上去的一个中年汉子的铁剑当即被为首的异域生灵用大戟劈断，而后中年汉子的躯体也被洞穿了，整个人变得奄奄一息。

“小兄弟，我看你潜力很大，你先走，给九天留下一些火种！”中年汉子临终时望向石昊，说了这样一番话。

“你……”石昊眉头紧皱。

“快走吧，总要留下希望。我见你从‘十地’杀上来，又连闯八重天，这等潜力最好传承下去，总要有人活下去！”另一位老者朗声道。

“木托王，我跟你拼了！”“九天十地”的一个年轻人一边高呼，一边将战矛向前刺去。

“噗！”

结果不出意料，“九天十地”的年轻人当场便殒身了。

石昊的心情变得复杂起来，尽管知道这是天劫，他还是大受触动。

“都给我纳命来！”石昊怒吼一声。他将身边的异域生灵除掉了很多，然后快速冲向几个银袍王者。

“轰隆！”

伴着一声巨响，石昊背后浮现出一对鲲鹏翅，翅膀一扇动，阴阳二气便弥散开来，碰撞出混沌之气。

“当！”

石昊用一把长刀劈开大戟，响声震天。“噗”的一声，他一刀劈中了为首的木托王，一个强大的异域王族当场殒身。

石昊在异域的千军万马中冲击，不知不觉中，竟来到了“九天”战场的最深处。

就在这时，一道又一道金光化成了金光大道，从四面八方而至。

“轰！”

巨大的声音响起，石昊不仅遭受了重创，而且还被包围了。

令人匪夷所思的是，异域的千军万马居然退后了，有人从那一条又一条金光大道上走了出来。

这些金光大道来自不同区域，方向不同，所代表的族群也不同。每一条金光大道上都只有一个人，他们虽然很年轻，但是都有着不俗的实力，有的年轻人被混沌之气包裹着，有的年轻人若烈日般璀璨，有的年轻人则被仙气托着，有的年轻人的眉心铭刻着天书印记……

“这些是什么人？”

天劫外，众多年轻人惊诧万分。

从金光大道上走出来的都是年轻人，但是连异域的王族都要为他们让路，显然他们的实力更强大。这样一来，答案便呼之欲出了。

天劫外的许多人猜测这些年轻人多半就是漫长岁月以来一直不出世，在蛮古之地蛰伏的帝族！

第1149章 帝族

WANMEI SHIJIE

这个帝族不是人间的帝族，即九天十地中追求长生，号称拥有至尊血脉的帝族。

在九天十地中诞生的至尊，且拥有无敌的力量或者宝术，可以称为人间帝族。不过，由于其先祖在上一纪元成仙，因此他们多以长生世家自称。

九天十地这边的帝族多半都是人间力量的至高体现，属于红尘中的帝族。而异域帝族的意义则完全不一样，那是属于不朽者及以上级别人物的称谓，如安澜、俞陀等人在异域名垂千古，横跨了上下两个纪元，威势惊人，他们的家族便被誉为帝族。

其实还有一种说法，据说在仙古纪元，九天十地的仙王至高无上，所向无敌。异域的安澜、俞陀等人统率大军，最后打败了九天十地，故此认为自己凌驾于仙王之上，从此自称为帝族。

安澜、俞陀这个帝族中的“帝”，是针对仙王中的“王”而产生的，严格来说，这个称号有不朽之帝的寓意。不过，他们依旧没有超过仙王的级别，因为仙王是无法超越的。

九天十地有太多古老的传说，也有无数秘闻，更有数不尽的禁区，异域也是如此。

还有一种说法，那是从古葬区中挖出来的秘密，是从不知道哪个纪元留下的废墟中发现的。

传说，葬区古老得让安澜、俞陀以及鹤无双的师尊等人都无法推演出其具体的纪元，他们发现在他们知道的境界之上或许还有路可走，而且可能有生灵已经达到了那种高度。

那是何其可怕的事！他们本以为自己已经登顶，所向无敌，却发现还有更高深的境界。经过一番仔细的研究，他们并不能确定那种生灵到底存不存在，如果存在的话，为什么会消失？而且按理来说，他们的居住地会成为古葬区，不可能直接化为尘埃。

安澜、俞陀等人对此事进行了推演、研究，没有人知道他们最后究竟得出了什么结论。后来有人传出消息，若是非要给古葬区中的线索下一个明确的结论的话，那么就只能说存在不朽中的“帝”。

故此，世间有这种说法，正是因为发现了那个古葬区，所以才有了“异域帝族”这个称谓。

尽管不是十分确定，但是由于族中有至高无上的古祖，如安澜、俞陀等人，因此可以算是最强族群，称之为帝族也不为过。

实际上，帝族是否存在还有待商讨，仅凭古葬区中的些许线索，还不能下结论。但是，异域各族皆希冀着帝族的出现，哪怕还没有确凿的证据证实其真的存在。

这么漫长的岁月过去了，谁也不知道安澜、俞陀是否找到了证据，或者寻到了新线索。

“据说一个帝族之人就能打败同龄的所有人，真是厉害啊！”有人感叹道。

曹雨生、小蚂蚁以及太阴玉兔听到这番话，脸色瞬间就变了，深感忧虑。

“若无意外，荒没有一点活下来的希望！”金展的五叔祖说道。他虽然是长生世家的一员，但是面对异域的帝族高手也要忌惮三分。

在同境界的对战中，帝族之人几乎从来没有失败过。而现在，一下子就涌现出数道身影，他们从不同的方位冲来，石昊还有什么活路可言？

没有人相信石昊能以一己之力对抗帝族的多个年轻高手。

“看来此事不用我们干预了，这下他肯定逃不掉了！我们顺便看一看传说中的异域帝族究竟有多么不凡。”王曦的叔祖冷笑道。

金光大道铺展到近前，帝族的几个年轻人各占一方，将石昊围了起来。

“终于还是来了！”石昊早有预感会见到传说中的帝族。

“轰！”

随着一声巨响，异域的一个帝族男子直接向石昊挥拳，恐怖的光芒瞬间穿透了虚空。

“砰！”

石昊伸出手掌，一道雷霆随之迸发出来，与那道光撞在一起。响声震耳欲聋，可怕至极。

这只是初步的试探，异域的那个帝族男子还没有真正出击呢。

观战的年轻奇才皆变了脸色，仅是观战便看得出来异域的那几个帝族年轻人十分可怕，应该与传闻一样。

唯一值得庆幸的是，帝族人数少，血脉已经快断了。不过，他们的血脉很霸道，虽然他们与其他族群通婚很难诞生后代，但是只要有后代，后代就会传承他们的血脉。

帝族生活在最古老的地方，过着与世隔绝的生活。这么多年来，无论是九天十地的人还是异域的人，都祈祷帝族千万不要出世。

九天十地的人之所以祈祷帝族不要出世，是因为担心帝族太强，不可匹敌；异域的人则是担心如果帝族出世的话，那么所有的辉煌必将属于帝族，其他人会被帝族的光芒掩盖。

竞逐至尊之位和不朽之道果，谁能与帝族匹敌？

“来吧，帝族，让我看一看你们究竟都有什么本事！”石昊喝道。

此时此刻的形势极为严峻，这可不是一两个帝族之人，而是一群帝族的人！

“这不公平，什么天劫，一个怎么打一群？”曹雨生大喊道。

然而，天劫不会有任何回应，这样的喊叫是没有用的。

“嘿嘿，我很期待荒究竟会怎样殒身。”王曦的叔祖悄声道。

所有人都在关注石昊和帝族一群年轻人的对决，这一次对决肯定会影响深远，他们即将见识帝族有多么恐怖。

“看招！”

终于，帝族的一个女子出手了。她大吼一声，大步逼到石昊近前，一指向他的眉心点去。

“轰！”

伴着一声巨响，无数道金光从帝族女子的指间迸发出来，恐怖的气息弥散开来。

此时，帝族女子的手臂都变成了淡金色的，所有金光全部汇聚到一根手指上。紧接着，一道刺目的神光迸发出来，径直冲向石昊。

这就是帝族，一出手便能震惊世间。

“那是……安澜之矛吗？！”许多人惊呼起来。

帝族女子的手臂上有一道文身，文身呈黄金色，璀璨夺目，形如长枪。正是这道形似长枪的文身在发光，她的力量似乎也源自文身。

乾坤仿佛要崩裂了，这一指之力蕴藏着安澜之矛的神威，根本无人可与之抗衡。

传闻，这个女子是安澜的后裔，天生拥有安澜的神威，比如安澜右手持的黄金长枪就刻在其族人的手臂上，为他们提供强大的力量来源。

“轮回！”

石昊断喝一声，直接催动天生的至尊宝术，时光的力量瞬间在此释放出来。这一记轮回拳勇猛至极，密密麻麻的光阴碎片渐渐淹没了前方。

“轰！”

石昊的轮回拳与帝族女子手指中发出的金色神光撞在一起，发出了惊天动地的响声。

原来那道金色神光是一杆黄金长枪，被时光之力包裹后，上面的金光变得暗淡了。

“锵！”

黄金长枪猛地晃动了一下，一层锈当即脱落下来。它变得更加璀璨，再次向石昊刺去。

“当！”

伴着一声巨响，石昊一拳就砸了过去。

就在这个时候，其他几条金光大道上的身影都动了，他们向前走去，欲动用祖术攻击石昊。

第1150章 绝境

WANMEI SHIJIE

帝族的人出手，谁可与之匹敌？

不止一个人动了，几条金光大道上的人都动了，他们虽然动作不是很快，但是气势惊人。此时的局势对石昊来说十分不利，自古以来，别说一个能打一群帝族的人，就连能与帝族之人单挑的人都很难寻出。

帝族一出，无人可与之匹敌。他们是无敌的代称，是活着的神话，从来就没有遇到过对手。

这是何其惊人的战绩！其他家族的人见到帝族之人莫不绝望，因为彼此之间的实力差得太远了。

“呵呵，荒要是活下来，也算是奇迹了！”远处，王曦的叔祖这样说道。

“铮！”

随着一声轻响，黄金长枪迸发出成百上千道光芒。光芒直冲霄汉，在时光碎片中腾跃，瞄准石昊的眉心，欲取他的性命。

石昊挥出一拳又一拳，像是掌控了时间的力量一样。黄金长枪的力量被影响了，一块又一块金属铁片掉了下来。

黄金长枪每一次被击中后，还是会变得璀璨夺目，如同经历过千锤百炼后再生一般。

黄金长枪仿佛是不灭的，哪怕解体后，也能再次重组，恐怖至极。它原本就不是实体，只是安澜族人手臂上的印记，即便相隔漫长岁月，这种藏于血液中的力量也始终不灭，使得安澜族的嫡系在同代人中所向无敌。

帝族的一个人就如此强大，何况是帝族的一群人！

“不好！”曹雨生沉声道。

按照这种状况看，就算石昊能抵挡这一群帝族之人的攻击，最后也会被其他帝族的人除掉。

“刺破永恒！”那个帝族女子断喝一声，张口向黄金长枪喷出一团白雾，让它变得更加璀璨了。

这一击是要直接攻破荒的轮回封锁吗？观战的很多人的心都提到了嗓子眼，既紧张又担忧。

“咚！”

就在这时，石昊的体内发出一声闷响，虚空跟着震动起来。与此同时，一根又一根线条在他体内亮起，既像是血液，又像是仙光，刺目无比。神秘的纹路在排列、演化，而后与轮回骨文交织在一起，让他瞬间强大了不少。

石昊的气息变得愈发恐怖，威力叠加，仿佛可以震慑诸天。他天生的第三种至尊术一直没有彻底成形，现在他居然将之施展了出来！

石昊在刚开始发现第三种至尊术时，并不明白它到底有什么作用，如今才知道原来它能让其他的宝术变得更加强大。

轮回神通如同被点燃了一般，时光长河浮现出来，瞬间便禁锢了此地。

“当！”

这一击过后，石昊的拳头砸中了安澜留给后裔的印记——黄金长枪。

“咔嚓”一声，黄金长枪断为了两截，这一次无法重组了。

“安澜灭世诀！”然而，那个帝族女子并不惊惧，马上施展出另一种祖术，猛地冲向石昊。

与此同时，其他帝族之人纷纷出手，无数兵器一齐攻向石昊。

这一切发生得太快了！

“轰！”

随着一声巨响，石昊腾空而起，脚下踩着那些兵器。

下方的人皆带着兵器，有的持着大戟，有的握着战矛，有的提着神剑，有的头上悬浮着神炉……

一时间，帝族的一群人气势汹汹，共同攻击石昊。

此时此刻，观战的众人才回过神来，发觉这是天劫中的景象，不是真实发生的大战。因为帝族之人如果真的在此，绝对不会联手对付荒，他们是霸道而骄傲的。

正是因为这样，此时的境况才显得更加危险，谁都没有独自面对过一群帝族之人的挑战。

这是一场极其危险的考验，谁都不知道石昊能不能熬过去。

“坚持住！”太阴玉兔大叫道，为石昊鼓劲。

“这天劫未免也太可怕了！一个对手也就罢了，一群帝族之人一起出现，荒拿什么跟他们斗？”小蚂蚁嘀咕道。

“六道轮回！”石昊大吼一声，催动古天功。

石昊在施展至尊殿堂的大法！

“轰！”

巨大的声音响起，光芒瞬间淹没了此地，所有的兵器都刺中了石昊。一时间，神力翻涌，大道符号浮现出来，璀璨夺目。

“噗！”

伴着一声轻响，石昊负伤了，战矛刺中了他的肋骨，神剑洞穿了他的胸膛，大戟嵌入了他的肩头……

任何一个帝族之人都是所向披靡的，在同境界中找不到对手，如今他们联袂而至，场面骇人至极。

“不！”曹雨生大叫道。

“活下来！”小蚂蚁大吼一声。

“不公平！”太阴玉兔大喊起来。

天劫不可能对外界有所回应，现实就是这么残酷。

金展的五叔祖笑了，微微点头。他知道结局已经不难预料了，无需担心什么，但他心中还是有些悸动，若是将来与异域的帝族之人交手，那该怎么办？除非不与他们为敌，否则打起来肯定会吃亏，毕竟金家只有一个麒麟儿。

“咚！”

伴着一声巨响，石昊仰头长啸，满头黑发迎风飞扬，身体迸发出绝世神光。

“轰！”

巨大的声音响起，石昊体内的三种至尊宝术一齐冲了出来，尽情释放，无比耀眼。接着他冲上了高空，那些战矛、大戟、神剑等也从身体中弹了出来，无法再靠近他。

“看招！”

石昊大喝一声，结拳印，猛烈攻击这些帝族之人。观战的众人只见一道又一道恐怖的神光从他的拳印中飞出，威力极大。

“压制！”帝族之人发出冷漠的声音，纷纷攻向石昊。

这不是一个人，而是一群人先后出击。安澜、俞陀的后裔一个比一个厉害，就算单独出场，于同代人中也可以称得上实力数一数二。

每一个观战的年轻奇才都在自问，如果换作是自己，面对帝族之人的围攻，能坚持住吗？

“砰！”

随着一声巨响，石昊受到了极大的创伤，直接横飞了出去。这是他出世以来罕见的吃大亏的时刻，帝族的祖术太恐怖了。

此时，天地一片寂静，观战的许多人默默地望着石昊，没有小觑，也没有蔑视，只有深深的震撼。安澜、俞陀等人的祖术何其强大，若是换别的年轻人上去，说不定一道光就会使其直接殒身，而荒与数种祖术对抗都没有殒命，简直是不可思议！

“送你上路！”突然，一个冷漠的声音响起。

一个帝族的年轻人走了出来，身体强健，浑身弥散着混沌之气。与此同时，其他的帝族之人也动手了，一道又一道神光再次迸发出来，璀璨夺目。

石昊仰头大吼，非常不甘，他怎能在此战败？怎能殒命于此？哪怕对手是帝族之人，他也要战斗到底！

“轰”的一声，石昊的眉心发光，雷池印记出现，而后迅速放大，冲到他的头顶。

在天劫中，石昊动用了雷池，这是雷帝宝术的至高奥秘。

“轰！”

随着惊天动地的一声巨响，雷池降劫，攻击所有人。可是，敌人太多，实力太强，最后石昊口吐鲜血，险些殒身。

“你拿什么争？还有什么手段，尽管使出来！”金展的五叔祖冷笑道，等着看最终的结果。

这是绝望之境，帝族之人不是一个两个，而是一群，他们同时出手，谁能抵挡？

“不是战胜，是要活下来，坚持就是胜利！”太阴玉兔眼中含泪，大喊道。她知道这是石昊有生以来遇到的最危险的一次劫难，很有可能这次就是永别了。

绝望之境，难以寻到生机。

这次的天劫可怕得超出了众人的想象，石昊根本无法成功渡劫，甚至失去了生的希望。不少观战的人都忍不住叹息起来。

此次天劫的危险程度超越了往常，比其他天劫恐怖很多倍，算是史上的最强天劫。

“我……是最强的！”石昊嘶吼道。他不愿屈服，依旧在坚持战斗。

“轰！”

一道又一道神光冲起，响声震天，击中了石昊的肉身，场面骇人至极。

然而，就在此时，石昊的肉身发生了奇异的变化。他的一半身体变成金色，如同由黄金铸成的一般，另一半身体变得漆黑，十分诡异。

石昊昂起头颅，咆哮了一声，体内涌现出一股奇妙的力量。

第1151章 踏自己的路

WANMEI SHIJIE

当帝族之人施展出一种又一种祖术时，石昊也释放出体内的力量。那股力量似乎在翻涌，在扩散，在冲出体表！

这时，石昊的左半边身子铿锵作响，强大的气息散发出来，他的右半边身子如同深渊一般，像是可以吞噬所有的光一样。甚至连他的头发也是一半金黄如火焰，一半漆黑如墨。

谁都没有料到石昊会变成这样。他完全是因为深陷绝境，被逼成现在这副模样的，也可以说，他这是被压制到极点的释放。

石昊体内释放出来一股巨大的力量，一个生灵在后方出现，与他一同咆哮起来。

太阴、太阳两种属性的力量原本是对立的，此时却在同一个肉身中完整地展现了出来，这让石昊的实力得到了极大的提升。

这是一种宝术修炼到极致后的异变！

不久前，雷帝宝术在攻击中蜕变，石昊领悟了至高真谛，威力倍增。如今在这种绝望之境中，他又领悟了鲲鹏法的真谛，掌握了终极奥义。

在石昊的背后，一只鲲鹏展翅翱翔，身上遍布金色的斑纹，乌、金两种神光交织，笼罩了天地。

“轰！”

伴着一声巨响，石昊挥动拳头，以太阴与太阳的神威攻击四面八方的敌人。可是敌人的数量实在太多，巨大的力量犹如一颗又一颗星星般砸下，即使他的躯体如同不灭金身一般，此时也受到了创伤。

“自不量力，一个人岂能与我们帝族匹敌？”一个帝族的年轻男子冷冷地说道。

帝族之人联手出击，让人更加难以取胜。

石昊体表渗出了鲜血，骨头也在隆隆作响。

“啊——”石昊长啸一声，吐出一口鲜血。他体内的金光和乌光迸发而出，太阳与太阴形成一幅图，猛地攻向帝族的一群人。

这是鲲鹏法演绎到极致的体现。此时此刻，石昊顿悟了！

“砰！”

惊天动地的声音响起，太阴与太阳碰撞后，产生了一股强大的力量。

“轰！”

随着一声巨响，石昊径直飞了出去。他依旧在吐血，肉身严重受创，但他还是坚持对战。

观战的众人原本以为荒会被打败，帝族联手对付的人必定没有什么好下场，可是他仍然活着。

石昊悟出了雷帝宝术和鲲鹏法的真谛，若是再静静领悟一番，就能得到想象不到的收获。

“你还有什么手段？若是没有了，那就等着受死吧！”一个帝族的女子厉声道。

此时，石昊的身体发出微光，一株柳树从他背后浮现出来，扎根在虚空中，枝条垂落，如翠玉般碧绿。

“变！”

石昊断喝一声，绿色的柳树转眼间变成了淡金色。随着他挥拳，成千上万根枝条向着前方冲了过去。

“轰！”

伴着一声巨响，柳树穿透乾坤，枝条纷纷指向帝族的一群人。

在帝族之人联手的威势下，这株柳树变得越发恐怖，逐步走向巅峰，而后猛地炸开，散发出原始精气。

“轰！”

伴着一声巨响，天地震颤了一下。柳树的原始精气将石昊紧紧裹住，与他一同发起攻击。

从某种意义上来说，石昊已经领悟了柳神法的真谛，掌握了最高奥义。在一天内，他先后掌握了三种宝术的最高奥义，这都是关键时刻被逼着悟出来的。

“轰！”

巨大的声音响起，一股原始精气裹着石昊，与帝族的一群人碰撞在一起。璀璨夺目的光芒瞬间迸发出来，石昊还是无法压制群敌，大口吐血，肉身险些崩裂。

观战的众人不由得面露震惊之色，内心涌起滔天骇浪，荒居然又一次挡住了攻击！

“柳树，是那个生灵，你居然得到了它的真传！”一个帝族的年轻男子惊讶地说道。他虽然是雷电所化，但是有情绪的变化。

显而易见，柳神在异域有着非同一般的名声。九天十地的生灵远没有异域的生灵知道得多，因为九天十地这一界曾被异域大军摧毁，几乎所有强者都不幸殒命了，所以九天十地的生灵对之前的事情了解得不多。

“终究不是我自己的法，不是我走出来的路！”石昊轻叹道。

虽然领悟任何一种法的真谛都算是拥有了无敌神通，但是想以一己之力对付帝族的一群人还是不行。

事实上，没有人相信有谁可以凭借一己之力战胜帝族之人，何况是帝族的一群人！

“我还有什么？”石昊自问道。

看到金光大道上的那些帝族之人，石昊心想：难道真的要结束了吗？实在是不甘心啊！哪怕是必死无疑，我也要在此战死！

石昊施展出原始真解和不灭经功法，与帝族的一群人激战。

“砰！”

响声震耳，惊天动地。

石昊哪怕再强大，也难以与这么多帝族之人抗衡。在激烈的交锋中，他受到了极其严重的创伤，近乎殒命。

“哧！”

伴着一声轻响，一根又一根枝条飞出，卷住石昊的残躯，并快速使之复原。

“你还有什么法？”一个帝族的年轻人问石昊。

“要有自己的路，要有自己的法。”石昊自言自语道。他身上全是伤口，整个肉身如同裂开的瓷器一般，密密麻麻的都是裂痕，似乎轻轻一碰就会破碎。

末世人雄！

观战的许多人都不禁暗自感叹，荒能走到这一步已经很不错了，如今看来他真的坚持不下去了。

“我的路还有点远，未容我踏出那一步，不过我还是要试一试。”石昊自言自语道，目光变得坚定起来，如同两团火焰在燃烧。

石昊已经初步摸索出了一条路，即将唯一洞天压缩至体内，于腹部形成极点，而后爆发，最后挖掘出体内的宝藏。只是，这条路还不是很成熟，然而，今日被逼到这一步，他什么办法都想试上一遍！

“都什么时候了，还妄言踏出自己的路，你以为自己是谁？真当是仙王复活吗？！”王曦的叔祖实在忍不住了，奚落了石昊一番。

虽然王曦叔祖讲话的声音不大，但还是被挨得近的一些人听到了，那些人纷纷向他投去愤怒的目光。

“将今世法、仙古法以及我的法糅合在一起，体系合一！”石昊大吼道。他心中本就有一条路，此时迷雾逐渐散开，让他看得更清楚了一些，是时候付诸行动了！

这几年，石昊走的是以身为种的道路，一直在探索体内的秘密。既然每一寸血肉都有无尽的宝藏，为何要修骨文，而不从肉身着手？

这便是他想尝试的法！

石昊琢磨、研究了许久，发现腹部的仙门最多，那些仙门像是力量的集中点，等待着被外力开启。当然，只有真正走通以身为种的路之后，才能看清仙门的排列方式。

“轰！”

伴着一声巨响，石昊动了，唯一洞天浮现出来，笼罩着他的身体，璀璨夺目，如同神环一般。

观战的众人看到这样的场景，不由得大吃一惊。这是今世法的最高境界，以前他们只是听说过，如今竟然亲眼看到荒将十洞天融合归一，这简直太不可思议了！

帝族的一群人也惊诧万分，目不转睛地盯着石昊。与此同时，他们除掉石昊的信念也更加坚定了。

出乎所有人预料的是，唯一洞天缩小并不是要进行防御，而是进入腹部形成了极点，随时准备爆发。

这次的尝试不同于以前，石昊准备让唯一洞天全面爆发，一不留神他可能就会形神俱灭，极其危险。

“鲲鹏法！”石昊大喝一声，额头的青筋都暴起了。紧接着，太阴与太阳浮现出来，形成了阴阳图。

“雷帝宝术！”

随着石昊的大吼，一个雷池出现了，它本是代表毁灭的力量，但是由于内部含有雷劫液，因此又拥有生的希望。

“砰！”

一声巨响过后，雷池不断缩小，最后成为一个点，跃进了阴阳图之中。与此同时，雷劫液注入阴阳图中，成为生死的两个极点。

“柳神法！”

石昊断喝一声，喷出一口原始精气。原始精气先是化成如同柳条般的东西，而后注入阴阳图中，成为太阴与太阳的分割线。

“哧！”

伴着一声轻响，阴阳图冲进石昊的腹部，不断缩小，与唯一洞天的极点重合，融为一体。石昊所做的这一切，都是为了避免伤及自身。

阴阳图看似简单，实际上蕴含了鲲鹏法、雷帝宝术以及柳神法三种大法，是由法则与秩序构成的，而且它还与唯一洞天融合，拥有强大的奥义与秘力。

可是，这还不够!

石昊调动体内最为珍贵的三道仙气，运转仙古经文，使其守护在腹部所有仙门的附近，让那里变得白蒙蒙一片，如同仙境一般。

动用了仙古法、今世法之后，石昊仰头大喊道：“开启吧，我的路，我的法！”

随后，石昊朗声道：“第一步，我称它为——轮海！”

第1152章 开辟

WANMEI SHIJIE

金光大道上屹立着帝族的一群人，他们或手持兵器，或结法印，皆对准了石昊。

“开！”石昊大吼一声。他欲引爆体内已经压缩为一点的唯一洞天，开启腹部密密麻麻的仙门。

由于腹部的仙门最密集，在体内拥有特殊的地位，因此腹部成为开启仙门的首选位置。但是，这样做的后果难以预料，风险太大，动辄粉身碎骨，形神俱灭。

“轰！”

惊天动地的声音响起，如同天崩地裂一般，石昊的腹部发出成片的神光，刺目无比，让观战的众人难以直视。与此同时，一股巨大的能量从石昊的腹部冲出，撕裂了天地，影响了时间与空间的稳定。

冲关的人一般不会如此激烈、干脆，石昊现在是在拿生命渡劫，错一步，他就会身死道消。

世间将再无石昊，再无荒！

“哧！”

响声不断，周围有人捏法印，施展祖术，想穿过那团璀璨的光攻击石昊，还有人手持黝黑的铁矛，欲刺穿那团光，让石昊直接殒命。

帝族的一群人皆面露严肃的神色，似乎感应到了什么，全力攻击石昊。

“轰隆隆！”

刹那间，天崩地裂，响声震耳欲聋。此地突然下起了瓢泼大雨，而且雨还是赤红色的，这是传说中的“天哭”！

放眼望去，天上全是神魔和先民的尸体，甚至还有真仙的躯体。这一番景象骇人至极，让观战的人头皮一阵发麻。

荒在摸索自己的路，怎么会引出这么多奇异的景象？

“不全是异象，有些是真实的。一些尸体是被奇异的力量引来的，竟然连先民都被惊动了！”

那些肉身不灭的生灵虽然已经殒身，但是依旧能感应到特别的力量，出现在了空中。

“这是天地的认可，还是敌视？不管怎么说，这都是一种壮举。”一个年轻奇才悄声道。

此时，观战的众人震惊不已，皆瞪大了眼睛看着石昊。

石昊所在的位置依旧璀璨夺目，旁人难以看清他的真身。他腹部内的极点炸开，仙门被引爆，释放出强大的力量，神圣的气息瞬间弥散开来。

帝族一群人的攻击成功被石昊阻挡，那些从仙门冲出的力量一下子便与帝族一群人施展的祖术相遇了。

这是一场大碰撞！

石昊的肉身遭到了严重的创伤，连骨头都断裂了，腹部渗出了鲜血。在一团又一团光爆炸后，他几乎走向了生命的尽头。

这一次开启仙门的过程实在是太冒险了。

石昊已经做好了充分的准备，将鲲鹏法、柳神法以及雷帝宝术合一，形成阴阳图，再与极点融合。可即便如此，这种强行开启仙门的行为还是引出了不可想象的力量，他的肉身险些被毁。

这时，骨文交织，阴阳图浮现出来，为石昊调理气息。

同一时间，三道仙气也在帮助石昊修复肉身，尤其是腹部。这些洁白的仙气拥有不可思议的力量，他的躯体原本会不断裂开，而后化为灰烬，现在却停止了裂开，慢慢恢复了过来。

帝族的一群人看到这一幕，纷纷面露惊诧之色。他们联手的最后一击威力何其强大，可是对手依旧没有殒身。

“谢谢你们成全！”话音刚落，石昊“哇”的一声吐了一口血，脸色苍白。但是，他依旧笑得很灿烂，这是发自真心的笑，因为他知道自己初步成功了。

石昊很感谢帝族的一群人，如果不是他们的祖术和兵器与从仙门中冲出的力量第一时间碰撞在一起，他肯定已经被体内的力量毁灭了。

对于石昊来说，刚才的情况太危险了，所幸帝族的一群人攻击了他，不然哪怕他以雷帝宝术、柳神法以及鲲鹏法演化神图，与腹部的极点融为一体，且通过仙气护体，也还是会有生命危险。

内外的相互碰撞，不仅帮石昊分担了那股躁动的力量，还助他熬过了最艰难的初始阶段。

“轰！”

伴着一声巨响，石昊的腹部发光，一扇又一扇仙门共同开启，释放出无穷无尽的活力。

然而，很快，异常的情况发生了。一股死气从石昊的腹部冒了出来，形成滚滚的浓烟。死气能够腐蚀人的体魄，影响人的寿元。

“嗯？怎么回事？”

观战的众人很是疑惑，荒的体内怎么还有死气？这是自寻死路吗？

仔细看，那些死气是从仙门中冒出来的，它们汇聚在一起，最后形成了一片死海。唯一值得庆幸的是，还有一些仙门在喷涌生命泉液，与死气形成对立之势。

观战的众人不禁倒吸了一口凉气，这就是荒体内的秘密吗？人体是平衡的，既有生机，也有死寂，荒开启的腹部——轮海，便包含着生与死！

腹部的仙门连接在一起，开始重新组合、排列。石昊的腹部，也就是他口中的轮海此时正激烈地变化着，因为腹部的仙门被全面开启，所以肉身产生了异变。

这是一种蜕变，更确切地说，是一种涅槃。

仙气笼罩了石昊的腹部，助其疗伤。阴阳互抱，化成神盘，生死相依，演化为先天道图，如同太极般的轮海就这样形成了。海为死气所化，轮为生命之神盘，它们彼此交融，组成道图，生死循环，达成平衡。

“那是什么？他是怎么做到的？”许多人的声音里都充满了震惊。他们想看清第一次出现在世间的轮海，可是石昊所在的位置仙气弥漫，混沌雾浮现，什么都看不见。

此时，石昊的腹部已经愈合，身体的其他部位也在快速复原。

“那里究竟是什么？怎么回事？”金展眉头紧皱，很是不解。

“这小子命也太大了，怎么又活了？”王曦的叔祖觉得很不可思议，嘀咕道。

而且，王曦的叔祖感到很不安。荒这一次好像得到了极大的好处，如果荒真的踏出一条属于自己的路，天知道他会有什么惊人的举动！

金展的五叔祖淡淡地说道：“我就不信他真的能开创出一个体系来，他以为他是谁，历代的前贤先哲吗？”

“死气怎么没有腐蚀他？”有人提出了疑问。

观战的众人明白，荒走的路太过可怕，他挖掘出体内最深的秘密，释放出血肉中的所有力量。哪怕是死气，他也能将之化为己用，掌握生与死的平衡。

刚才，不少人都看到了，密密麻麻的仙门集中在荒的腹部，如今荒全身的仙门连接在了一起，释放出来的力量肯定会更加强大。

石昊体内所有仙门的力量都会经过腹部，还会在那里聚集、交融，轮海必定会成为始源地！

越是细想，观战的众人越是觉得毛骨悚然，荒开辟了一条可怕的路，若是继续走下去的话，他的成就将无法想象。

不少人都很想知道轮海究竟藏着什么秘密，可是匆匆一瞥，并不能洞悉其中的奥妙。而且，几乎没有人敢像石昊那样开启轮海，在腹部开天辟地，能活下来就已经算是一个奇迹了。

况且，其他人能够让十洞天融合归一吗？一般说来，只有以十洞天融合归一为基础，才能开辟出轮海。

帝族的一群人也想知道轮海的秘密，故此一直没有出手，而是在一旁盯着石昊。

突然，天地间出现了各种祥和的气象，先是彩霞迸发出来，仙光成片地降落，然后神圣的祭祀音响起，像是在告慰先民，让那些之前出现的古尸重归坟墓。

与此同时，大星横空，各种仙道真灵的烙印浮现出来，龙腾凰鸣。地上和虚空中更是生出了大道神莲等药草，让此地看起来如同仙土一般。

随后，一座又一座神桥从天穹降落，欲接走石昊。

所有人都愣住了，一种又一种异象出现在他们眼前，此地瞬间变得神圣起来。这一切都是因为石昊创造了自己的法与路，引发了天变。

“看招！”帝族的一群人怒吼道，纷纷攻击石昊。

“我也很期待现在对决会怎么样！”石昊面不改色，朗声道。

石昊开辟出轮海，等于重筑了大道根基，而且轮海的开辟是一步到位的。那么多仙门同时开启，再加上石昊现在掌握了自己的路与法，实力自然惊人。

可是还未等石昊与帝族的一群人交手，一个东西突然从天穹上落了下来，伴着仙气和仙光。

第1153章 斩仙台

WANMEI SHIJIE

从天穹落下的东西如同一件天宝坠落人间，然而，石昊见到它后却浑身发寒，起了一身的鸡皮疙瘩。

这东西他见过！

以前渡天劫时，石昊看到过此物，不过并未近距离地与它接触，只是远远地瞥了一眼，如今这东西竟然径直冲着他来了！

斩仙台！

这是一座道台，上面有一把铡刀，远看祥和，近看则让人不寒而栗，从头凉到脚。斩仙台一旦出现，就意味着有人要殒命，传闻它是专为做出逆天之事的生灵准备的。

“我知道了，荒踏出了自己的路，惊动了传说中的斩仙台。”有人低语道。

哪怕与斩仙台相隔很远，众人也感到头皮一阵发麻。据说，斩仙台比天劫还可怕，只要铡刀一落下，便会将人送去往生。

众人以前都是从骨书上看的图，如今居然见到了实物！

天劫还有一线希望可以渡过，而斩仙台一出现，简直让人绝望。从某种意义上来说，它是天劫的一部分，是天劫中的特大劫难。

“这……没天理，还让人活吗？我……”曹雨生忍不住想骂人。

众人知道斩仙台之所以出现，是因为荒踏出了自己的路，创造出了一种与众不同的体系，唯有这种惊天动地的大事件才会惊动斩仙台。

不过，荒不管今日是否能够活下来，必定都会被载入史册，成为闻名古今的大人物。因为不要说这一纪元，就连仙古纪元也没有几人可以惊动斩仙台。

“史上排名前三的虚道境天劫，再配上斩仙台，这是……必死无疑啊！”一个年轻奇才叹道。

“很好，死于铡刀之下，一了百了。”金展的五叔祖冷冷地说道。

“天地不公，为什么会降下这么多劫难？”太阴玉兔为石昊感到不平，大喊道。

“活下来！”小蚂蚁大叫一声，将大罗剑胎丢给了石昊。

一开始，石昊害怕大罗剑胎会在天劫中引发什么危机，便在渡劫前将它交给了小蚂蚁，现在小蚂蚁又把大罗剑胎还给了他。

石昊叹息一声，接过大罗剑胎，看了几眼，又扔了回去，道："我若回不来，就送你了！"

石昊知道如今即使有大罗剑胎在手也没用，这是天劫，他无处可逃，只能撑过去。

这时，很多人都在对石昊说话，但他自动忽略了那些声音，像是与世隔绝了一样。

他在思忖对策！

"轰！"

随着一声巨响，斩仙台径直落在石昊所在的位置，不偏不倚。

斩仙台不是很大，不像是由雷霆化成的，看起来跟真实的石台没什么区别。那把铡刀闪烁着暗红色的光，像是饮了无数至尊的血液一样，散发出凶戾之气。

此时，帝族的一群人皆目不转睛地盯着斩仙台和石昊。

"咔嚓！"

短暂的寂静过后，斩仙台上的那把铡刀有了动静，发出的金属颤音震慑人心，恐怖至极。

"锵！"

铡刀一颤，暗红色的刀面高高地抬起，金属摩擦的声音如同来自地狱一般，让所有人胆战心惊。

"轰！"

伴着一声巨响，铡刀发出耀眼的光芒，遮天蔽日，仙气滚滚，场面颇为壮观。

"动了，开始行刑了！"有人惊呼起来，身上直冒冷汗。

只见一道身影被押上了斩仙台，"咔嚓"一声，铡刀落下。

"轰！"

一道惊雷炸开，响声震耳欲聋，瞬间便化成了漫天雷光。殒身的不是石昊，而是一个帝族的人。铡刀没有从石昊开始下手，而是率先攻击了那些在天劫中显化的身影。

这出乎了所有人的预料，那些帝族之人本就是天劫的一部分，怎么也被攻击了？

随后，帝族的一群人都被押上了斩仙台，结果如何，不难预料。

这样的景象让观战的每一个人都头皮发麻，只要被押上了斩仙台，就根本没有办法反抗。

“石昊！”曹雨生大吼一声，十分焦急，却无能为力。

“不！”小蚂蚁与太阴玉兔也惊呼起来。

仙光如锁链般缠绕在石昊的躯体上，将他押上了斩仙台。

“我怎么觉得人生一下子变得更美好了？”王曦的叔祖低语道。荒的不俗表现让他感到很不安，对于王家来说，荒殒身于斩仙台是最好的结果。

这时，暗红色的铡刀发出雪亮的光芒，仙雾弥漫，而后金属摩擦的声音响起，铡刀缓缓从上方落下。

“不要啊！”不少人大叫道。但是，天劫中发生的事无法改变，旁人根本无能为力。

“有生之年能看到斩仙台也算是一桩幸事。”金展的五叔祖捋着胡须，笑眯眯地看着斩仙台，这样说道。当然，他说的话只有小范围内的几人听到，不然肯定会引起众怒。

“轰！”

随着一声巨响，仙光迸发出来，观战的众人看到一片赤红自铡刀上闪过。

“不要啊！怎么会这样？！”一些人大吼起来，为石昊感到惋惜。

九天十地的年轻奇才皆钦佩强者，自从知道石昊一个人在大赤天边疆连胜异域的十位年轻强者之后，就对他佩服不已。而不久前，他们看到石昊勇敢渡劫，与帝族众人血拼、对峙，甚至踏出了自己的路，便对他更加敬畏了。现在，他们看到石昊殒身，都很心痛和不甘。

“终于落幕了，是时候结束了。”王曦的叔祖淡淡地说道。

“锵！”

伴着一声轻响，仙光和血光都消失了，斩仙台恢复成原来的样子，铡刀变成暗红色，不再刺目。

“石昊，你怎么能就这样离开我们？！”

“回来啊！”

太阴玉兔、曹雨生等人纷纷怒吼起来，充满了不甘。

石昊静静地躺在斩仙台上，从他躯体中渗出的鲜血闪烁着淡金色的光芒，触目惊心。

观战的众人都觉得很不真实，像做梦一样，荒才刚走上人生的高峰，居然就这样殒命了？

“斩仙台，谁人能渡过？”拓古驭龙叹道。

齐宏、卫家四凰等人也是一阵轻叹，没有再说什么。

“嘿嘿——”王家的人暗中冷笑起来。金家的一群人脸上露出淡淡的笑容，这下彻底放心了。

“砰！”

巨大的声音响起，地上的鲜血汇聚在一起，向石昊的身体涌去。

“这是怎么了？”

“天啊！荒没有死，这怎么可能？他是如何做到的？！”

观战的众人震惊不已，斩仙台上的铡刀都没能除掉荒，他居然活过来了！

第1154章 复活的秘密

WANMEI SHIJIE

石昊重新站了起来，身体周围弥漫着浓浓的精气，闪烁着万道霞光。与此同时，他身上的伤口正在飞快地愈合，苍白的面孔渐渐有了血色，双目由呆滞变得炯炯有神。

这一切显得十分诡异，石昊分明已经殒命了，此时却恢复了意识。

要知道，斩仙台上的铡刀不仅能斩灭肉身，还能毁灭元神，完全不给生灵活命的机会。可现在，石昊好像只是肉身受了损伤，元神并没有什么大碍。很快，他变得神采奕奕，被天劫劈出的伤口都愈合了。

“我不相信！”王曦的叔祖不愿接受石昊并未殒身的事实。

石昊在渡劫中展现出极大的潜力，若是来日登上大道巅峰，必是一个巨大的威胁。

金展的五叔祖的脸色很难看，金家与王家已经联姻，而且数次与石昊对立，他并不乐意看到石昊这样强大。

“太好了，哈哈，石昊居然撑了过来，还活着！”曹雨生大笑道。

太阴玉兔和小蚂蚁激动不已，原以为要替石昊收尸，没想到他竟渡过了此劫。其他人大为震惊，这简直就是一个奇迹，一个他们亲眼见证的奇迹！

齐宏忍不住叹道：“真是了不得，从斩仙台上走一遭都可以活下来，真是万古罕有，不愧是拥有天纵之资的奇才！”

“不得不让人佩服，居然可以起死回生，他到底用了什么手段？”长生世家的拓古驭龙也开口了。

卫家四凰也有这个疑惑，从斩仙台上走一遭，谁能活下来？上一纪元有成功的例子吗？荒究竟是怎么做到的？

此地瞬间沸腾了，众人纷纷议论起来，没有一个人不想知道石昊是怎样复活的。

斩仙台上，石昊的身体发出光芒，他看着手上那几道印记，沉默不语。

“咦？快看，他头上出现了三朵大道之花，其中一朵花包裹着一个生灵！”一个年轻奇才发现了石昊的变化，惊呼道。

当年石昊的修为还在天神境，他就已经凝聚出了三道仙气，而且头上还绽放了三朵大道之花。

这是取道生一，一生二，二生三，三生万物之意。

石昊的一朵大道之花中盘坐着一个生灵，那个生灵被混沌之气包裹着，平日间看不到。

那朵大道之花中的生灵和石昊长得一模一样，而且很特别，始终不言不动，像是来自极其古老的年代。

石昊一直没有将大道之花中的生灵研究透彻，也没有从它身上得到什么力量。不久前，他在修炼仙道经文的时候，发现早先的修炼犹如无根之萍，并未扎根在体内，故此，他散开了三道仙气，使其扎根在血肉和骨骼之中，重新孕育。

那时候，大道之花中的生灵跟着消失了。不过，石昊知道修出的道果并未消失，而是藏在体内的某个角落。

这一次，石昊为了活下来，动用了各种办法，从柳神的生命大法，到轮海中的生命之力，再到将元神寄托于他处等。

但是，到最后石昊发现任何功法都无法阻挡天劫的攻击。他在斩仙台上挨了重重的一击，险些殒身。

当时，石昊叹息了一声，以为在斩仙台走上一遭，此生肯定就此终结了。然而，让他意想不到的事情发生了，那个盘坐在大道之花上的生灵居然自行浮现了出来。关键时刻，那个生灵从轮海冲入他的头颅，与他的元神暂时合为一体，挡住了铡刀的攻击。

大道之花中的神秘生灵替石昊挡住了铡刀的攻击，差点就直接消散了。

那一瞬间，石昊觉得非常失落、惋惜，大叫着想阻止大道之花中的生灵消失，却无能为力。他知道修出来的道果对自己意义重大，如果让大道之花中的生灵代替他殒身的话，他就会永远失去它。

最终，他还是活了下来。不过，在最后的一刹那，他看到一道印记飞向了那个生灵，让原本即将消散的它又变得清晰了。

如今，石昊站在斩仙台上，目光炯炯地看着重聚的大道之花和盘坐在里面的生灵。随后，他又看向右手，没错，的确少了一道印记，只剩下四道了！

石昊有过几次奇异的经历，如同轮回一般，他的手上先后出现了五道传说中的轮回印，最近的一道印记是他去了不灭峰后出现的。

那时，石昊和小蚂蚁去取《不灭经》，一起经历了十分恐怖的事，甚至还与敌人同归于尽了。经过那一次事件后，他的手上出现了第五道轮回印，现在，他的手上少了一道印记，只剩下四道了。

虽然那个盘坐在大道之花中的生灵被混沌之气和仙雾笼罩着，但是石昊依旧能够看清它身上多了一道印记。不过，它的印记与他的不太一样，如同一个钢圈般锁住了它的身体，令它动弹不得。

石昊心头一震，一直以来他都不知道大道之花中的生灵拥有什么能力，也不明白轮回印到底有什么用，现在终于有一点眉目了。那个生灵替他挡住了致命一击，那道印记阻止了那个生灵的消散，如今两者相互依存，印记笼罩了生灵，保证生灵不灭。

石昊很长一段时间都没有说话，觉得这件事很诡异。

“轰！”

伴着一声巨响，斩仙台化成了一片雷光，消失不见，只剩下石昊独自立于空中，身侧闪烁着天劫之光。

到了这一步，一般的雷光已经不能伤到石昊了。他一路从“十地”闯到“九天”，多次濒临死亡，已经历经了足够多的磨难。

天劫快接近尾声了！

这时，天穹上出现了一个模糊的池子，几滴晶莹的液体从池中洒出，清香扑鼻，沁人心脾。

石昊用手接了几滴液体，送进嘴里，浑身顿时发出耀眼的光芒。令人惊讶的是，那个模糊的池子居然对准了他，不断地洒落液体！

石昊当即盘坐下来，任液体落下，张开嘴，大口吞咽着。渐渐地，他身上所有的伤口都消失了，甚至连断掉的骨头都接起来了。

“雷劫液，大造化啊！”许多人大为震惊，脸上满是羡慕之色。

雷劫液是传说中的至宝，喝下它对身体有天大的好处，尤其是这种史上排名靠前的天劫，其伴生的雷劫液更惊人，对于年轻一辈来说是绝世造化。而现在，雷劫液就这样直接落入石昊的口中，实在是太惊人了。

此时，太阴玉兔也顾不上形象了，擦了擦嘴巴，连口水都流出来了。

“回头请我喝一杯啊！”曹雨生大喊道。

远处，一些人恨不得立刻将雷劫液据为己有，这其中就有金展的五叔祖。他脸色铁青，双目赤红，盯着石昊，很不甘心。

石昊不仅没有殒命，还有可能会变得更加强大！

“我不甘心啊！怎么还没有回信……”王曦的叔祖喃喃道，攥紧拳头，目光中流露出凶戾。突然，他的袍袖中一动，多了一物，那东西是穿透虚空而来的，没有被人察觉。

王曦的叔祖大喜，在心中暗道：荒，我要让你知道什么才是真正的高手！你不是要得道了吗？我要让你废在半路上，道果尽毁！

第1155章 雷灵

WANMEI SHIJIE

王家一直与石昊对立，不想他变得更厉害。王家的“五条龙”之所以会被放逐到帝关，就是因为石昊。帝关危险重重，身在帝关的王家人都格外仇视石昊，恨不得他立马殒身。

王曦的叔祖第一时间将石昊渡劫的消息禀告给了帝关的重要人物，连王家的“五条龙”都知道了。王曦的叔祖掏出从虚空中传送而来的东西，仔细观察，发现是一个石盒，盒子上面写了一行小字。

这是王大赐下的圣物，是一件令人意想不到的东西，里面藏着生灵。

“天啊！世间真有这种东西！”王曦的叔祖的声音都变得颤抖了。他一开始觉得有些恐惧，而后便觉得很是惊喜。

不管怎么说，这东西是用来对付荒的，若是培养得当的话，将来必定会成为王家有力的武器。

王曦的叔祖难掩激动的心情，连手指头都颤抖了起来，因为这东西实在是太稀奇了！

“道兄，你这是怎么了？”金展的五叔祖看到王曦的叔祖的手在微微发抖，便出声询问。

“没什么，只是想到荒可能会废掉，高兴而已。”王曦的叔祖毫不掩饰这种快意，直言道。

虽然天劫接近了尾声，但是“九天十地”还未消失，若是将这东西放出去，多半会引发惊人的变故。想到这里，王曦的叔祖开心地笑了，满脸的褶子更加明显了。

雷灵是传说中的生灵，几乎从未有人见过，大多数人都不相信它真的存在。可是，王曦的叔祖刚才得到的石盒上写着一行小字，表明里面就有雷灵！

相传，雷灵是在天劫中诞生的，以雷光为食物，甚至能对抗天劫。

从古至今，不要说一般人不相信有这种生灵，就连真正的至尊也不信，因为这实在太荒诞了。天劫是什么？是上苍之威！怎么可能在那么有限的时间内孕育出一种生灵？

然而，王曦的叔祖坚信王大不会无的放矢，拥有那等身份的人怎么可能会说戏言？

这时，王曦的叔祖想起了一个关于王大的传闻。昔日，王大游历天下，进入了一个属于上一纪元的洞天，险些殒身于内，最后还是王长生持长生战戟将他救出来的。

据闻，那个地方有无穷无尽的雷光和闪电，难道说雷灵就是从那里出世的？

按照骨书上的一些记载，雷灵必须在雷霆中生存，因为雷霆是它的食物，没有雷霆它就会消失。

“嘿嘿，等着送你上路！”王曦的叔祖目光冷峻，盯着石昊，这般说道。

此时，石昊通体闪烁着耀眼的光芒，饮着从雷池洒落的雷劫液，整个人发生了巨大的变化。他新生的肌肤如同羊脂玉般洁白细腻，毛发都脱落了，重新长出来的头发黑且光亮。

石昊的身体表面闪烁着一层淡淡的光芒，雷光已经不能伤到他了，他的身体就像不灭金身一样。

空中的雷池看起来很模糊，也很遥远，石昊想着等一个好时机冲上去，将它夺走。忽然，他觉得天劫有些不对劲，雷池居然自主洒下雷劫液，送他造化。

“‘天外有天’原来不是俗语，而是真的！”石昊自言自语道。

在“九天”之上，在雷光的上方，在云雾之间，还有一重天。它很模糊，并不显眼，就算睁开天眼也很难看清楚，不过那里似乎没有危险。

“两个雷池，还真是第一次见到！”石昊恍然大悟。他看到第十重天上还有一个小雷池，那个雷池不足一尺见方，内含混沌之气和仙气，“九天”的雷池与其相比只能算是副池。

“第九重天的东西肯定没有第十重天的好，想蒙蔽我，让我就此离开，没门儿！”石昊暗自笑了起来。如果不是通过一番仔细的感应，觉察到还有第十重天，他一定会夺得副池后便欣喜地离开。

“我明白了，第九重天的雷劫液被稀释了，这雷劫液应该是从第十重天上滴落的。”石昊看了看两个雷池的方位，发现它们正好垂直对应，于是做出了这样的猜测。

只要天劫不结束，雷池就不会消失。石昊一点也不急，他想把两个池子一起端掉。

“哧！”

随着一声轻响，石昊腾空而起，瞬间就出现在了副池前。接着，他坐在池中，直接以雷劫液洗礼肉身。这样大胆的举动引发了一阵惊呼声，众人震惊不已。

此时此刻，天劫中最危险的时候过去了，抉择的时候到了。石昊心想，他是要再进一步，还是要全面巩固呢？渡过了这一劫，他就可以继续突破，进入斩我境了。

这么年轻便达到了这样高的境界，要是传出去的话，肯定会引起天大的风波，这是真正的前无古人！

世间还从来没有出现过在石昊这个年纪就进入斩我境的生灵，年仅二十几岁便屹立于武道高峰之上，最起码这一纪元没有比他更年轻的了。

就连石昊自己都觉得境界突破得太快了，他为了进入虚道境，闭关了三年，如今才过去一年多，又要突破了。

这一年来，石昊主要是在闭关。为了来到边荒，他和许多年轻人跟着几位奇人在一片净土中学道，了解边荒的秘密等。当然，他也战斗过，但次数不算太多，总的说来磨砺得还不够充分。

“太快了！”石昊自言自语道。只要他现在愿意，他就能成为修为在斩我境的大修士。

经过一番仔细的思索后，石昊决定再磨砺一下，因为他刚修炼仙道经文一年，一直在调养身体。虽然他让三道仙气扎根在了体内，但若是现在急于突破的话，状态会不稳。

“就看是否有人逼我了，如果战斗环境不是太恶劣，我便先夯实道基，反正随时都可以突破。”石昊自言自语道。

紧接着，石昊开始施展仙道经文，利用雷池的造化培育体内的三道仙气。

三朵由仙气凝聚而成的大道之花被石昊散开后，均匀地分布在他的血肉和骨髓之中，与他的躯体交融，互相滋养。

“轰！”

伴着一声巨响，仙道经文开始生效了。石昊的身体如同无底洞般吸收着雷劫液，以滋养仙气、壮大己身。

突然，石昊的轮海发出刺目的光芒，其中的命轮直接吞食起雷劫液来。

同一时间，轮海中的“海”也发生了异常，它居然在吞食雷光，吸收毁灭之力！

这种变化太惊人了，雷霆等竟成了石昊的力量来源，他终于明白自己的这条路有多么不凡了。虽然他掌握了不少修炼方法，有仙古的宝经，也有今世法的骨文等，但那都是别人开创的。

历来就有一种说法，即唯有自己的，才是最强的！

石昊开创了自己的路，这是属于他独一无二的大道之路，可助他登上悟道巅峰。

轮海吞食了雷光和雷劫液后，开始在石昊的腹部演化，发出洪大的诵经声。他的身体颤动起来，轮海的生死两极发出柔和的光，使得血肉和骨髓中的仙气变得更活跃了。

石昊心中充满了喜悦，这是一种巨大的收获。天劫不断降下，雷光霍霍，他不但没有被劈伤，反倒在进化。

这时，石昊闭上了双眼，一动不动，仿佛陷入了深层次的悟道之中。

远处，王曦的叔祖瞪大了眼睛，难以置信，他能明显感受到石昊在变强。

“就是此时，趁你闭关，神游太虚，取你性命！”王曦的叔祖面露凶狠之色，厉声道。

“咔！”

随着一声轻响，王曦的叔祖开启石盒，将三个雷灵放了出来。

刹那间，这里的虚空扭曲了，而后又恢复了原样。

三个雷灵有筷子那么长，犹如蛇虫，浑身闪烁着雷光，一个为银白色，另一个为金黄色，还有一个为暗红色。它们趁无人注意时，穿透虚空，进入了雷霆之中。

那个暗红色的雷灵最为残暴，一见到雷池，便化为一道闪电，向石昊冲了过去。

“锵！”

然而，就在那个暗红色的雷灵接近石昊时，一道雷光落在了它的身上，火星四溅，响声震天。

石昊猛地睁开眼睛，看向那个暗红色的雷灵，之前他就有所警觉，只是还在怀疑，难道真的有生灵可以潜入天劫并进行干预吗？

“想害我，这件事没完！”石昊喝道。居然有人想破坏他的道果，没有比这更可恨的事了。

第1156章 降伏

WANMEI SHIJIE

雷灵很像虫类，接近石昊的这个雷灵呈暗红色，如同由仙金铸成的一般，给人一种冰冷、坚硬的感觉。

石昊虽然不认识雷灵，但是能明显感觉到眼前这个生灵很危险，不同寻常，不然它早就被天劫劈成焦炭了，怎么可能像现在这样冷冷地盯着他？

这是一个非常恐怖的生灵！

石昊呼吸急促，心中震怒，究竟是谁故意在他渡劫时祭出如此诡异的生灵，想要加害于他？心思未免也太歹毒了！

闪电一道接一道地迸射出来，响声震耳欲聋，一般的人根本看不清雷池附近的情况。

这里到处都是雷光，无比耀眼，众人就算睁开了天眼，仍然觉得有些刺痛。不过，这并不妨碍众人做出判断，他们知道石昊出了问题。

“这是怎么了？荒似乎很愤怒。”有人提出了疑问。

众人诧异万分，不明白具体发生了什么事情，主要是雷灵太小，而且又化成了一道闪电，不容易被人发觉。

那个暗红色的雷灵高昂着头，露出利齿，吞吐着闪电。天劫根本伤不了它，它原本就以雷霆为食物。

此时，这个暗红色的雷灵盯上了石昊所在的雷池，深知那才是最大的造化。

“嗖！”

伴着一声轻响，暗红色的雷灵主动发起攻击。它原本呈暗红色，不是很引人注目，刹那间，它的身躯变得璀璨夺目，成千上万道光芒迸发出来。

“嗖！”

暗红色的雷灵刺透了虚空，眨眼间就到了雷池畔，直取石昊的眉心，欲毁灭其元神。

石昊面不改色，抬手施展出不灭经功法，两根手指发出淡金色的光芒，猛地向着那个暗红色的雷灵夹去。

但是，还有一道光的速度更快！

天穹上，一道雷光笔直地劈了下来，气势惊人，带着混沌之气，呈赤红色。

“当！”

火星四溅，响声震天，雷光正好击中了暗红色的雷灵。它先是一颤，而后直接翻了出去。

暗红色的雷灵大为震惊，发出怒吼声。它最不怕的就是雷霆，一般说来，天劫根本伤不了它，可现在它的躯体竟在滴血，明显是负伤了。

“哧！”

伴着一声轻响，暗红色的雷灵再次出击，欲进入雷池中，抢走雷劫液。

“当！”

又是一道雷光，这次的雷光呈银白色，且伴着混沌之气。暗红色的雷灵被雷光劈得翻滚起来，皮肤破损，有的地方甚至变得焦黑了，它还从未在天劫中吃过这么大的亏！

暗红色的雷灵没有想到它居然接近不了雷池，哪怕对方不反击，它也毫无办法。

“那是什么东西？居然可以在雷霆间自由行动，对抗天劫！”

“太惊人了，难道它要与荒对决吗？”

众人终于发现了异常，看到了那三个雷灵，纷纷议论起来。他们都很疑惑，不知道雷灵是真实的生灵，还是由闪电所化。

“轰！”

天空中，一道又一道雷霆劈落，响声震耳欲聋。雷灵被天劫盯上了，遭到了猛烈的攻击。

石昊如今正在收获造化，接受天劫的认可，雷灵冷不丁地冒了出来，想要闯入雷池，夺走造化，自然就遭到了天劫的攻击。

此时，雷灵有些心慌了，因为这天劫可以伤到它，这样下去的话，它可能会殒身于此。

远处，王曦的叔祖大惊失色，难道连雷灵都对付不了荒？连雷灵都吃不消的天劫，荒却承受得了，这说明荒的抗天劫能力比雷灵还要强！

“没天理，怎么不直接劈死他？”王曦的叔祖自语道。

“我也希望他直接殒身在此。”金展的五叔祖点头道。

这时，石昊站起身来，走出雷池，逼向那个暗红色的雷灵。他对眼前这个生灵感到很好奇，没有人比他更清楚天劫究竟有多强，可是这如同虫类般的生灵居然到现在都还没有殒命。

“嗖！”

暗红色的雷灵见石昊离开了雷池，立马猛地冲了过去。

“当！”

暗红色的雷灵跟石昊的手撞在了一起，响声震耳，如同两块神铁撞击一般。

石昊心头一震，这个小东西居然比想象中还要厉害！

暗红色的雷灵愣住了，向来无坚不摧的它居然被撞得晕头转向了。

石昊施展出不灭经功法，用右手向前抓去。

暗红色的雷灵发出刺耳的叫声，似乎是在召唤伙伴助它一臂之力。此时的石昊恨不得立刻除掉雷灵，不当它是一条虫子，而将它视作一个真正的敌人，全力出击。

石昊接连出手，数次猛击，伴着一片飞溅的金属火星，终于将暗红色的雷灵拿下了。

远处，王家的人皆目瞪口呆，荒未免也太恐怖了，一个雷灵居然就这样被他降伏了！

雷灵如果想要晋阶，就需要夺他人的造化，比如雷池中的宝液，过去它就夺过别人的道果。

这次，石昊正好渡大劫，随时可以晋阶，雷灵若是夺得他的造化，就可以成功晋阶。

“不，雷灵不能落在他的手中！”王家的人大吼起来。因为雷灵太珍稀了，举世就只有这三个，毫不夸张地说，这三个雷灵将来多半会成为虫帝。

石昊手中的暗红色的雷灵一直在尖叫，没有停止过。

“轰！”

突然，惊世雷光迸发出来，响声惊天动地。远处，一金一银两道身影带着闪电大军，向石昊所在的方向冲去。

众人震惊不已，又有两条怪虫出现了，它们居然能够号令天劫中那些由闪电化成的生灵！这也太匪夷所思了，荒不是渡完劫了吗？怎么又出现了这样的怪事？

一些人到现在还不知道雷灵是活着的生灵，并非闪电所化，因为没有人认识这是雷灵。

“轰！”

伴着一声巨响，石昊迎上另外两个雷灵和千军万马。如今他的身体已经复原，自然无惧那些手下败将。因为他不久前曾与那些由闪电化成的生灵激战，只要没有帝族之人联手，现在的天劫对他来说不算什么大问题。

“你们两个也给我过来！”石昊断喝道。他逼近那两个雷灵，发起猛烈的攻击，它们吃尽了苦头，最终落荒而逃。

“你们俩正好在前面给我带路！”石昊冷笑道。

两个雷灵虽然速度极快，但是没能甩开石昊。

“嗖”的一声，两个雷灵穿越虚空，瞬间消失了。

“想逃，没门儿！”石昊怒斥道。他的神觉极其敏锐，一直锁定着两个雷灵，而且他身上的暗红色的雷灵与那两个雷灵还有奇特的气息感应。

“轰！”

伴着一声巨响，石昊一步迈出，越过了很多里路，一下子就到了王曦、金展等人的近前。

“荒，你想干什么？！”王曦看向石昊，脸上露出难以置信的表情。

“滚开！”石昊大喝一声。他没有看王曦，而是盯上了王曦身边的那位老者，他感应到那两个雷灵就在老者的身上。

“放肆！”金展伸出一只手，就要拍向石昊。

“你也给我滚，不要碍事！”石昊厉声道。

第1157章 怒火

WANMEI SHIJIE

得知两个雷灵躲在王曦的叔祖的身上后，石昊火冒三丈，王家的人居然这么狠毒，要在他渡劫时害死他。

王家既然都使出这么卑劣的手段了，他自然不必再忍住怒火，什么王曦，什么金展，谁若是阻挡他，直接除掉！

石昊抬起双手，开始结印，准备对付王曦与金展。王家不是最喜欢扼杀奇才吗？那么，今日他也打击王家的奇才一番！

“展儿，退后！”金展的五叔祖在关键时刻一把将金展拉了回去。

“叔祖，你这是何意？”金展执意要出手。还从未有人敢当着他的面那样说话，刚才荒丝毫没有将他放在眼中，态度傲慢至极。

不要说金展，就连其他人都很吃惊。金家的堂堂一代天骄金展，居然被人呵斥，而其叔祖却拉着他，不让他出手。

“石昊，发生了什么？”曹雨生喊道。他知道出了大事，不然石昊怎么会从雷池中走出，直逼王家而去？

“他们放出一种奇异的生灵，想加害我。”石昊沉声道。

“什么？！”众人闻言，心中大惊。

石昊直接揭露王家的阴谋，既是回答曹雨生，也是出于安全考虑，避免有些人狗急跳墙，做出什么难以想象的事情来。他相信现在说出事情的真相，一定会惊动大人物。这里的动静很大，格外引人注目，只要有大人物阻止修为在遁一境的人，石昊就可以从容地收拾其余的人，那些想害他的人必须付出代价！

“太过分了，如此歹毒，蓄意在天劫中加害石昊，简直是丧心病狂啊！现在是与异域大战的关键时期，石昊在大赤天边疆一战连胜异域的十位年轻强者，立下了赫赫战功，你们为何要加害他？”曹雨生大喊道，不怕将事情闹大，就是要惊动四方。

“你们还有人性吗？”小蚂蚁也大声嚷嚷起来。

太阴玉兔更是高声喊着，竭力数落王家人的罪行，这一番举动惊动了众多强者。

其他人听到这些话，都觉得王家做得太过分了，哪怕双方有再大的恩怨，也不能做这样见不得光的事。如今正是一致对外的时候，居然有人要谋害自己这一边杰出的年轻人，这实在有些说不过去。

“你血口喷人！”王曦的叔祖反驳道。他知道，无论如何也不能承认是他干的，否则后果不堪设想。

“老匹夫，你暗中加害我，如今反倒有理了，还怪我冤枉你？！”石昊向王曦的叔祖逼近，冷冷地说道。

“荒，你不要太过分！”金展怒吼起来。

“滚！一边待着去，若非你叔祖拦着救你一命，我必除掉你！”石昊呵斥道。

这时，王曦想要说些什么，却被她的叔祖阻止了，叔祖暗中吩咐让她立刻走，不得停留。

“荒，欲加之罪，何患无辞？你想向我们王家泼脏水也不用这么赶时间吧？应该想个万全之策。”王曦的叔祖镇定下来，这样说道。

到了这个时候，王曦的叔祖不可能低头承认，只有狡辩到底，才能脱身。他知道族人可能不会为他出头，但是他绝不能认命。

同时，王家的强者在暗中施法，准备偷偷拿走那个石盒和雷灵。

“轰！”

一道巨大的响声传来，一股特别的力量突然攻向那个想带走石盒和雷灵的王家强者。

很明显，有人暗中出手阻止王家人拿走石盒和雷灵。

现在，除非有人主动站出来，直接夺走石盒和雷灵，不然别无他法。如果王家人承认雷灵是王家的，说不定会引来其他高手的攻击，王家也会从此走向没落。

“虽说你半截身子都快入土了，但也不能这样颠倒黑白吧。”石昊猛地向前跨了一大步，浑身闪烁着雷光，喝道，“给我出来吧！”

“开启石盒，放雷灵走！”有人向王曦的叔祖传音。

王曦叔祖的脸色顿时变得惨白，他知道自己被族人放弃了，但还是照做了。

“嗖！”

随着一声轻响，一金一银两道光芒冲上云霄，就要逃走。

“想走，没那么容易！”石昊厉声道。他看上了雷灵，如果将其好好培养的话，说不定会收获顶级的战仆。

“小辈，你欺人太甚！分明是你让异虫攻击我，还栽赃陷害我！我今天跟你拼了！”王曦的叔祖说完，立马向石昊冲去，以便为那两个雷灵逃走争取充足的时间。

“老匹夫，无耻到这种程度也算是少见了。”石昊一拳挥出，瞬间引得天崩地裂。

王曦的叔祖是修为在斩我境的高手，虽然全力出击，但还是吃了大亏，竟被石昊一拳打得吐血，接连倒退了好几步。

“小辈，你这样是不是太欺负人了？得饶人处且饶人！”这时，金展的五叔祖开口了。见石昊又顺势挥出一拳，他急忙出手，替王曦的叔祖挡下了一招。

石昊没有继续对付王曦的叔祖，转而追击那两个雷灵，欲将它们捉住。

这一战惊动了很多人，此地沸腾了。

“这难道是传说中的雷灵？”终于有老古董认出了雷灵。

王家的人长叹了一口气，他们知道这三个雷灵无论如何也回不了王家了，光是“雷灵”二字就足以引起那些大人物的注意，搞不好最后连孟天正都会出面。

此时，石昊已经追上了一个雷灵，另一个还在逃。突然，一只大手冒了出来，想要抓住那个还在逃的雷灵。

“砰！”

伴着一声巨响，一点微光出现，一根手指弹开了那只大手。随后，一个威严的声音传来：“既然雷灵是冲着荒去的，理应由他降伏。”

那些想要争夺雷灵的人不约而同地叹了一口气，不得不退后。

“它动了！”就在这时，太阴玉兔惊讶地说道。

石昊交给太阴玉兔和曹雨生保管的东西中，有一个茧动了。那个茧快速破开，迸发出耀眼的光芒，一个生灵破茧而出。

是皇蝶！它竟在这个时候觉醒了！

昔日皇蝶得到了大造化，吸收了一只古皇蝶的精华，一直在茧中等待蜕变，连石昊都没有想到它会在今日苏醒。

“把它们交给我吧。”皇蝶对石昊传音。

“嗖！”

随着一声轻响，皇蝶展翅冲上高天，如同金色的太阳一般，眨眼间就追上了另一个雷灵。

“咔嚓！”

那个雷灵利用闪电进行攻击，响声清脆，威力巨大。皇蝶微微一振翅，所有的电光便散开了。

众人看到这样的场面，顿时惊呆了，这是什么逆天的生灵，居然能与雷灵对决?

石昊大为震惊，将一金一银两个雷灵都交给了皇蝶，想看一看皇蝶究竟有多强。

两个雷灵顿时勃然大怒，驾驭着雷霆，一同向石昊攻去。它们是高傲的，有威严的，今日居然被这样小觑!

“轰! ”

然而，更为可怕的事情发生了。皇蝶一振翅，长空便崩裂了，响声震耳欲聋，恐怖至极。

众人惊骇不已，虚空湮灭，大裂缝不断蔓延。

“嗖! ”

两个雷灵突然加速，猛地朝皇蝶扑了过去。随后，它们张开嘴，露出锋利的牙齿，就要撕咬皇蝶。皇蝶虽然看着弱不禁风，但是此时显露出来的神威足以让所有人胆寒。

“砰! ”

皇蝶的金色蝶翼猛地一扇，响声震天，直接将两个雷灵压在了下方。

所有人都愣住了，一只蝴蝶居然将两个雷灵击败了!

看到这一幕后，石昊放下心来，转而对王曦的叔祖喝道:“老家伙，该算一算你我的账了，你王家就这么下作吗? 为了对付我，真是不择手段啊! ”

“小辈，你如果再污蔑我王家，别怪我对你不客气! ”王曦的叔祖厉声道。

“小道友，莫要欺人太甚。”金展的五叔祖也开口了。

“做都做了，有什么不敢承认的? ! 看来王家也不过如此。另外，既然你们说要对我不客气，还谈什么欺人太甚? 今日我就让你们看看什么是真正的不客气! ”石昊的声音如同惊雷般响起。

紧接着，石昊就到了王曦的叔祖近前，准备与之对决。对于修为在斩我境的生灵，他现在一点也不犯怵。

“你……”王曦的叔祖虽然竭力对抗，但还是受伤了。

“住手! ”金展的五叔祖大喝一声，想要阻止石昊继续攻击。

“我还没有跟你算账呢，你反倒自己送上门来了! ”石昊长啸一声，一挥手臂，一道耀眼的雷光向金展的五叔祖冲了过去。

“你敢！”金展怒吼道。他一直在压抑心中的怒火，此时见石昊连金家的族人都敢攻击，终于忍不住了。

“回来！”远处传来一声断喝，阻止金展出手。

“轰！”

巨大的声音响起，石昊动用最强战力与两位老者交手，占据了上风。两位老者受到重创，大口吐血。

“你！”王曦的叔祖怒喝一声。

“咚！”

石昊又挥出一拳，雷光闪耀，王曦的叔祖瞬间被击中了。

“你说出究竟为何要害我，我便饶你一命。”石昊冷冷地说道。

“你……做梦！”王曦的叔祖不敢背叛家族，这样说道。

“那就送你上路！”石昊面露凶狠之色，厉声道。

“噗！”

随着一声轻响，王曦的叔祖吐出一口血，立刻便殒身了。

在石昊猛烈的攻击下，金展的五叔祖大叫一声，没了生气。

金展看到这一幕，双目赤红，愤怒不已。王曦面露震惊之色，仿佛不敢相信眼前的这一切。

第1158章 强大组合

WANMEI SHIJIE

两个修为在斩我境的高手就这样殒身了，观战的人皆深感震惊，荒到底强到什么地步了?

“你……”王曦指着石昊，说不出话来。

“我要斩了你！”金展怒吼道。他一头长发乱舞，张口吐出一片由骨文组成的星河，向石昊攻了过去。

若是将由骨文组成的星河修炼到出神入化的地步的话，连斩灭宇宙都不成问题。

“回来！”这时，后方传来一个冷漠的声音。

空间之门缓缓开启，一只蓝色的大手从门里伸了出来。“砰”的一声，那只大手一把抓住金展，将他带走了。

在场的众人看到这一幕，无不惊讶，还以为金展要发狂，与荒决一死战呢，没想到却被带走了。不用多想，带走金展的人肯定是金家派来的，因为有大人物一直在关注此事，现在事态的发展复杂化了，所以金家想置身事外了。

现在最焦头烂额的是王家，他们比金家要背运，意外失去三个雷灵，损失极其惨重。

雷灵十分珍贵，自古以来都没有出现过几个，连今世的至尊都不太相信有雷灵这种生灵的存在，因此众人见到雷灵很是惊讶。

这绝对是天大的事件!

作为事件的主角之一，荒居然能够降伏雷灵，这让众人更加心惊。

“荒太强了，我以为我已经很高估他了，现在才发觉他比想象中还要厉害！”一个年轻奇才赞叹道。

雷灵是很厉害的生灵，石昊居然能击败雷灵，而且还击败了三个。要知道，雷灵可是连天劫都敢对抗，甚至以雷光为食物的生灵。

石昊的战绩是有目共睹的，众人终于知道他为何能够一个人在大赤天边疆连胜异域的十位年轻强者了。

“王家和金家的两位高手居然就这么轻易被除掉了，荒的速度好快啊！”

“金展不是号称今世法第一吗？为何走了？有本事就与荒一战！”

当众人从震惊中回过神之后，一些年轻奇才都偏向了石昊，不齿王家的行事手段，自然也看金家不顺眼。尤其是王家，还趁石昊渡劫时放出那等恐怖的生灵，坏他法体，抢他道果。

现在，很多人都知道雷灵是什么东西了。不少人感到震惊的同时还有些恐惧，三条筷子长的虫子而已，居然可以吞食雷劫，坏人道果。

“王曦仙子，你王家未免做得太过了吧？”这时，九天的一个年轻奇才质问起王曦来。

王曦脸色苍白，一方面对石昊的实力感到震惊，另一方面为叔祖的殒身而伤心，一直处在失神的状态，听到这番话后双目才恢复了光彩。

“王曦仙子，何不请你的未婚夫金展光明正大地与荒对决一场，总比放雷灵坏人道果要好，看一看孰弱孰强！”另一个年轻奇才建议道。

“这件事自有公论。”就在此时，一个冷漠的声音传来，又一扇空间之门出现了。

蒙蒙光辉闪烁，无数骨文浮现出来，最后将王曦收了进去。

王家没有强者出现，王家人若是在这种场合出手的话，肯定会招来帝关绝代人物的攻击。

大长老现在应该已经出关了，他要是知晓了此事，说不定会对王家的“五条龙”动手。

显而易见，雷灵易主，王家已经收不回去了。

若是培养得好，雷灵可能会成为王家人的底牌，结果却这样白白丢掉了。

谁能想到在天劫中具有先天优势的雷灵竟被石昊击败了，王家利用雷灵偷袭石昊的计划以失败告终。

远处，皇蝶还在与一金一银两个雷灵大战。皇蝶轻轻一扇翅膀，虚空大裂缝便瞬间蔓延无数里，连苍穹看起来都是破碎的。

“这家伙当初在仙家战场遗地吸收了一只古皇蝶的精元，从中得到的好处果然不可想象啊！”曹雨生叹道。

古皇蝶是石昊在一座地宫中遇见的，他还从那里获得了一把骨钥，也正是因为那把骨钥，他才在不灭峰成功拿到了《不灭经》。

怪不得一只皇蝶所在的地宫有那等惊人的东西，皇蝶这种生灵太恐怖了！

此时，皇蝶有些愤怒，之前它已经将两个雷灵压在了下方，占据了上风，没想到两个雷灵始终不肯屈服。

“当！”

皇蝶看着柔弱，其实攻击力惊人，蝶翼一扇，火星四溅，响声震天，银色的雷灵身上立马出现了一道可怕的伤口。

雷灵肉身不坏，除了石昊之外，很难有生灵能够伤到它们，皇蝶竟然做到了。

“轰！”

金色的雷灵看到伙伴受伤，张口便吐出一道金色雷电，发出惊天动地的响声，并且伴着仙雾。

看到这一幕的人皆面露震惊之色，纷纷议论起来。

“这是与血肉交融的仙雾，是伴着一口鲜血喷在雷电上的！”

“这种生灵……太可怕了，莫非它有仙道之力？”

果然，被雷灵之血浸染的雷霆变得更强大了，皇蝶当即被弹开，银色的雷灵脱困了。

两个雷灵大声尖叫着，一同发威，催动闪电，化成了一金一银两道神光与皇蝶对决。

这样激烈的对战场面吸引了所有人的目光。

许多人都在猜测这究竟是什么蝴蝶，为什么会如此厉害。有人道出了皇蝶的名字，但是知道它的人很少，了解它战绩和特点的更是没有几个。

皇蝶属于很珍稀的生灵，只在太古出现过一次，关于它的记载极少。

“这只蝴蝶很有可能与守护者一样不属于这一界，而是来自一个很遥远的地方。”有人低语道。

“锵！”

伴着一声巨响，皇蝶再次占据上风，以一敌二，成功地压制了一金一银两个雷灵。

众人看到这一幕，不由得目瞪口呆，这只蝴蝶也太厉害了！要知道，它可是追随荒的生灵，荒能降伏雷灵也就罢了，没想到连他身边的一只蝴蝶都能将雷灵制得服服帖帖！

“这……”

许多人震惊不已，一时间说不出完整的话来。皇蝶若是成长起来，实力肯定会大增。

“雷灵被彻底制伏了！”一个年轻奇才惊呼起来。

对决了四百多招后，皇蝶降伏了两个雷灵，一只翅膀压一个，让它们动弹不得。

石昊微微一笑，从天劫中走了出来，亲手为两个雷灵施加了封印，将它们与之前的那个暗红色的雷灵收了起来。他觉得雷灵的实力不容小觑，如果将雷灵收为己用的话，绝对能得到不少好处。

看到这里，众人已经无法保持平静了，纷纷议论起来。一时间，此地一片喧嚣。

不过，石昊没有管这些，而是盘坐在雷池中，将那些未吸收完的雷劫液都炼化了个干净。

随后，石昊闯上了第十重天，欲夺取那个真正的雷池。

“还有一个雷池？”一群年轻奇才看到石昊闯上第十重天，都觉得有些不可思议。

第十重天是由祥和的神光构建而成的，令人觉得奇怪的是，第十重天的闪电并不狂暴，反而很柔和。但是，当石昊想要夺取真正的雷池时，情况却变得不一样了。

一时间，电闪雷鸣，狂风大作。石昊受到了猛烈的攻击，他全力对抗，快速向前冲，一下子就到了雷池畔。

这个雷池很小，但是里面的液体的力量很惊人，比之前那个雷池不知道强了多少倍。液体红通通的，如同玉髓一般，又像是天地的精血，内蕴着强大的力量，价值连城。

石昊连忙取出一口骨鼎，快速收取池中的液体，不敢耽搁，生怕出现什么意外。他发现这个池子很古朴，摸上去感觉是由古岩石开凿出来的，根本不像是雷霆所化。

“既然这液体是真实的，那这个雷池会不会也有可能是真的？我能不能将池子一起搬走？”石昊自言自语道。

这个雷池跟石昊以往见到的都不同，岩石坚硬，触感真实，有一种特别的仙道气息。

“跟我走吧！”石昊断喝一声，动用一身的大神通，想将这个雷池装进空间法器中，留着以后再研究。

远处，看到这一幕的人都惊呆了，心想：荒未免也太贪心了吧，夺取雷劫液也就罢了，还要把雷池带走。

一般说来，任何人都无法得到整个雷池的液体。

过去石昊渡劫时，对此深有体会，方才那第九重天的雷池是个例外，因为那不是这次天劫的最终造化。

第1159章 胆大包天

WANMEI SHIJIE

“咔嚓——”

雷电一口气劈落，石昊颤动个不停，鲜血从体内渗了出来。

第十重天的雷电原本是柔和的，即使石昊夺取了雷劫液，雷电也没有变得如此狂暴，一切都是因为他想搬走雷池。

“给我起！”石昊大吼一声，轮海发光，催动鲲鹏法、柳神法等，全力争夺这个雷池。

众人都不知道说什么好了，心想：不久前荒还击退了天劫，一副威风凛凛的模样，现在居然成了这个样子。

“刚才荒好帅气，英姿勃发，可现在他……这个样子，感觉好不相符。”一个美丽的少女嘀咕道。

何止不符，简直是判若两人！

现在的石昊一门心思想着搬走雷池，其他的都不在乎了。

“喂，石昊，你在干吗？别这样好不好？有些丢人。”太阴玉兔为石昊感到有些脸红。

“雷池由闪电所化，并不是真实的，唯有雷劫液才是自毁灭中孕育的天材地宝，可以收取。”小蚂蚁对石昊说道。

“我明白自己在做什么。”石昊确定眼前的就是真实的雷池。

在搬雷池的过程中，石昊也没有耽搁，一直在用骨鼎收取雷劫液。他怕万一搬不走雷池，最后两边都落了空。

果然，雷劫液最多只能取半池，甚至半池都收不完。

就在这时，雷池发出隆隆的响声，准备遁走了。

天劫要结束了，但是这里的闪电依旧很猛烈，比石昊之前经历的“九天十地”的大劫还要可怕。连他自己都没有想到，到最后关头居然遭受了猛烈的攻击，浑身再次变得焦黑了。

“给我起！”石昊大喝一声，还是想搬走雷池。

虚空一阵颤抖，大裂缝不断蔓延，雷光闪烁，天劫即将消失。

“定！”石昊拼尽全力将六道轮回天功、原始真解施展出来，同时让轮海发光，一同压制雷池。

令石昊没有想到的是，雷池居然要带着他一起没入苍穹的大裂缝中！

“快停下来，进去的话你会没命的！”曹雨生大叫道。

其他人皆瞠目结舌，惊惧不已。

按照传说，如果真的寻到了天劫之源的话，必然会形神俱灭，身死道消。自古以来，从未有人从天劫的根源地活着回来。

天劫不是自雨云中产生的，而是突兀地从天穹降落的，其源头十分神秘，现在石昊就要跟着天劫进入其根源地了。

“臭小子，你给我回来！”就在这时，大长老都被惊动了。

许多老辈人物赶到此地，见到这一幕之后，无不震惊，这小子未免也太大胆了，夺取半池雷劫液还嫌不够多，居然还要留下雷池！

他们看着石昊，都有些不解，也不知道该怎么评价他，这是一个天纵奇才，还是一个胆大妄为的混账小子？

“我再试最后一下！”石昊依旧没有放弃搬走雷池。

此时，天穹出现了一些奇异的裂缝，雷光在向裂缝里收拢。

众人看到这一幕，皆胆战心惊，说不出话来。过去从未发生这种情况，确切地说是从未有人见过这样的景象，一些人只是听过传说，没想到天劫居然真的有归处。

“臭小子，你不要命了，快给我住手！”大长老呵斥道。

石昊还在进行最后的尝试，即将消散的天劫再次向他发起了攻击。苍穹上，那些奇异的裂缝闪烁着彩色的光芒，于黑暗中有些醒目，让人看得更清楚了，裂缝在缓慢地闭合。

“给我收！”石昊大吼一声，轮海发出刺目的光芒，刹那间便将雷池收了进去。他豁出去，就是想得到这个古池，留着以后研究。

众人看到这一幕，心想：荒这是成功了吗？不足一尺见方的雷池呢？怎么不见了？难不成真的进入他的腹中了？

石昊的行为就像捅了马蜂窝一样，成千上万道闪电瞬间从那些闪烁着彩光的裂缝中迸射出来，恐怖至极。

石昊无处可避，被雷霆和闪电击得浑身乱颤，头发焦黑，奄奄一息。雷霆的力量超乎想象，同时还冒出了混沌之气，他身处的地方逐渐被淹没了。

“糊涂啊！”大长老叹道，既无奈又心惊，担心石昊会丢掉性命。

这次的天劫明显比之前的更可怕，力量更强大，仿佛要毁掉一切。似乎是因为石昊强行收走雷池，所以才引起了雷霆大祸。

此时，石昊拖着受伤的躯体，仍然在苦苦抗争。显而易见，他遭遇了有生以来最大的危机。

令人感到震惊的是，斩仙台居然再次浮现了出来，散发出恐怖的气息。

一时间，众人都不知道说什么好了，荒也太能惹祸了！

唯一让石昊感到欣慰的是，尽管雷霆不断落下，但是那些裂缝闭合的趋势未变。眼看那些裂缝越来越小，很快就要彻底闭合了，可是闪电好像跟他有仇一样，拼命地向外钻，如同海眼之水般不断地涌向他。

“别啊！我已经在斩仙台上走过一遭了，你就不用出现了，下次咱们再聚首，当然永远不见最好！”石昊大叫道。他看到斩仙台由模糊变得真实了一些，那把暗红色的铡刀都快清晰可见了。

“轰！”

闪电如雨点般噼里啪啦地落下，每一道闪电都与混沌之气混合在一起，可怕至极。

大长老看得忧心，却无能为力。若是旁人干预的话，可能会引发更加可怕的雷霆。

“不行的话，就将雷池还回去吧！”曹雨生冲着石昊喊道。

“不就是一个破池子吗？赶紧扔了！”太阴玉兔和小蚂蚁也劝石昊放弃雷池。

皇蝶扇动翅膀表示认同，性命最要紧，不能再逞强了。

“轰隆——”

伴着惊天动地的响声，雷霆一道接一道迸发出来，击中了石昊。这要是换作其他人，早就没命了。

石昊以《原始真解》化腐朽为神奇的力量阻止天劫，全力对抗。他用轮海收走雷池后，腹部一直闪烁个不停，但他就是不把雷池放出来。

石昊盯着斩仙台上的那把暗红色的铡刀，生出了几分惧意。而且，此时最后几道裂缝快闭合了，强行从中冲出来的闪电也减少了，不过，那些已经冲出来的闪电都很猛烈，威力惊人。

“锵！”随着一声巨响，斩仙台上的那把暗红色的铡刀发出刺目的光芒，欲再次劈向石昊。

这时，石昊不得不做出抉择了，到底还要不要坚持下去?

突然，有人喊道："裂缝闭合了，时间已到！"

与此同时，斩仙台上的铡刀冲霄而上，没入裂缝中。

"咔嚓！"

清脆的声音响起，大裂缝彻底闭合了。很多雷霆被留在了外面，斩仙台也被截下了一部分，铡刀留下了一股精气，眼看就要在天地间弥散。

"给我收！"在众人震惊的目光中，石昊大吼一声，张口吞下了剩余的雷霆，欲用它们炼体。

随后，石昊将雷池放了出来，准备用雷池吸收斩仙台上的铡刀留下的一股精气，留着以后用。他觉得那股精气不管是炼成剑胎还是炼入肉身中，都会有不可想象的威势。

一群老头子看到这一幕，很是眼红，纷纷向石昊扑了过去。他们的目标是雷池，从古至今就没有人强行留下过雷池，这简直是千古奇闻!

"让我看一看这到底是什么东西，怎么会有真正的实体留下？居然不是由闪电化成的！"

"让我先来鉴定一番，看看到底有何惊天的秘密！"

一群老头子差点因为雷池打了起来，都想第一个仔细观察雷池。

相对雷灵那种逆天的生灵，雷池更吸引他们，因为他们头一次看到有人强行将雷池留了下来。

第1160章 讨价还价

WANMEI SHIJIE

“别捣乱，快点闪开，最重要的东西要跑了！”石昊一把将一个头发乱糟糟的老头子扒拉到了一边，朗声道。

此时，石昊神情严肃，眼神专注，正追逐着斩仙台上的铡刀留下的精气。他没有轻易用肉身去触碰那股精气，害怕吃大亏，毕竟他之前被暗红色的铡刀击中过，那种滋味实在不好受。

为了保险起见，石昊决定动用雷池。雷池和斩仙台都是在天劫中诞生的东西，应该不会起冲突，而且雷池应该不会被那股精气摧毁。

“小子，你这是什么态度？”那个老头子瞪了石昊一眼。

“嗖”的一声，那股精气如同闪电般掠过天穹，似乎没有什么比它的速度更快。

“哧！”

随着一声轻响，一位老者出手将那股精气逼到了石昊近前。然而，那股精气却立马向另一个方向冲了过去。

“咦？有点意思，难道这东西成精了不成？居然还有意志。”另一位老者感叹道。

“好东西啊！这也是从天劫中坠落的，没有看错的话，应该是斩仙台上的铡刀断裂的一角所留。”

“这东西很有可能比雷池的价值还高，挡住它，千万别让它跑了！”

一群老头子议论纷纷，一起出手，阻止斩仙台上的铡刀留下的那股精气逃走。

刚才石昊还在抱怨一群老头子挡了他的路，现在则长出了一口气，这群人实力强大，有他们出力，那股精气根本无法逃脱。

“小心！”突然，有人惊呼出声。

那股精气直接击穿了虚空，眼看就要破空而去，一旦让它逃脱的话，就很难再捉到它了。

“给我出来！”一位白发苍苍的老妪大喝一声，双手闪烁着微微的光芒，向前拍去。

"轰隆"一声，那片天宇当即被老妪的双手拍得裂开了缝，同时，那股精气也被逼了出来。

"这东西真狡猾，给我收！"另一位老者取出一个金皮葫芦，就要收走那股精气。

金皮葫芦闪烁着五色神光，葫芦嘴浮现出一个旋涡，仿佛能将天地都收进去。这是一件极其强大的宝具，光是散发出来的威势就很惊人，在天空中逃遁的那股精气最后还是被金皮葫芦吸了进去。

"哈哈，到手了。"手持金皮葫芦的老者大笑道。

然而，那位老者刚一堵住葫芦嘴，金皮葫芦就剧烈地震动起来，发出"咔嚓"的响声，葫芦的底部浮现出一道光芒。

"我的宝贝！"老者气得脸都绿了，大叫道。

葫芦的底部被穿透了，那股精气冲了出来，没想到如此厉害的宝具居然都收不住它。

"这东西真邪门，让我来试一试。"其他老者纷纷取出兵器，攻击那股精气。

结果，让人意想不到的事情发生了，那股精气不仅刺透了一面古盾，还割裂了一杆神矛。最为可怕的是，它还将一位老者的手掌刺透了！

"太不一般了，这到底是什么东西？真的只是一股精气吗？"此时，所有人都在关注斩仙台上的铡刀所留的精气。

"轰！"

突然，一只黑色的大手出现在空中，不少人吓得腿都软了，差点倒在了地上。这种威势太可怕了，许多老头子的脸色当即变得惨白。

"来自祖坛！"一位白发苍苍的老者神色大变，这般说道。

祖坛是一个特殊的地方，除了供奉着历代的战神，还容纳着几位负责守护帝关的无敌者。这个时候一只黑色的大手伸了出来，不用想也知道，肯定是其中一位闭关的无敌者被惊动了。

连那等人物都看上了这股精气，可见它有多么不凡。

"就这么一股精气，量太少，不够分，还是留给年轻人吧。"这时，大长老的声音突然响起。

接着，大长老断喝一声，一指向前点去。法力如同赤红的岩浆般向那股精气涌去，精气瞬间就被禁锢了。

大长老不愧是神威盖世，法力无穷，有他出手，一切都变得简单了。

“哧！”伴着一声轻响，大长老一挥手，便将雷池收了过去。随后，他用雷池压制了那股精气，至此才算结束。

那只黑色的大手略微停顿了一下，最后还是无声无息地退走了，没入虚空，消失不见。

看到这一幕的人皆震惊不已，但是没有一个人敢议论祖坛。

短暂的寂静过后，众人纷纷开口。

“这该不会是斩仙台的精粹吧？”

“那口铡刀斩神灭仙，留下的精气肯定不凡，说不定可以与雷池并列。”

一群老头子无法控制自己激动的情绪，一拥而上，围在了石昊的身边。

“小道友，这个雷池可不算小，将它敲断了卖给我一块如何？”一个老头子打起了雷池的主意，对石昊这般说道。

“雷池哪里大了？”石昊像个财迷一样，眨了眨眼睛，似是有点遗憾地道，“我嫌它太小！”

“我不嫌小，跟我交换吧，遁一境的法器随便你挑。”另一个老头子笑眯眯地说道。

还没有等石昊表态，其他人就数落起这个老头子来了。

“我说卫老头，你可是出自帝关的长生世家——卫家，这么寒酸的东西也好意思拿出手。”

“就是，也太小气了！”

卫家和拓古驭龙的家族一样，位列帝关三大长生世家之列，卫家四凰便是来自卫家。

“不用多说了，我出一块黑暗仙金！”一个长着雪白胡须的老头子大气地开出条件。

众人心头一震，仙金是什么？那可是炼制仙道法器独一无二的材料，举世难寻，一般的人都拿不出来。

“当然，我只有一小块，拇指大，你们也知道这种东西遍寻九天十地都很难凑足炼制一件兵器的分量。”长着雪白胡须的老头子说道。

众人不约而同地点头，这是实情。

当众人认出老头子是拓古家族的人后，不禁暗自感叹，在这世间也只有长生世家的人才拿得出仙金了。

“小道友，我也愿意出一块仙金，比他的略大！”卫家的老头子很想得到雷池，便这样说道。

雷池实在太神秘了，是从天劫中出现的实物，从古至今还没有人得到过雷池。

这是众人第一次见到由古岩石开凿而成的雷池，因此都觉得它很了不得。

这个雷池若是自然天成，肯定有大讲究，说不定蕴藏着大道至理；若是人为开凿的话，就更神秘了，故此没有人不想得到它。

此外，不少人对斩仙台上的铡刀留下的那股精气也很感兴趣，迫切地想对它展开研究，只是都不敢开口，因为他们觉得大长老可能看上了那股精气。

“我出一件至尊法器！”又有人开价了。

至尊法器是大长老、王长生这等人物炼制的宝具，他们究其一生，用心血祭炼，最多也只能炼成一件法器。

这等法器无比强大，若是发挥出全部的威力，几乎等于至尊出世。而且，天地大环境变了的话，至尊法器有可能会进化为仙器。

毫无疑问，打造至尊法器的材料都是顶级的，如世界石、仙金等。

“诸位前辈，这东西我真的不能交换。”石昊一边挠头，一边说道。

说实话，石昊对各位前辈给出的条件都很动心，但还是舍不得以雷池交换，他自己还想将它好好研究一番呢。

“我只想换一小块，不要整个雷池。”有人这样说道。

一群年轻奇才都傻眼了，荒这是得到了多大的造化，一群老头子居然疯狂地开出各种好条件要与他交换雷池，光是雷池的价值就难以想象，更不用说雷劫液和那股精气了。

不少年轻奇才都很羡慕，心想，荒渡过虚道境的天劫后，得到的好处也太多了吧！

“这样吧，只要将雷池借给我研究半年，这块仙金就是你的了！”一个老头子这般说道。

石昊很是为难，道：“这样吧，诸位前辈，如果你们愿意帮我一个忙，这东西我便当众交出，如何？”

这句话一出，一群老头子瞬间目瞪口呆，心想，这小子一直不松口，现在居然这么痛快地要将雷池交出来？

“你到底要我们帮什么忙？”一个老头子问石昊。

“王家有‘九条龙’，其中有‘五条龙’就在帝关，谁能把他们给我抓来，我就把雷池送给他！”石昊很干脆地说道。

一时间，众人哑口无言，面露震惊之色。

“王家的‘五条龙’好像很厉害，但是我们这么多人一起闯过去，我就不信抓不到他们。”石昊继续说道。

第1161章 立场

WANMEI SHIJIE

石昊不加掩饰地提出抓王家的“五条龙”这个要求，与其说这是他的一种决心，倒不如说是他的一种态度。

这次王家做得太过分了，居然放雷灵袭击他。雷灵是稀世物种，只在传闻中出现，若是换作他人在天劫中遇到雷灵袭击的话，下场肯定很惨。如果不是他提前发现了雷灵，说不定会身受重伤。

王家从来都没有考虑过对付帝关外异域的大军，只为了一己之私，多次向石昊出手。

这次，石昊真的怒了，忍无可忍。王家数次想害他，用尽了手段，唯恐他成长起来。他现在当众说出这件事，并不指望众人真的去对付王家的“五条龙”，只是将事情挑明，故意让王家难堪。

帝关中，并不是所有人都知道雷灵是王家的，人们更多的是羡慕石昊的好运，因为他收服了雷灵这种逆天的生灵。

一群老头子很尴尬，他们虽然觉得王家很卑鄙，但是做不到现在一起去对付“五条龙”。如果他们这么直接对付王家的“五条龙”的话，就等于跟王家开战，这不是一件小事。

王家有一个王长生，据说他与孟天正的地位并列，只差最后半步就成仙了，法力盖世，无与伦比。

如果不是天地的大环境变了，王长生就是一位真仙，睥睨千古，傲视万族，天下无敌。

而且，根据推测，随着异域大军的不断进攻，两界的界壁早晚会被打破。到了那个时候，大环境说不定真的会发生剧变，而王长生可能会成就真仙之位。

此外，帝关不能大乱，如果众人攻击王家这个庞大家族的话，肯定会引发暴乱。

毕竟，王家除了“五条龙”外，还有十万精兵，他们都是王长生亲自挑选后送到帝关来的。再加上帝关本就有王家的部分人马，王家是一股不可小觑的势力。

“小道友，这件事还是不要冲动为好。”

“对啊！我们知道你有委屈，但是如今不宜大动干戈。”

一些人纷纷劝阻石昊对付王家，他们也是出于一片好心，无论如何帝关都不能出大乱子，这是各族都不容许发生的事。不过，众人知道王家肯定要付出极大的代价，不然这件事多半是不会翻篇的，最起码孟天正不会答应。

“王家欺人太甚，屡次针对我。这样下去，我早晚会被他们加害，为何不能严惩？！”石昊愤怒地说道。他觉得这件事必须有一个说法，更需要一个保证。

“没错，王家实在是太无耻了，一次又一次出手，我看应该将他们彻底消灭！”曹雨生点头道。他一直站在石昊这一方，早已算是与王家对立，也不怕得罪他们。

“王家的‘五条龙’之所以来帝关，不是因为想要来支援帝关，而是因为他们犯了大错，暗害石昊没有成功。如今王家人又作恶，必须严惩！”太阴玉兔也指责起王家来。

“王家欺人太甚，颠倒黑白。诸位同道，你们确定王家会成为抵抗异域大军的中流砥柱吗？王家如今就这般同室操戈，关键时刻万一做出什么极端的事，必是大患！”石昊一脸严肃地说道。

石昊不怕把事情闹大，就是要让王家焦头烂额，唯有如此，王家才会让步。不过，他并没有指望这一次将王家连窝端掉，那不现实。

“大胆，你竟敢侮辱我王家，你有什么证据吗？你无缘无故杀我族人，加害我族长老，我们还没跟你算账呢，现在又想寻衅，看来留你不得！”远处，有人大吼道。

那个人站在天边，四周云雾弥漫，混沌之气蒸腾，显然是一个高手。他并没有到石昊近前来，因为大长老在石昊的旁边，他只是想辩驳一番，表明愤怒的态度。

石昊闻言，顿时怒火中烧，差点被害的人是他，对方反倒指责起他来了。

“你们还要脸吗？！”石昊断喝道。

“真是无耻，做出那样的事情，还要反咬一口！”曹雨生朗声道。

“放肆！王家岂容你们羞辱与污蔑？”天边的那个人怒吼道。

王家的人很是愤怒，虽然他们展开了暗害石昊的行动，但是最终石昊不仅没有殒身，反而还得到了大造化。无论是雷池还是那股神秘的精气，都让王家人眼红不已，他们阴差阳错地成全了石昊，自己却没有得到一丝一毫的好处，自然很是恼火。

最让王家愤怒的是，三个雷灵也被石昊收服了。雷灵是极具潜力的底牌与后手，若是培养得好，绝对会成为无敌的工具。然而，三个雷灵加害石昊不成，反倒被他收走了，成了他手中的利器。

当然，这一切都是站在王家的角度考虑的，王家的人根本就没有想过这都是因为他们针对石昊所致。

“你们越来越不像话了，究竟是谁在放肆？”大长老冷冷地说道。接着，他伸出一只大手，向着天边压去。

“不！”天边共有三人，他们看到大长老的大手，当即吓得转身就逃。

孟天正是谁？是与他们的祖宗王长生并立的大人物，一般人谁与争锋？他们站在远处，根本就没有出手的意思，没有想到的是，他们只是这样辩驳了几句，就遭到了攻击。

很多人感觉自己被一股压抑的气氛笼罩着，呼吸都快要停止了，成片的强者瘫倒在地上，不敢动弹。

大长老出手，无人可挡！

一时间，不知道有多少人被这种威势吓得瑟瑟发抖，甚至连灵魂都颤抖起来。

“噗！”

随着一声轻响，王家的那三个人被大手压住，体内的骨头噼里啪啦响个不停，脸色惨白。

“押进大牢，留待日后送上战场！”大长老吩咐道。

话音刚落，几个年轻奇才便冲到王家那三个人的近前，提着他们的衣领，将他们送进了大牢。

“孟天正，你欺人太甚！”远处，有人大吼道。那个声音来自王家的建筑物，虽然相隔很远，但还是传到了众人的耳里。

“欺人太甚？这种话你们也好意思说出口，正好要跟你们算账！”大长老怒喝道。他是亲眼看着石昊走出大道之路的人，想着无论如何都要替石昊讨回一个公道。

“轰！”

伴着一声巨响，大长老当着所有人的面出手了。他的手遮天蔽日，压盖苍宇，向王家人所在的方向抓去。

“砰！”

大手所过之处，身影纷纷坠地，响声震天，恐怖至极。

“孟兄，请息怒！”

就在这时，从祖坛方向传来了一个苍老的声音。紧接着，一条五色神光大道延伸而来，到了大长老近前。

在五色神光大道上，一辆古老的战车由古兽拉着，坐在战车上的两名道童对大长老施大礼，态度恭敬，请他上车。

“孟兄，请前来一叙，我一定会让你满意，还请暂时不要出手。”那个苍老的声音再次响起。

“好，我便先给你一个面子。”大长老说完，便登上了战车，战车瞬间就消失了。

在离开前，大长老将雷池还给了石昊，并告知石昊他已经为雷池施加了封印，不用担心那股精气会逃走。

事已至此，一场风波暂时平息了。

在场的众人明白，如果王家这次不做出表示的话，这件事肯定没完。

大长老一走，所有人顿时松了一口气，不然总感觉像是有一座大山压在头顶，压抑至极。

修为在至尊境的人物简直太强大了，让人难以想象。

此时，不仅一群老头子一起向石昊冲去，就连曹雨生、太阴玉兔等人也哇哇怪叫着，向石昊扑去。

“快让我看一看这个雷池到底是什么东西！”小蚂蚁也叫嚷着。

一群人将石昊团团围住，争着抢着要观察雷池。

“当”的一声，一个老头子二话没说将雷池敲了一下，想敲下一块来，结果不但没能成功，反倒被震得手臂发麻，连虎口都裂开了。此外，一道巨大的雷光因此迸发出来，将他劈得浑身焦黑，狼狈不堪。

老头子摸了一把脸上的黑灰，倒也不生气，道：“这东西太古怪了，再让我研究一下！”

这个时候，石昊也在敲打雷池，仔细琢磨，这东西难道真的是由岩石开凿而成的吗？怎么会这么古老？

“等一等，我怎么好像看到这池子中有东西在游？”突然，一个老头子怪叫道。他让石昊手持雷池不要动，发现池中除了晶莹的雷劫液，好像还有别的什么东西。

“咦？好像真的有生灵！”旁人嘀咕道。

“好像是从雷池壁里钻出来的，是活物！天啊！我似乎看到几条真龙在池中游！”有人震惊地大叫起来。

“诸位前辈，让一让，别挤得太紧，让我们也看一看。”曹雨生焦急不已，大喊道。

“我请大家喝雷劫液，我们坐下来慢慢研究。”这时，石昊开口了。

第1162章 三条龙

WANMEI SHIJIE

“真的吗？真的请我们喝雷劫液？”一个年轻奇才觉得很惊讶，连声音都有些颤抖了。

雷劫液是世间罕见、独一无二的宝液，谁会拿出来与人分享？

“对，不过我看人太多，可能每人不足一杯，只能放少许进美酒中，让大家品尝品尝。”石昊说道。

这次盛会邀请的年轻奇才不算少，雷劫液就那么一点，真要一人一杯的话，估计就没有了。

尽管石昊把雷池留下了，但是这个雷池太小，所以雷劫液也没有多少。

当众人听到肯定的回应后，这里顿时一片嘈杂，热闹非凡。

雷劫液太珍贵了，整个九天十地也没有几个人喝过。

这一纪元，天劫不会主动出现，如果强行引劫，难度会提升很多倍，所以今世没有几人敢引天劫。这样一来，雷劫液在今世就成了最稀有的东西，连顶级的大教传人和神子都没品尝过。

特别是想到荒所渡的是史上排名前三的虚道境天劫时，众人就更加激动了，因为雷劫液的品质肯定极好。

“真想尝一尝雷劫液到底是什么味道，请荒兄上座，快，快，快！”一些垂涎雷劫液的年轻奇才皆眉开眼笑，催促道。

一时间，众人连雷池中出现异物的这件事都忘了，没有继续围在雷池旁观察、研究。一群老头子中也有嗜酒的人，有的拉不下面子，不好意思像年轻人一样讨酒喝，有的则毫不在意，大剌剌地向石昊要酒喝。

“孩子，我也很年轻，我的心永远是十八岁，依旧朝气蓬勃！”一个老头子朗声道。

“哈哈——”一群人大笑起来。

石昊没有动那个被封印的雷池，而是取出了一口骨鼎。之前他怕得不到雷池，曾用骨鼎收了一些雷劫液。他刚饮下一杯雷劫液，就感觉一股热流在体内奔涌起来，那是血液在沸腾。

石昊面露震惊之色，心想，这雷劫液太不一般了，几乎超越了之前得到的任何一种雷劫液。这不仅是因为他境界得到提升，所对应的宝液品质会跟着提升，还是因为他这次渡的天劫很不一般，所以雷劫液才如此稀奇。

这时，石昊的躯体发出光芒，各处伤口都在愈合。同一时间，精气一齐冲了出去。

众人看到这番场景，先是目瞪口呆，而后大喜。

“荒负了这么重的伤都能刹那间痊愈，雷劫液比想象的还要珍贵，果然是罕有的大药！”

世间能被称作大药的东西屈指可数，这是一种极高的赞誉。

石昊明白了雷劫液蕴含的精华有多少后，便走进古殿，亲自往玉杯中倒上雷劫液，而后为每一杯兑上美酒。

一时间，整座古殿都变得神圣起来，氤氲精气笼罩此地，同时伴着酒香和药液的清香。

“诸位道兄，我不想多说什么，来日我们将在帝关外并肩作战，浴血杀敌，请共饮此杯！”石昊朗声道。

许多人先闻了闻杯中液体的味道，没有立马喝下去，觉得这是极其稀罕的好东西，就这样喝下去好像有些奢侈。

“喝吧，尝一下是什么滋味。这可是最本源的生命力量，喝下去便会与血肉交融，增强生命力。若是你们他日有性命之危，它可以帮你们化解危难。”一位老者对众人说道。

天劫代表毁灭，而雷劫液是在毁灭中诞生的，极其难得，代表了新生。

“好酒，滋味美妙啊！”曹雨生第一个饮下雷劫液，觉得回味无穷。他自然不担心以后喝不到，等回去便可以与石昊私下痛饮了。

一群人见状纷纷举杯，不过他们并非一口气喝完，而是小口地品尝。刚一饮下，他们浑身的毛孔就开始发光，如同吃了神药一般，仿佛要乘风而去了。

“哈哈，好酒。有酒自当有菜，我这里有数十颗半神果，诸位尝一尝。”拓古驭龙笑道。

一群人顿时惊呼起来，半神果在世间并不多见，据说吃了能够使人变得更加强健。

“举杯共饮，来日战场去杀敌！”石昊的声音传遍了这片区域，震得天地隆隆作响。

“我也准备献宝，将我爷爷养的三只八珍鸡偷来两只！”一个来自帝关的古老家族的年轻奇才笑道。

“臭小子，你敢！”谁知这个年轻奇才的爷爷就在人群中，听到这话，爷爷立马怒吼起来。

“那我就偷一只吧。”年轻奇才嘀咕道。

“哈哈——”众人大笑不止。

这里的气氛一下子变得轻快起来，非常热闹。众人坐在殿宇中，谈笑风生，推杯换盏，享用美食。

石昊轻叹，这种轻松欢快的气氛不知道还能持续多久，几个月，还是几年，或是百年？帝关外必定会发生一场激烈的大战，不知道再次相聚时，还能见到几张熟悉的面孔。若是十年后再聚，在场大半的人想必都已经不在了。

“小道友，你这东西了不得，多半会颠覆所有人的认知。我看，这东西可能要上交祖坛，让几位大人物看一看。”一个老头子郑重地对石昊说道。

有的老头子连雷劫液都没顾得上喝，一直在研究雷池，这个时候终于得出了一些结论。

“这里面像是有三条龙！”一个老头子神情凝重，声音都变得颤抖了。

“啥？”

一群年轻奇才虽然喝得有些醉了，但还是被惊醒了，三条龙？

“雷池是由真实的古岩石打造而成的，这本就颠覆了常理。雷池里好像还有三条真龙幼崽，我们……太不可思议了！”另一个老头子如实说道。

几个老头子仔细观察，认真揣摩，发现雷池内的液体中确实有三个生灵在游动，时隐时现，气势惊人。这三个生灵跟真龙几乎没有什么区别，简直就是一模一样。

“啥东西？真龙？拿过来，让我揍一顿！”小蚂蚁醉醺醺地说道。

石昊盯着雷池看了很长时间，发现雷池的确很特别，看着不大，却很幽邃，如同深渊一般，就算睁开天眼，也不能将它彻底看清楚。在雷池的最底部，隐约可见三条真龙幼崽在追逐，伴着雷光和狂风，很是骇人。

“我真有点怀疑了，真龙一族到底是怎么起源的？”一个老头面露不解之色，这般说道。

“您确定没有看错，那真的是……三条真龙？”一个年轻奇才觉得难以置信，小声问道。

如果是真的，这绝对是惊天动地的大新闻！

一下子出了三条真龙，太不可思议了！荒夺下雷池之事本就很惊人了，如今居然又发现了真龙这种逆天的生灵，简直让人难以想象！

第1163章 奇物

WANMEI SHIJIE

真龙是神圣的生灵，实力在十凶中排名第一，若是真有子嗣留下的话，绝对会受到所有人的庇护和培养。大长老为雷池施加了封印，也许他早就发现了什么，怕人乱动。

此时此刻，众人简直难以置信，传说中高高在上、所向无敌的真龙居然就在雷池中，就在他们眼前！

一时间，众人感叹不已，荒未免也太可怕了，在天劫中抢雷池，竟然还夺得了三条真龙幼崽！

最后，众人一一上前，抱着雷池看了一遍，但没有一个人敢确定这就是真龙的巢。

众人讨论来讨论去，都没有得出一个最终的结果。

“那股精气倒是老实了。”石昊跟其他人的关注点不同，还在盯着雷池中的精气。

那股精气平静下来后，一动不动，它的颜色跟斩仙台上的铡刀一样，呈暗红色，看起来很可怕。

石昊眉头紧皱，他究竟应该如何利用这股神秘的精气呢？是炼进兵器中，还是融入肉身？

任何外物终究都不是自己的，兵器没有肉身可靠，还是将这股精气融入体内为好。若是身体的某一个部位拥有了这股暗红色精气的威力，简直就是如虎添翼。

经过大半天的讨论，众人还是没有得出结论，雷池的事只能请教至尊了。

说起来，这一次的盛会是属于年轻一代的，还没来时石昊就听到了一些传闻，如给九天上的禁区送了请帖等。结果这次盛会却因石昊渡劫而走上了“岔路”，当一群老头子离开后，盛会才算是慢慢回到了最初的主题。

“今天算是长见识了，荒兄太厉害了，居然连雷池都能夺得，我等只能用佩服来表达此时的心情。”帝关的一个年轻奇才叹道。

“说起这些未知的事物，这次我也带了一件来自异域的奇物。这件奇物本就是要在这次聚会上展出的，让大家来看一看究竟是什么，只不过之前被荒兄的渡劫掩盖了光芒，不好拿出来。”齐宏说道。

“究竟是什么奇物，连齐兄都这么郑重？”卫家四凰中的一个少女问齐宏。

十冠王、谪仙、石毅、大须陀、小天王以及拓古驭龙等人也都很惊讶，纷纷向齐宏望去。

“这是祖坛的老祖在关外与敌人血战后得到的东西。”齐宏简短地说明了奇物的来历。

众人闻言，不由得倒吸了一口凉气。

齐宏所说的老祖身在祖坛，自然是指无敌者之一。众所周知，几位无敌者明面上不出世，实际上还是会出关，他们不仅要庇护大军，还要与异域的盖世人物对峙。

五灵战车本就属于一位无敌者，齐宏算是那位无敌者的传人，虽然没有明确的师徒名分，但是齐宏得到过无敌者的传授。他能从无敌者那里取来战场上的东西，自然不足为奇。

“到底是什么？”有人提出了疑问。

这时，齐宏郑重地开启了一个石盒，璀璨的神光迸发出来，跟一轮小太阳似的。

这件奇物居然可以悬在半空中。

这是什么？

所有人都很疑惑，它发出的光太璀璨了，让人难以直视。

一部分人睁开天眼打量这件神秘的奇物，它呈金黄色，光芒万丈，散发出一股强大的精气，带着蓬勃之力。

这件奇物虽然无法与雷劫液相提并论，但是绝对超越了一般的灵物，生命之气十分纯粹。

一些人小心翼翼地触摸它，发现它质地温润，很像玉石。

这就是五灵战车的主人齐宏带来的奇物。

“不像是传说中的太初古矿的命石，无法与之相比，不过这东西也很稀奇，价值惊人。”有人点评道。

“这东西自然惊人，若是掰下一小块，再将之融入体内，可炼化成最纯粹的精气，使修炼达到事半功倍的效果。”齐宏解释道。

众人闻言，眉头紧皱，表情复杂，这很不妙，因为这是从关外带回来的东西，属于异域。

“异域的人若是大量开采此物，那修炼速度岂不是远超我们？”有人点破了这个问题。

“还有比这更可怕的东西！”齐宏朗声道。他的师父，也就是祖坛的那位无敌者得到的不仅是这样几块神奇的石头，还有一口盛有浆液的玉鼎。

“那种浆液呈淡金色，蕴含着长生的物质，与这种石头应该是同源，只不过是液体的形式。”齐宏继续说道。

“它……有什么作用？能服食吗？”有人提出了疑问。

“可以服食。更为惊人的是，它最强大的作用是——封印！”齐宏补充道。

祖坛的那位无敌者曾将一只普通的蚂蚁丢进淡金色的浆液中，待浆液凝固成石头之时，蚂蚁便自然被封印了，但是那只蚂蚁并未殒命。

过去万载后，那位无敌者将石头切开来，发现蚂蚁活力依旧，跟当年被封印之前没有什么区别。

众人闻言，大吃一惊，这件事发生这么久了，显然那位无敌者收获奇石与神秘液体是在很多年以前。

“其他的前辈知道吗？”石昊看向齐宏，问道。

“自然知道，高层早就讨论过，一直在研究，而且还特地抓异域的生灵拷问过此事。”齐宏应道。

那种神秘液体的作用太惊人了，可以保持肉身不朽，好好利用的话，说不定能改变天地格局。

“异域的人是怎么发现那东西的？还是说他们一直就有？这就是他们强大的根本原因吗？”九天的一个年轻奇才一连问了三个问题。

“只有强大的异域王族知道一些内幕，有人说，这是最近几万年才发现的，是从地矿中开掘出来的；也有人说，这是天地本源，一直存在；还有一种可怕的说法……”当齐宏提到最后一种可怕的说法时，脸色有些难看。

众人催促齐宏快些道出最后一种说法。

“安澜、俞陀等人曾经开启了一个古葬区，发现了关于不朽之帝的记载，不朽之帝的境界甚至超过了他们！也正是因为如此，漫长岁月以来，安澜、俞陀等人一直在追寻、考据，想弄明白到底有没有那种生灵。据异域的俘虏所讲，这种奇石就是俞陀为了研究不朽之帝的谜题而不断开启可怕的古葬区，从而意外发现的。”

众人听完这一番话，皆瞠目结舌。据说，异域的不朽者都不敢轻易涉足古葬区，因为那里有太多的危险与秘密，是禁忌般的存在。

“诸位道兄以后在关外的战场见到这种东西一定要留心，它可能会派上大用场！”齐宏对众人说道。

一阵热议后，众人心中更加不能平静了。

直到拓古驭龙取出一件东西，众人才转移了注意力。这是一幅残破的地图，地图是画在某种兽皮上的，由于存在的时间太久远，如今已经破破烂烂了，仿佛风一吹，它就会破碎。

拓古驭龙小心翼翼地将地图摊平，放在桌子上，朗声道：“诸位，这幅地图与关外的一个大造化有关！”

众所周知，帝关外广阔无边，不仅有天兽森林、神药山脉、迷失海、仙家旧土，还有古葬区，那些地方有很多大造化，帝关一直流传着关于帝关外的传说。

如今，拓古驭龙取出的这幅地图就与关外有关。据拓古驭龙所说，地图是从战场上夺到的，当时异域的人似乎拿着它在寻找什么东西。

“也正是因为此图，我让人去给九天的禁区送请帖，才得到了回复。”拓古驭龙解释道。

众人闻言，惊诧万分，而后哗然。

第1164章 禁区来客

WANMEI SHIJIE

要知道，九天的禁区从来都是无声无息的。任百代更迭，仙古成空，禁区的人也不会踏足红尘。他们与世隔绝，从不外出，任漫长岁月流逝，一个又一个纪元过去，始终如一。

外人无法踏足禁区，一旦踏足，很有可能会丢掉性命。

无穷岁月以来，尽管所有人都知道禁区有可怕的生灵，但没有人了解里面究竟有哪些生灵，他们强大到了何等地步。

对于世人来说，禁区的生灵太过神秘，双方从来不曾接触，就像是生活在两个世界一样。

众人听到拓古驭龙这般介绍后，大为震惊，没想到他居然真的将请帖送到了九天的禁区，这是一个天大的事件！

“真的会有禁区的生灵出世吗？”一个年轻奇才提问的声音不大，却引起了每一个人的关注。

“很有可能，因为他们对地图颇感兴趣。”拓古驭龙答道。

“见到禁区的生灵了吗？他们到底是何种群？”十冠王也忍不住询问起来，似乎对此事很是在意。

“派去的人没有见到他们，只是得到了回应。”拓古驭龙如实说道。

若是在过去，任外人祭祀、祷告、朝拜，禁区的生灵都不会出现，更不会回应。外人一旦闯入禁区，向深处走去，就会招致杀身大祸。

这一次，信使不但平安地进入了禁区，还得到了回应，这已经非常难得了。

拓古驭龙将地图铺展开来，众多年轻奇才仔细地观察起来。虽然地图破损得厉害，但还是可以辨别上面的山川走势。

经过一番观察后，众人心中一沉，目的地太危险了，不好接近。

“目的地在天兽森林、古葬区以及神药山脉之间，这是被围住了吗？怎么可能进得去啊？”有人问拓古驭龙。

这跟禁区有什么区别？贸然闯过去的话，肯定会死无葬身之地。

“没有，你们看，这些地方都可以进人，并没有被围住。”拓古驭龙指向地图，向众人示意。

“可是目的地缺了一块，有些重要的内容好像遗失了。”一个年轻奇才惋惜地说道。

缺失处很关键，应该是一幅警示图，目前还能看到半颗黑色骷髅，这表明极度危险。

众人觉得画着黑色骷髅的地方原本应该有注释说明，现在却没有了。此外，缺少的那片区域不算小，应该还有其他警示图。

当然，最重要的是，这幅地图上还有许多箭头的标识，而且靠近地图缺失处更为密集，只是已经不完整了。

“我感觉这些标记指的是安全区域。”

“不太对劲。你们看，怎么还有零星的箭头指向天兽森林、古葬区、神药山脉，将它们也联系了起来？”

众人盯着地图，你一言我一语地讨论起来。

石昊也在认真地研究地图，记下了上面的大致路线和内容。

“上面的人研究了很久，还曾派出强者寻找，但是他们去了之后就没有消息了。”拓古驭龙面露遗憾之色，这样说道。

众人闻言，不禁倒吸了一口凉气，高层遣出的一定是绝世高手，结果却如泥牛入海。他们这群人还很年轻，虽然潜力无限，但是不太适合现在就前往目的地。

“还不知道目的地究竟有什么吗？”有人出声询问拓古驭龙。

“不知道，这幅地图残缺得太厉害，关键的地方缺失了，没有任何记载与说明。”拓古驭龙答道。

众人不用想也知道这幅地图很重要，不然异域的生灵不会那么重视，还专门派出一批神秘人去寻觅那个地方。

“嗯？发生了什么？”

忽然，众人感觉到有人正在接近，好像在谈论、呼喝着什么。

这里是碧落湖中的岛，有请帖的人才能进来，许多年轻人没有资格登岛，一直在遥望，此时正是他们引发了骚动。

“是……禁区的生灵来了！”有人大喊道。

一时间，碧落岛上的众多年轻奇才震惊不已，纷纷站起身来。

禁区的生灵居然真的来了，这太不可思议了！

“只有一个禁区有生灵来吗？”拓古驭龙问送信的人。

“是！”送信的人应道。

众人纷纷走出大殿，向远处望去，一来算是迎接来客，二来是想看一看禁区的生灵到底长什么样子。

这么多年以来，很多人都想知道到底是何种群可以圈地而居，自成一界。

碧落湖上，有生灵踏着水波，穿过雾霭，靠近了碧落岛。

终于看到了。

众人目瞪口呆，难以表达此时的心情，他们看到的禁区来客与想象中的完全不一样。

在众人看来，禁区的生灵要么英俊威武，要么狰狞吓人，总之很不一般，可是眼前这个生灵却让他们不知道说什么好。

这个来自禁区的生灵既不是一个英俊的神人，也不是一个美丽的仙子，而是一只老公鸡。它足足有数丈高，浑身的羽毛已经掉得差不多了，翅膀光秃秃的，露出了鸡皮，只有鸡冠还很红艳，如同一团烈火。

众人愕然，这太具有颠覆性了，这就是从禁区中走出来的，威慑九天十地的生灵？

这只老公鸡走路慢吞吞的，正因为如此，所以才这么长时间都没有登上岛。

“前辈驾临，有失远迎，还请恕罪。”拓古驭龙说道。请帖是他让人送出去的，故此他得亲自迎接禁区来客。

然而，这只老公鸡并没有任何表示，依旧慢吞吞地走着。

“前辈！”拓古驭龙大喊一声。

同时，齐宏等人也开口为拓古驭龙化解尴尬的气氛。

众多年轻奇才觉得哪怕禁区再厉害，派来的使者也不能这般目中无人，而且禁区使者还是为了地图而来，有求于人，这样做有点说不过去。

就在这时，一阵咳嗽声响起，不是老公鸡发出的，而是出自它的背上。随后，一位睡眼惺忪的老者从老公鸡稀疏的羽毛中钻了出来，淡淡地道：“到地方了啊！”

这位老者说的是仙古语，即上一纪元的语言，跟这一纪元完全不同。不过，很快他又转换了语言：“各位小兄弟，勿怪！我的坐骑经过当年一战后落下了病根，包括听觉在内的五感都失灵了，听不到你们的问候，并不是它架子大。”

说完，老者便从特殊的坐骑上站了起来，现出真身。

众人听到这番话，才恍然大悟，他们之前将老者的坐骑当成禁区使者了。不过，这位老者也很奇怪，身高不足三尺，如同一个孩童般，头发焦黄，像枯草一样，满脸都是皱纹，一看就知道年岁大得吓人，只有一双眼睛还算特别，呈金色，没有眼白，也看不到瞳孔，如同两盏金灯一般。

这么矮的禁区来客，不足三尺高，有着发黄的头发和金色的眼球，到底是什么种群？而且，他居然还骑着这么怪异的坐骑。

“唰”的一声，老者从老公鸡的背上跳下来，轻飘飘地落在了地上。

这时，众人注意到老者左边裤管的下半截空荡荡的，显然是失去了左小腿。众人很是疑惑，到了他这个境界，断体重塑不是很简单吗？怎么会失去一条小腿？

来自禁区的老者像是明白众人在想什么一样，先是习惯性地说了一句仙古语，而后再次改成今世的语言：“这是被敌人斩掉的。”

说完，老者挽起裤管给众人看，他左腿膝盖以下的部位都没有了，更可怕的是，断腿处还有蓝色的血迹，闪烁着奇异的光芒。

众人震惊不已，老者的血居然是蓝色的，他肯定不是人族，最起码不是纯粹的人族。

“前辈在路上遭到敌人的攻击了吗？”拓古驭龙问老者。他发现老者的伤口好像是新的，还没有愈合。

“不，这是当年对决留下的，已经过去一百五十万年了。”老者微微出神，摇了摇头。

这话在众人耳中如同雷音一般，众人震惊不已，一时间不知道说什么好。

第1165章 入赘

WANMEI SHIJIE

在这个世间，能活到一百万岁的生灵并不是很多，属于顶级高手。虽然如今的天地中还有不死物质，修士们普遍高寿，但是并不代表生命没有尽头。只要是生灵，早晚都会有离世的那天，除非成仙。就连成为至尊的王长生和大长老，也会步入暮年。

来自禁区的这位老者虽然看着很普通，但绝对是一个恐怖的大人物，居然活了一百五十万年以上。最令人惊讶的是，这么多年过去了，他的伤口都没有愈合。

毫无疑问，打伤老者的人修为远高于他，故此一百五十万年过去了，他的伤口还在渗血。

“前辈，这伤没有办法治愈吗？”大须陀突然开口了。

“古僧的传承者。”老者一眼就看出了大须陀的身份。

“有些人太强了，只要他活着一天，其影响就一直在，这伤靠我自己难以治愈。”老者很坦然地说道。

众人闻言，不由得倒吸了一口凉气，打伤老者的人居然还在世间，那个人究竟有多强大？

“我的主人倒是有手段为我根治腿伤，但他建议我活出第二世，那样我会得到大好处。可惜啊！老朽愚钝，已近晚年，还是不能涅槃再生，唉！”老者轻轻一叹，有惆怅，也有不甘，“反正我已经时日无多了，这腿伤就这样吧，当作一种辉煌的印记伴我坐化也好，毕竟是那个人所留。”

众人愕然，一个伤口都能当成辉煌的印记，这有什么好炫耀的？

细想起来，众人又觉得很可怕，从老者的话中可推测出那个伤他的人肯定极其强大，不然老者不会以留下伤口为荣。

“呵呵，我没有资格当他的对手。他只是随手一挥，我的小腿就没了，连我的主人都对他有几分忌惮。”老者解释道。

众人闻言，皆瞠目结舌，连九天的禁区之主都忌惮异域的那个人，他到底有多厉害？

“原本是小主人要来的，但是他碰巧要渡劫，不好随意走动，只好让老朽代劳了。”老者对众人说道。

听到这里，不少人纷纷露出古怪的神色，因为荒刚渡完了一场惊天动地的大劫！

“看你们青春年少，再想到小主人，老朽真是羡慕啊！如果人生可以重来，岁月可以倒回，那该多好啊！”老者叹道。

众人感到有些诧异，这位老者虽然是禁区来客，却没有一点架子，一直在与他们亲切地交谈。

在众人的印象中，禁区比什么地方都可怕，一旦闯进去，很难活下来。眼前来自禁区的这位老者如此随和，与传闻中的禁区生灵截然不同。

众人将老者迎上岛，一起向古殿走去。

在路上，老者吃惊地说道：“我闻到了天劫的味道，好像是渡劫后的气息。”

不少人面露异色，告知老者刚刚有人渡劫。

“这天劫似乎很惊人啊！”老者一边说着，一边扫视众人，想知道究竟是谁渡了劫。

石昊没有出声，默默地跟在队伍后面。

“不知前辈是否听说天劫中出现实物的事？”有人忍不住提出疑问。他觉得老者来自禁区，应该知道得更多。

“听倒是听过，据说天劫中有至宝，就看你能不能夺得了。”老者笑眯眯地说道。

“什么？！”这一番话让一群年轻奇才惊呼起来。来自禁区的生灵果然不一般，知道的比外界的人多。

“天劫中都有些什么至宝？”一个年轻奇才进一步询问老者。

“以老朽这个层次是不可能涉足那种高深的领域的，事实上，从古至今几乎没有几个生灵达到那种高度。”老者微微一笑，脸上的褶子更明显了，“我的主人应该知道一些相关的秘密，但我没有问过他，只听闻有人在渡劫时曾被神石击中，最后活了下来，那神石被人炼成了至宝。”

众人闻言，震惊不已，天劫中还会降下石头，比雷霆还可怕，生生将一位至尊砸得险些当场殒命？太不可思议了！

然而，当众人想到荒的所作所为时，便觉得荒也很可怕，他居然夺走了天劫中的雷池！

众人见荒没有吭声，便没有说出他夺得雷池的事，不知道他有什么打算。

“前辈，禁区到底是什么来历？起始于何年代？”卫家四凰中的一个少女见这个禁区来客和蔼可亲，没有一点距离感，便趁机向他请教。

“这个老朽也不能说。”老者摇头道。

有些事情可以说，有些事情绝对不能讲，这是一种态度。

“前辈，历代以来，一些不小心闯进禁区的人都消失了，再也没有回来，其中包括一些绝代天骄，他们……还在禁区中吗？”齐宏提出了疑问。

“不在了，早已形神俱灭了。”老者依旧是一副笑眯眯的样子。

众人闻言，不由得直冒冷汗，之前他们还以为这个禁区来客很亲切，现在看来，禁区的生灵终究是可怕的。

众人看老者这么好说话，还以为当年消失在禁区之中的人说不定还活着呢。

别看老者现在笑呵呵的，并不代表他心地善良，以后不会出手。

“就是这幅图啊！果然了不得，在天兽森林、古葬区以及神药山脉之间绝对有大造化！”老者来到桌子旁边，仔细盯着地图，连连赞叹。

众人心头一震，看样子这位老者对帝关外的地势并不陌生，反倒很熟悉。可是，帝关隔断了两界，他是怎么过去的？

“前辈去过那里？”齐宏问老者。

老者没有说话，像是在沉思。过了很长一段时间后，他才开口道：“这难道就是主人当年要寻找的地方？可惜之前断了线索之后，便没有再找了。”

众人闻言，大吃一惊，九天的禁区之主也在寻找这个地方？那里到底有什么造化，竟值得那等人物主动寻找？

研究了很长时间后，老者恢复了常态，再次露出笑容，看向众人，道：“这里残留的天劫气息太惊人了，到底是哪位小道友渡劫？不简单啊！”

这个时候，石昊不能不说话了，老者已经不是第一次询问了。

“是我！”石昊走了出来，朗声道。

“自古英雄出少年，小道友有战仙之姿啊！”老者一开始就这么高度评价石昊，不知道是恭维，还是发自真心的赞叹。

其实，石昊并不想与禁区的人打交道，唯恐引发一些变故，被他们盯上。不过，既然对方来了，且不止一次询问，就算他不出面，早晚还是会被对方知道。与其如此，他还不如大大方方地站出来，顺便询问关于雷池的事。

禁区的老者有意了解这次天劫的情况，石昊就是想瞒也瞒不住，若是选择隐瞒，他相信多半会有人告密，比如王家的人。

禁区的老者与石昊客气地交谈了一番之后，直接询问石昊渡了什么劫。

石昊如实描述了自己渡过的那场天劫。

“你……竟渡过了那种厉害的天劫？”老者大惊失色，盯着石昊道。

“不知道前辈能否能从这东西上看出什么？”石昊将雷池取了出来，提出疑问。

“这是什么？你从哪里得到的？”老者神情凝重，询问石昊。

“雷池是我从天劫中夺来的。”石昊应道。

老者一把拉住了石昊，很是激动。

“老人家，怎么了？”石昊很是不解。

“你……你说的可是真的？”老者的声音都变得颤抖了。

“自然是真的。”石昊点头道。

这时，让所有人都意想不到的事情发生了，老者热情地拉着石昊的手臂，道：“小道友，我看你年岁不大，气概非凡，实在是一个厚道的好后生。”

“老人家，有话请讲。”石昊顿时起了一身的鸡皮疙瘩。

“是这样的，我家小姐还待字闺中，生得花容月貌，国色天香，正要选个夫婿。我看你很不错，正好可以入赘到我家。”老者笑道。

众人以为自己的耳朵出了问题，发生了什么？荒要入赘到禁区？

老者眼神火热，对着雷池看了又看，而后望向石昊，道：“小道友，你觉得如何？”

第1166章 欲擒故纵

WANMEI SHIJIE

“我觉得……”石昊被问到后没有表现出一点害羞，眼看就要说出“还不错”三个字，但马上又改了口，“你们是什么种群？不会是……”

说完，石昊瞟了一眼老者的坐骑——那只脱了不少毛的老公鸡。

当然，这绝对是故意的，石昊想趁此机会弄清楚禁区的来历，看看他们到底来自哪一族。

“呵呵——”老者笑眯眯的，拍了拍石昊的肩头，“小道友，我看好你。如果你成为我族的女婿，哪怕这一界覆灭了，我们也可保你安然无恙。”

显而易见，这位瘦小的老者心思缜密，哪怕在激动时，也能做到滴水不漏，依旧没有透露禁区的秘密。

“放心，我主人所属的种群是天地间最高贵的，你若是入赘了，定会觉得万分荣幸。”老者笑道。

众人心头一震，禁区之主要择婿，居然这么快就选定了荒？

禁区的老者说，即便异域踏平了九天十地，禁区依旧可以长存，不会受到干扰，荒如果入赘的话，等于安全有了保障。

一些人对于入赘禁区很动心，但只能无奈地叹气，被选中的是荒，跟他们没有关系。

九天的禁区是什么地方？那是真正的龙潭虎穴，有进无出，谁敢硬闯？在禁区高手的眼中，九天十地中的生灵就如同蝼蚁一般，有很多传言说禁区早在仙古纪元就存在了。

有人推测禁区生灵的实力足以震惊万古，连异域的人都要对他们忌惮几分，所以他们才会长存至今世。

当年，这一界被异域大军攻打时，唯有禁区不受影响。

有人猜想，当年异域大军之所以退走，可能就是因为触怒禁区，受到了猛烈的反击。

老者很坦诚，搓了搓手，道：“唯一的问题是我们的小姐实在太出色了，故此有些骄傲，一般不会听从家族的安排，哪怕是主人出面也不见得能行。我身为一个老仆，只能将你的情况禀告给主人，最后还要看小姐自己的选择。”

“这个……老人家，我得先说明一下，我过去曾经扛回村一个、两个、三个……”石昊掰着手指头数数，看得众人一头雾水。

“你在数什么？”老者满腹狐疑。

“媳妇。”石昊答道。

老者当即变了脸色，皮笑肉不笑地道：“什么意思？”

“我的意思是我家中已经有好几个媳妇了，你们禁区的小姐还愿意嫁过来吗？”石昊挠头说道。

看着石昊一脸憨厚的样子，一些人顿时惊呆了，他居然跟禁区来客这么不客气，难道想让禁区的天女当妾不成？

当然，一些了解石昊的人撇了撇嘴，知道他是在胡说八道，他还未成婚，哪里来的几个媳妇？

有的人知道，入赘禁区就意味着要放弃眼下的一切，无法自由自在地行走于山河间，而且面对禁区的主人还要战战兢兢，如履薄冰。

不过，更多的人则是感叹大机缘就在眼前，石昊却不懂得珍惜。

老者咳嗽了一声，一脸严肃地道：“小道友，我的建议请你多考虑一下，别急着搪塞我。”

老者活了这么一大把年纪，怎么会看不出石昊的心思？

接着，老者将眉毛一挑，道：“这样也好。我家小姐心高气傲，如果我直接禀告主人选中了你，估计会引起小姐的反感。与其这样，还不如我告诉主人说你眼光很高，不愿与禁区联姻。这样一来，说不定我家小姐反倒会关注你，多半会出世，到时候你就有机会了。”

一群年轻奇才听到这番话，不由得惊呆了，这禁区的老头子考虑得未免也太多了吧！

“老人家，你家小姐要是知道你帮里不帮外，你的下场岂不是很惨？”石昊不解地说道。

一经提醒，老者似乎意识到了这一点，道：“咦？小道友，你故意不痛痛快快地答应我，是不是就抱着那种念头呢？有句话怎么说来着？欲擒……”

“欲擒故纵。”曹雨生在一旁提醒道。

“对，就是这么个道理。”老者盯着石昊，上上下下看个不停，“小道友竟是此道高手，差点把我都糊弄了，真是厉害啊！”

石昊不知道说什么好，心想，这老头子是故意逗他，还是真以为他想欲擒故纵啊？

“不过，你这样可不够实在，我家主人喜欢听话、老实的女婿。虽然你这样可能会吸引小姐的目光，但是你的一举一动都逃不过我家主人的火眼金睛。”老者告诫道。

“老人家，你想多了，这都什么跟什么啊！”石昊无奈地说道。

“老人家，考虑考虑我怎么样？看，我憨厚老实，为人真诚，我叫曹雨生。”一旁的曹雨生笑得无比灿烂，直接凑到老者面前，这般说道。

“曹胖子，你太不要脸了。”太阴玉兔冲着曹雨生喊道。

小蚂蚁深有同感，在一旁用力地点头。

“我不想离开你们，等我再出世，你们都会在哪里？万一你们都不在了怎么办？每次想到那个场面，我就想哭。”突然，曹雨生红着眼睛说道。虽然他是故意说给禁区的老者听的，但是也道出了内心的真情实感。他真的不想有朝一日醒来后，万古逝去，所有人都不在了，只剩下他自己。

师尊占卜的一切太准了，可以看到未来，这令曹雨生的心头像压着一座大山一样沉重。

经过曹雨生等人插嘴、起哄，老者终于暂时不提入赘的事了，他抱着雷池，仔细地观察，目光炯炯，就差没一头扎进池子中了。

“小道友，如果你将雷池送给我家主人，他保准会大喜，到时候你肯定会得到极大的好处。”老者对石昊说道。

“这是我的！”石昊从老者怀中将雷池抱了过去。

“我劝你千万别乱来，这池子价值无量，里面的东西更珍贵。”老者放低了声音。

“到底是怎么回事？你跟我说一说。”石昊很想知道雷池的秘密。

“我这个境界还不能洞悉这等秘密，不过我的主人一定知道，所以我建议你带着它去禁区走一趟。”老者对石昊道。

“那不是肉包子打狗有去无回吗？”石昊撇了撇嘴，道。

“你这小子怎么说话呢？！”老者瞬间瞪大了眼睛。

“你真不知道这是什么，有什么秘密？”石昊有点不太相信老者的话，毕竟老者看到雷池后，双眼就一个劲儿地放光。

“我只是听到过一些关于雷池的传闻，如果它是真龙筑的巢穴，肯定会引发轩然大波。总之，这东西的价值不可想象，有一桩天大的因果。”老者给石昊透了一些底。

突然，老者注意到远处桌上的一物，是齐宏取出的那块石头，便道：“这座殿宇中有长生气息，原来是这东西内部蕴含着长生物质，真是了不得啊！”

第1167章 仙源

WANMEI SHIJIE

“这块石头你们是怎么得到的？”老者眯着眼睛问众人。

齐宏原本已经将这块石头收了起来，刚才又拿了出来，故意让老者看到，想看老者是否知道石头的来历。

“来自异域。”齐宏直言道。

“我就知道，异域的人早就发现了这种石头，如今才在这一界出现。”老者点了点头，道，“这就是异域的年轻至尊迅速成长的原因之一。”

“这是什么？”一些年轻奇才迫切地想知道石头的具体来历。

“这石头本是先天之精，由于染上了长生物质，因此变得超凡了。”老者解释道。

众人心中一惊，一定数量的长生物质足以称得上神药补品。

“先天之精，你们应该知道吧？”老者询问众人。

谁也没有想到老者这次居然没有藏着掖着，而是耐心地讲解了起来。

先天之精是世界本源的精华，在天地间可以结成精璧等，对修炼有一定的帮助。绝顶人物能炼化这种奇石，使之返本还源，成为液态物质，从而封印生灵。遗憾的是，对于真正的高手来说，这样做的意义不大。

除非是至尊亲自炼化，再加入各种神性物质等，才能封印修为在遁一境及以下的高手，但这样的招数对至尊不奏效。

眼前这块石头也与先天之精有关，可是，它为何会蕴藏着长生物质？难道说异域开采出了大量蕴含着长生物质的石头？

这石头被长生物质浸染之后，其构成已与先天之精不同了，成分似乎发生了变化。

“这种石头即使在异域也极其稀少。不要忘了，这世间能大量积聚长生物质的只有仙药！”老者说道。

按照老者所说，这些石头积聚了不少长生物质，价值十分惊人。

如果有人收集足够多的奇石，然后炼化其中的长生物质，说不定能炼化出一株长生仙药所蕴含的长生物质来。

“如果将至尊炼化的神液称为神源的话，这种石头就是仙源！”老者激动地说道。

众人闻言，惊诧万分，虽然这种石头与至尊炼化出来的东西完全不一样，但是意义相近，都是由某种蕴含着奇异物质的液体凝固而成的。

“这种石头可以封印至尊，只要至尊不出世，就能活下去。”老者耐心地解释道。

神源没有那个效果，无法封印天地间为数不多的至尊，只对修为在遁一境及以下的修士有效。

“能封印仙和不朽者吗？”一个年轻奇才向老者提出了疑问。

众人发现禁区的这位老者虽然是仆人，但是对异域很了解，这使得众人产生了一种怀疑，老者该不会去过异域吧，或者说他就是从异域过来的，最后栖居在九天的禁区中？

“可以，它既能封印仙，也能让不朽者万古长存。这东西价值惊人，只不过太稀少了。”老者目露精光，点头道。

众人闻言，震惊不已。

“这石头名为仙源，是否意味着仙道高手可以炼化它？”发问的是卫家四凰中的一个少女。

“不行，真仙是炼制不了仙源的，不朽之王也是一样。正如神源需要人间至尊才能炼制，估计唯有仙道至尊，也就是不存在的那个境界的生灵才能炼成仙源。”老者严肃地说道。

老者的话让所有人都大吃一惊，他口中的那个不存在的境界的生灵可能就是安澜、俞陀等人寻找的不死之帝。

“异域的俞陀、安澜等人也不行吗？”拓古驭龙问老者。

“不行，就如同神源只有人间至尊可以炼制一般，仙源只有不死之帝才能炼制。”老者叹道。

“不朽者只能炼出神源，与人间至尊炼成的东西差不多。如果想让功效变得显著，就要在液体中加入长生仙药等物质，但这样做太奢侈了，得不偿失。”老者继续说道。

关于人道领域炼制的物质，众人是知道一些的，只是没有想到还存在仙源这种物质。

“这种石头比太初古矿中一般的命石还要珍贵。”老者叹了一口气，进一步解释道，“当然，最珍稀的命石比仙源的价值还要高，可惜如今已经找不到那种命石了。就连一般的命石甚至命石的边角料，我想在后世也会成为人间瑰宝，好东西一天比一天少啊！”

“前辈，请问太初古矿中都有些什么？”石昊挠了挠头，表现出一副憨厚的样子，问道。

“别给我装傻，套我的话。有些事不能说，乱议论别人是不好的。”老者说道。

石昊心中一惊，难道太初古矿中还有活着的生灵，所以老者才这样说吗？

“前辈，这又不算什么，还请为我等解惑。”石昊敲打了一下雷池，对老者说道。

老者看着雷池，双眼放光，道：“太初古矿那地方最好别去，曾有一个禁区的生灵全部殒身在那里，此外，守护者一族似乎也损失了不少人。”

听到这些话，所有人都感觉身体一阵发冷，这些秘密太惊人了！

“禁区的人也会殒身？”许多人都不敢相信。

整整一个禁区的生灵都在太初古矿丢了性命，这未免也太恐怖了！

“是啊！招惹了不该惹的东西，当然逃不过一死。所以说你们年轻人要记住，趋吉避凶，莫要强出头。”老者感叹道。

这禁区的老者真的只是一个仆从吗？怎么知道这么多？众人很想让他说出所有的秘密，但是知道这不现实，哪怕请来帝关的无敌者也不行，万一将禁区的主人惹怒了，肯定大事不妙。

“前辈，请多说一些吧。”一个少女央求老者继续说。

“其实我对太初古矿也不是很了解，只是偶尔听主人和别人闲聊时提到了这些。”老者摇头道。

“异域的人过来之后，肯定会去太初古矿。”老者想了想，又透露了一些消息，“上一纪元，很多盖世生灵殒身在了太初古矿，连至尊殿堂都折损了不少重要人物，另外，有传言称那里有神秘的古葬区。”

按照众人的理解，古葬区都在边荒外。当然，这里说的古葬区是指安澜、俞陀曾挖掘的那种岁月久远、神秘莫测的古葬区。

“此外，太初古矿可能还连接着某一个地方，好像是一条通道。”老者叹了一口气，这样说道。

“我去过与太初古矿连接的那个地方，只是没有深入，还看到了一株长生仙药。”石昊接腔道。

“你这小子的确不同凡响！”老者盯着石昊，赞叹道。

“那个地方是古葬区，有一株长生仙药相伴自然是有其道理的，可惜那株长生仙药早已成精，一般人很难抓住它。”老者叹道。

第1168章 未来

WANMEI SHIJIE

太初古矿竟有这等秘密！

众人恍然大悟，怪不得那个地方这么多年都探不出究竟，进去就会殒身，竟然连禁区的人马都在那里丢了性命，果然可怕。

老者盯着石昊看了又看，越发觉得石昊很不一般，想着如果能将他招为禁区的上门女婿就好了。

但是，石昊不可能跟老者走，他有太多的牵挂，如果老者所在的禁区会与异域对抗，他会毫不犹豫地加入。只是，他知道那是不可能的，哪怕这一界覆灭，禁区也依旧存在，不过前提是禁区与异域保持友好关系。

“好好保管雷池！”到了最后，老者千叮咛万嘱咐，让石昊千万别糟蹋了雷池。

“放心，我会管住自己的。当然，如果你们不放心，可以给我送些珍稀的美味来，那样我肯定就对雷池没兴趣了。”石昊故意开玩笑。

老者呵呵一笑，心知此地唯有这个年轻人敢这么跟他说话。

其他人看到这一幕，在心中暗道，荒还真是胆大，面对禁区来客都没有什么惧意，相处起来如此自然。

“天地环境变了，一年不如一年啊！”老者看了一眼仙源，道，“我猜测早晚有一天这种东西都会消失，即便还存在，里面的长生物质也会消亡。”

按照老者的推测，到了后世，世间的天材地宝等将大不如前，很有可能连所谓的仙源都只能与现在的神源媲美，至于神源，则多半会成为更低等的东西。

“如今最极品的太初古矿的命石已经找不到了，我想后世的生灵可能会将一些边角料当成至宝。”老者叹息了一声，道。

“我们的传承是否会因此而断掉？”有人提出了疑问。

许多人都神情凝重，心想，如果后世真的发展到那一步，也许会成为末法时代。

“到了那个时候，所有生灵的寿元都将锐减，动辄活上百万年的老怪物再也不可能出现了。一般说来，人道的绝顶高手一世也只能活一万多年。”

众人不由得倒吸了一口凉气，虽然早有耳闻，但是现在听到老者亲口说出来仍觉得不可思议。

要知道，现在活了数十万年的高手有很多，不算什么稀奇，到了后世，想活上万年都那么艰难吗？

“有这么残酷吗？”有人低语道，不太相信天地环境会恶劣到那一步。

“有，只会比你想象的更残酷。也许，整整一个纪元只有个别人能活一万多年。若是有一人已经屹立于人道绝巅，其他人虽同样厉害，但只要晚了半步，就会悲凉落幕，因为之前的人得了造化，消耗了太多资源。”老者耐心地解释起来。

“既然天地环境会变得恶劣，那到了那个时候，世人还能顺利修炼吗？也许无人可以登上绝巅了吧？”有人说出了心中的疑惑。

许多人觉得要是大环境真有那么糟糕的话，也许所有传承都会中断，世间将再也没有修士。

“修士是什么？修士是与天争，与地争，逆流而上的一群人，是不会灭绝的。”老者摇了摇头，道，“虽然修炼的环境大变，但是道是永存的，修士可感悟大道，依旧能修炼，而且消失的天劫也会再现。天地环境会反复发生改变，虽然整体向坏的状态发展，但是也有回光返照的时候，比如说可能会在某些特别的纪元出现地涌甘泉、天降精气的景象。当然，这只是我主人的推测，后世究竟怎样，无法预料。”

按照禁区内的大人物的推演，哪怕环境再糟糕，修士也会存在。

老者继续说道：“只是到了那个时候，就不会有人成仙了，修士一般能活上一万多年，厉害的话能活出第二世。”

众人脸色大变，以后真的彻底没有成仙的希望了吗？

这让人无法接受！

目前看来，虽然这一纪元也无人成仙，但还有希望。所有人都觉得当异域与这一界交融后，环境必然会大变，到了那个时候，便会有人夺天机，抢造化，趁机成仙。

后世，如果天地间的长生物质消散干净，仙路就真的会彻底断了。

“依照我主人的推测，若是在那样的天地环境中，生灵便可以在修道路上将每一步都做到完美，没有一点瑕疵，也许个别人还能接近仙道领域。但是，也只有一线希望，一个纪元能有一人接近仙道领域就不错了！”老者颇为感慨。

“天地环境为什么大变？”有人问老者。

“这种事情就不是你我能洞悉的了，只有最上面的人知道。”老者神秘地指了指天穹，这般说道。

“前辈，禁区的人为何不出来？难道就眼睁睁地看着九天十地落入异域手中吗？”这时，九天的一个年轻奇才问了一个比较尖锐的问题。他对禁区很不满，禁区的生灵与九天十地的生灵共同生活在一片天地中，为何禁区的人看到异域大军闯进九天十地却不理会，根本没有尽一点守护山河的义务。

听到这个问题后，老者缓缓地道：“你想多了，有些事你永远都不会明白，有些禁区的来历你永远都猜不到。”

众人感到有些意外，老者的话让人猜不透。

“请前辈明示！”九天的那个年轻奇才说道。

“禁区并不都是属于九天十地的，有些禁区久远得吓人，而且来历不可想象。”老者冷笑起来，道，“而且，有些禁区的生灵当年也守护过这一界，结果……”

老者没有继续说下去，这一番话已经引起了众人的深思。

石昊一下子想到了在大赤天边疆发生的事，当时九天十地的人和异域的一群人在混沌中发现了一片被封印的古界。古界里有一只幼小的真凰，一具雪白的骷髅以及一副棺椁，那棺中的女子说她当年也曾守护九天十地，最后却退出了，不再干预外界之事。

“无论如何也不能看着这片天地的生灵灭绝啊！”有人心中不忿，这样说道。

“当然了，还有一个最重要的原因。”老者似乎不介意透露一些秘密，“我的主人预知了一些可怕的天机，故此不愿沾染红尘因果，我想其他的禁区也是如此。”

“什么天机？”众人纷纷面露惊异之色，询问老者。

“当我那无所不能的主人知晓了一些秘密后，曾呆坐了数年，连头发都变白了，似乎是在担忧、思索着什么。”老者说道。

这更加令人感到好奇了，让至高无上的禁区之主都如此担忧，那究竟是多么可怕的事情？

“到底是什么？”拓古驭龙忍不住发问。

“在接下来的岁月中，谁若出手，就要付出生命的代价，没有人可以活下来！”老者严肃地说道。

众人闻言，立马愣住了，而后身体一阵发冷，连禁区之主出手都会殒身吗？

“只要沾染上因果，都会殒身。”老者强调道。

在场的每一个人都深感不安，未来究竟会怎样？

“为什么会这样？”齐宏问老者。

“这一纪元要结束了，一段最为黑暗的岁月即将拉开帷幕，这段岁月注定不会留存在古史中，而是会被后世遗忘。有史以来最为激烈的大战即将爆发，涉及的人物不止这一个纪元的，可能是好几个纪元！”老者说到这个话题时，呼吸变得急促起来。

“怎么回事？究竟是因为什么？”在场的年轻奇才都很不解，就连石昊都有些心惊。

“我记得主人为未来的大战感到忧虑，头发因此白了一半，有人问他怎么回事，他只说了一句话。”老者缓缓说道。

“说了什么？”众人纷纷面露疑惑之色。

“它……要回来了！”老者叹道。

众人愕然，感到头皮一阵发麻。

“禁区之主没有细说吗？”有人小声问道。

“没有。我的主人遇到什么样的对手都没有怕过，可是，当他洞悉了部分的真相后，头发竟一夜之间变白了。从那以后，他便再也没有提过那件事。”老者神情凝重，沉声道。

按照老者所说，仙古纪元之战与未来一段不会留下记载的岁月中发生的战斗相比根本不算什么。

“那是一段最黑暗的岁月，天地间无人敢称尊，传说中的几扇门同时开启，甚至几个纪元的生灵都会一起出现，天地将进行一次大清算。”老者一阵失神，自言自语道。

众人目不转睛地盯着老者，希望他透露更多的消息。

“禁区之主没有再说别的了吗？”有人愤愤地发问。

“很多年后，主人好像说了四个字——独断万古。”老者说道。

第1169章 小聚

WANMEI SHIJIE

众人愣住了，半晌没有说话。

今日，禁区来客透露了太多秘密。帝关的高层或许知道相关的消息，但从来没有透露过，因为那样做会造成慌乱。

许多年轻奇才感到未来太过缥缈虚幻，若是比较起来，现在算什么？将来会更可怕。连禁区之主都怕惹上麻烦，光是想一想就让人头皮发麻。

许多人感到心中一阵压抑，到了那一日，他们会在哪里？还活着吗？那究竟是一段怎样的黑暗岁月？

“看也看完了，我该回去复命了。”老者对众人说道。他已经将那幅地图记了下来。

“走了！”说完，老者脚下便浮现出一道光芒，向外飞了出去，那只大公鸡就等在殿宇外。

“前辈请留步，让我等好好招待您一番！”这时，齐宏开口了。

其他人也一起上前挽留老者，老者跟众人想象中的禁区来客不太一样，比较和蔼可亲。

众人很想从老者那里了解更多的消息，早就有人给帝关的大人物送了信，希望他们出面挽留老者，让他多待几日。

“诸位道兄，你们就不必过来了，老朽去也！”老者感应到有大人物在周围，便这样说道。

接着，老者纵身跃上坐骑，踏着碧落湖的水波，就此远去。

众人议论纷纷，一时间心情难以平静。

这一次太意外了，禁区居然派人参加了奇才盛会，而且来人还和他们谈论了这么长时间。

“小道友，雷池切记要保管好，不要弄丢了。”老者的声音从天际尽头传来，再一次叮嘱石昊。

奇才盛会至此算是接近了尾声，没有什么可讨论的了。主要是禁区来客所说的话很惊人，众多年轻奇才不仅需要自己消化，还要回去禀告族人。

“诸位道兄，就此别过，他日我们战场上见，哈哈！”有人很豪迈地说道。

“走了，去闭关修炼。将来若真的有大动乱，我一定要活到那一天，不为争霸，只为领略那个纪元的残酷与精彩，看一看到时候都会有哪些盖世人物，其风采究竟如何！”也有人这样叹道。

奇才盛会就此结束，众人纷纷离去。

“我们找个地方喝酒去，哈哈，雷劫液的味道太美味了，让我们喝个痛快！”曹雨生凑到石昊面前，这般说道。

石昊微微一笑，点头表示同意，一旁还有两个小酒鬼惦记着，一个是太阴玉兔，另一个是小蚂蚁。

令石昊没想到的是，皇蝶挥了挥翅膀，似乎也想喝酒。

“皇蝶出关，值得庆贺，我们走！”石昊笑道。

皇蝶的表现在石昊的意料之中，他早就知道它有逆天的本领。它号称虫中帝王，能号令万虫。

“哈哈，太好了，我们喝个痛快！”太阴玉兔笑嘻嘻地说道。

“上次不知道是谁喝了两杯就倒了！”曹雨生故意嘲讽太阴玉兔。

“砰！”

伴着一声巨响，太阴玉兔将怀中正在沉睡的小麒麟往曹雨生脸上一扔，引得曹雨生发出一阵惨叫声。

“可惜还差一些人。”石昊叹道。

“他们在闭关，因为压力太大了，所以都想让实力更上一层楼。”曹雨生说道。

魔女、长弓衍以及龙女等人已经闭关了很长一段时间，等到他们对自身状态感到满意时，便会去关外找机缘。

那将是一场大冒险，他们不得不郑重对待。关外有宏大的战场，更有神药山脉、仙家旧地等，危险与机缘并存。

“嘿嘿，我知道你是在找清漪姐姐。”虽然太阴玉兔看起来如同一个瓷娃娃般纯真可爱，但是她现在说话的语气就像一个小恶魔。

“小孩子懂什么？！别乱说！”石昊揉了揉太阴玉兔的头，佯装生气。

石昊从太阴玉兔的口中了解到，清漪被带往了祖坛，同行的还有月婵，这个消息让他心中一惊。

“现在很多人都知道清漪姐姐拥有青月火种，有人推测她可能与仙古纪元的青月仙子有莫大的关系。”太阴玉兔说道。

曹雨生点点头，道：“的确是这样，不过你不用担心，大长老也在祖坛，清漪肯定不会有危险的。”

石昊没有说话，神情凝重，他倒是不担心清漪的人身安危，而是月婵也去了。清漪和月婵本就是一人两体，若是在祖坛被人干预，融合归一，再次成为一个人，那……

“放心吧，清漪姐姐好像与青月仙子有关，没有人会难为她的。”太阴玉兔看出了石昊的担心，这样说道。

“但愿吧！”石昊叹道。

最后，石昊一行人回到了石族所在的部落。他们围坐在篝火旁，开始享用美味。

“我想喝雷劫美酒。”贪睡的雪白小麒麟睁开了眼睛，口水直流。

“好，我们一起享用！”石昊说完，取出那口鼎，将雷劫液分发了下去。

“我也要渡劫！”皇蝶终于出关了，很是高兴。

“不知道这块石头什么时候能醒。”石昊摸了摸发梢上的饰品，自言自语道。

“你要是将雷池放在它的旁边，它保证会被惊醒。”曹雨生自信地说道。

一旁的皇蝶用力地挥了挥翅膀，表示赞同。

“雷池现在还不能被这块石头毁掉，虽然我相信雷池很坚固，但是不敢保证石头不会破坏雷池。”石昊这般说道。

“等大长老来了，让他看一看这雷池到底有什么古怪。”太阴玉兔提出了建议。

如今，雷池是被封印的，他们无法揭开，只能等大长老出手。

凑巧的是，石昊等人并未等多久，大长老就沿着一条五色神光大道直接来到了石族所在的部落。

“大长老！”石昊一行人急忙起身，向大长老行礼。

“坐下吧，不用跟我这么见外。”大长老笑道。

“哧！”

随着一声轻响，神光冲霄，大长老揭开了雷池的封印。

与此同时，雷池中的那股精气，即斩仙台上的铡刀留下的那股暗红色的精气又想要借机遁走。

大长老动用盖世大法力压制了那股精气，使它无法逃遁。接着，大长老看向雷池的底部，发现有三个生灵在游动，如同真龙一般。

“将雷灵放一个出来，扔到雷池中。”大长老说道。

“啊？”

不仅石昊大吃一惊，就连曹雨生、太阴玉兔等人也愕然。

第1170章 活印记

WANMEI SHIJIE

为什么要将雷灵扔进雷池中？大长老要干什么？

“试一试池底的影子到底是生灵还是烙印。关于雷灵有很多传说，雷灵是在天劫中诞生的，雷池也是，它们之间或许有关联。”大长老解释道。

如今三个雷灵全都在石昊手中，它们一旦成长起来，便会拥有极其强大的实力。

石昊一直在琢磨如何降伏这三个雷灵，如今大长老来了，正好可以向大长老请教。

但是，石昊怎么也没有想到大长老的做法就是直接将雷灵扔进雷池。

“等一等，我先取出一些雷劫液。”石昊说道。他真不想这么多宝液被雷灵给糟蹋了。

“真的要将雷灵丢进去啊！我再也不敢喝雷劫液了，脏死了。”太阴玉兔表现出一副嫌弃的样子。

大长老神情凝重，什么都没有说。

“咕咚咕咚——”雷池内的液体被倒进了骨鼎中，没剩下多少了。

但是，雷池依旧给人一种深不可测的感觉，池底的真龙还是那么模糊，看不真切。

雷灵一直在挣扎，石昊捏着那个金色的雷灵，将它扔进了雷池。

让人惊愕的是，这个筷子长的金色雷灵一进入雷池便欢呼起来，翻起很多浪花，而后更是扎进了池底。

“嗯？”

石昊等人大吃一惊，金色雷灵居然向真龙扑了过去，像是在捕食一样。雷灵虽然很凶猛，但是居然连真龙都敢攻击，未免也太凶残了！

“池中的生灵真的是真龙的幼崽吗？雷灵怎么敢攻击它？太奇怪了！”石昊自言自语道。

雷池中，浪花翻腾，雷灵化成一道金光，扑向了一条真龙幼崽。

然而，让人意想不到的事情发生了，真龙幼崽并未被雷灵吞食，而是与它重合了，两者像是合为了一体一样。

大长老叹了一口气，道："我就知道不是真实的，是烙印。"

听到大长老得出这样的结论，石昊等人都觉得有些怅然和遗憾。

"雷灵怎么与烙印如此契合？简直像本来就是一体的一样。"曹雨生感叹道。

"我怀疑雷灵不是成熟的生灵，而是处于进化中的一种生灵。"大长老推测道。

石昊和曹雨生都是一怔，经过一番思索后，震惊不已。

"大长老，你该不会是说根本就没有雷灵这种生灵，它只是某种生灵在某一阶段的特殊状态吧？！"石昊看向手中握着的银色雷灵和暗红色雷灵，惊呼出声。

两个雷灵尖叫着，不断挣扎，它们什么都敢攻击，连雷霆都不怕。

"长出犄角，再长出爪子，这不就是真龙吗？"曹雨生嘀咕道。

雷灵似乎比蛟龙更像真龙，身上有很多奇特的龙纹，而且躯体也坚不可摧。

石昊等人都愣住了，这该不会是真龙的某种形态吧？

"是吗？让我看一看！"小蚂蚁猛地扑了过去。

"仅是一种猜测而已。雷灵和雷池既然都是诞生于天劫中，肯定有些关联，雷灵也不见得是真龙的幼崽，只是可以进化为真龙。"大长老解释道。

按照大长老所说，无论是蛇虫还是猛兽，任何生灵进化到高层次后，都能自行朝着真龙的方向进化，其中蛇、蛟数量较多。一般情况来说，它们一生的终极目标就是进化为真龙。

"巧了，正好有三个雷灵，而雷池中也有三道真龙烙印。"太阴玉兔嘀咕道。

"所谓道生一，一生二，二生三，三生万物，冥冥中自有某种道理。"大长老沉声道。

大长老在石昊等人面前很随和，就像一个普通的老人，可若是在外界，大长老只要稍微显露出一点点威势，连修为在遁一境的大骑士都要战战兢兢，不由自主地膜拜他。

真正的至尊在人道领域中称得上天下无敌，如今这一世，唯有王长生等为数不多的几人可以与大长老一较高下，其余的人都差得太多了。

"雷灵难道有机会进化为真龙？"石昊问大长老。

"有机会，它也许比蛇、蛟更适合进化为真龙，但最后不一定真的会成为龙。不过这种生灵本身也足够强大了。"大长老应道。

对于任何想进化为真龙的生灵来说，雷池中的三道印记都是至宝，是无价的！

大长老反复验证，得出结论，这三道印记是真龙留下的。

“真龙号称天下第一强大的生灵，在无数种群中排名第一自然有其道理。只是真龙的数量少得可怜，一般说来，一个纪元能有一两条真龙就很了不得了。”曹雨生说道。他知道的这些有的是从骨书中看到的，有的是听他师父说的。

“所以真龙一族尽管灭绝一段时间，后世还会有蛇、蛟等生灵进化为真龙，补足空缺。”石昊接着曹雨生的话说道。

“有点古怪，最后一条真龙是消失了，还是战死了，抑或是去了天劫的起源地？”大长老自言自语道，思忖起来。

“我怎么听说世间有真龙蛋，而那真龙蛋藏于冒着混沌之气的古洞中？”小蚂蚁悄声道。

“也许确实留下了真龙蛋，只是这么多年过去了，恐怕出了意外，已经很难找到了。”大长老叹道。而后，他叮嘱石昊一定将雷灵收在身边，万一日后它们进化为了真龙，那将是惊天动地的大事。

若无意外，真龙到最后一定会成为仙王，仅此一点，就足以证明真龙天下第一强大的生灵的称号不是虚的。

有人说，哪怕同一纪元出生了数十条龙，也会发生种种意外，最后只有一条龙能成功存活，其他的或夭折，或衰弱。故此，唯一剩下的那条龙也就有了真龙之称。

石昊请大长老参悟雷池，若是能悟出真龙宝术等，自然妙不可言，而若是有真龙留下的其他经文，那便更好了。

可惜，大长老经过一番仔细的探索后，只能一叹，雷池中没有经文。

“不过，这三道印记仿佛蕴含着生命起源的模糊法则。”到最后，大长老竟得出了这种结论。

这简直太惊人了！

要知道，就连不朽者和仙都在追寻这种生命起源的法则，且还在探索之中。

“也就是说，日后若有别的生灵得到了这三道印记，也有可能会向真龙进化。”大长老严肃地说道。

石昊等人心中一惊，这于天劫中孕育出来的东西真是可怕，居然能有这种奇效！

这是真龙故意留下的印记吗？

“这东西不比仙道经文差，甚至更惊人，难怪禁区的人会心动。它蕴含着生命起源的法则，要是将它悟透的话，好处多得无法想象！”大长老激动地说道。

“也许雷灵就是由这样的印记演变而成的，只是还没有完全进化。”石昊忽然说道。

大长老听了石昊的话之后，心头一震，脸色骤变。

随后，石昊探查雷灵的元神，想从中发现一些线索，同时挖出王家的隐秘，可惜什么都没有发现。

“扑通！扑通！”

伴着两声轻响，另外两个雷灵也被石昊扔进了雷池中，他希望大长老将雷池收起来并保管。

雷池中肯定藏着什么大秘密，最好的办法是让大长老闭关参悟。

“天劫的起源地到底在哪里？实在是太神奇了！”大长老叹道。

随后，大长老告诉石昊，王家的人这一次在帝关付出了巨大的代价才保住整个家族，不然的话，连“五条龙”可能都要被送到最前线，因为雷灵就是被“五条龙”中的一人送出来的。

“王家为了赔罪，给你送来的造化很了不得。配合这股精气，你的实力应该可以提升一大截。”大长老指向雷池中的那股精气，轻快地说道。他打算助石昊一臂之力，炼化雷池中的这股精气。

这时，大长老取出一颗水晶，赤红的光芒迸发出来，瞬间照亮了此地，整个部落都被水晶的光芒笼罩了。

这是一块婴儿拳头大小的水晶，其中封印着一滴血。血滴看起来晶莹剔透，发出的光芒十分璀璨。

“仙血？！”石昊惊呼出声。

“不错，但这跟你们以前听说和见到的仙血不一样，这是活着的仙血。”大长老解释道。

这种仙血是真仙生前自体内取出的精血，里面的煞气都已经被炼化了，真仙以大手段将其封印，因此是活着的仙血。

石昊过去见过仙血，但是他见到的跟这一滴完全不一样。

大长老叹道：“这是王长生父亲的血。王长生的父亲在修为达到巅峰时取出宝血，并将血封印在生命水晶中，这东西价值连城！”

随后，大长老将雷池中的那股精气抽了出来，强行以大法力压制它。

“这是斩仙台上的铡刀留下的精气，你若是将它融入手臂或肉身的某一处，便可斩开一切。”大长老对石昊说道。

别说是石昊，就连曹雨生、太阴玉兔等人都眼睛发直，心想，这东西也太恐怖了，较雷池有过之而无不及！

第1171章 炼精气

WANMEI SHIJIE

也许，在一些人眼中，这股精气比雷池还珍贵。

不过，见过这股精气的人也只能眼热而已，因为如果不是石昊在天劫中勇夺雷池，这股精气也不会出现在众人面前。

水晶内，那滴仙血晶莹剔透，璀璨夺目，一看就是至宝。

那股精气也很惹人注目，尽管被大长老以盖世法力压制了，还是不停地挣扎着。它想要逃走！

这分明只是天劫中的斩仙台上的铡刀留下的一股精气，怎么会有意志？

仙血和精气十分耀眼，令人忍不住想要靠近。

“这……太逆天了！”曹雨生越想越觉得吃惊，感叹道。

一滴活着的仙血和一股斩仙斩道的精气，任何一样都会让人争得头破血流。

雷池中的那股精气曾引出了祖坛的一只黑色大手，连那等至尊都想得到的东西，可见它有多么珍贵。

“你有什么打算？准备如何炼化这两样东西？”大长老先征求石昊的意见。

“这滴仙血多半可以让我立刻突破虚道境，进入斩我境。不过，我本来在天劫中就可以做到这一点，但我没有突破，因为我想先去关外磨砺一番。”石昊皱着眉头道，“这股精气，我想将它炼化之后，融入体内，使之成为坚不可摧的利器。”

“为何不将精气炼入一件兵器中？那样或许容易一些。”大长老给出了这样的建议。

“我有兵器。”石昊解释道。他的大罗剑胎绝对超凡脱俗。

石昊始终觉得兵器是外物，若是遗失，或被人所夺，就会很不方便。与其如此，还不如壮大己身，将肉身当作兵器。

石昊虽有兵器，但更多的还是倚仗自身，这样无论走到哪里，是否有兵器在手，都一样无所畏惧。

石昊坚信只要自身足够强大，什么宝具、兵器等他都可以不用害怕。

“路是你自己选择的，不需要兵器也好，希望有朝一日你真的可以无惧任何法器。”大长老严肃地对石昊说道。

以石昊目前的法力来说，他应该还无法炼化这股精气。

不久前，这股精气不仅将一位前辈的宝具击穿了，而且还击中了一位高手的手掌。

大长老觉得石昊正好以这滴仙血为辅料，让精气与肉身融合，这样一来，就可以做到万无一失了。

“你想让这股精气跟你身体的哪个部位融合？”大长老问石昊。

“眼睛！”曹雨生胡乱给出了建议。

大长老摇了摇头，这种东西根本不可能炼入眼中，相对来说，石昊目前的实力还不够。

“元神！”太阴玉兔大喊道。

“别起哄！”大长老看不下去了，呵斥了一声。

这又不是神念，炼入元神的意义不大，而且在炼化的过程中，还可能会损害神识海。

“眉心！形成一道竖眼，到时候瞪谁，谁就会马上倒下！”小蚂蚁也来凑热闹。

“去，一边待着去！”大长老觉得这几个家伙实在不靠谱，说话不着边。

这时，石族部落中的人们远远地看着大长老一群人，不由得目瞪口呆，那滴血和那个雷池实在太吓人了。

石族部落就在大荒间，石昊和大长老等人走进大山，寻到一片幽静的山崖，开始炼化精气。

石昊做出的决定中规中矩，他不想将精气炼入别处，而是选择让精气与手指融合。

这股精气不是很粗大，不可能与半边身子融合，而若是与一条手臂融合在一起，也略有不足。他准备将这股精气与左手的食指融合，平日用来练习剑诀最合适不过了。

山崖上爬满了古藤，几条水桶粗的大蟒蛇盘绕在不远处的岩石上，盯着石昊和大长老，吐出芯子。那几条大蟒蛇发现石昊与大长老很是从容之后，便匆忙逃走了。

石昊盘坐在一块巨大的岩石上，面前摆着雷池。大长老刚收回法力，那股精气就冲了出来，欲割裂虚空遁走。

石昊动用宝术压制那股精气，身体忽然剧烈地震动起来，那股精气似乎要穿透法力，直奔他的肉身而去。

大长老见状，再次对这股精气进行压制。可即便如此，当石昊不断压制这股精气时，还是遭到了抵抗。

也不知道过了多久，这股精气才变得温和一些，好像可以靠近了。

然而，石昊的手指还未触碰到这股精气，就感觉到了一阵剧痛。这股精气突然发光，暗红色的光芒很是耀眼。

“太霸道了！”远处，曹雨生叹道。

石昊也很惊讶，他修炼《不灭经》成功之后，肉身已经足够强大了，如今却还是被这股精气伤了手指。

不过，石昊不会轻易屈服，更不会半途而废。一道璀璨的光芒自他的掌中迸发出来，只见一只很小的金色鲲鹏扑向了那股精气。

随后，石昊施展柳神法，诸多秩序神链束缚了那股精气，对其进行炼化。

石昊眉心发光，一道雷池形状的印记浮现出来，向那股精气射出一道又一道雷霆。紧接着，他胸口发光，无数时光碎片纷纷飞舞，跟着其他神通一起压制那股精气。

最后，石昊口诵真经，仙道气息弥散开来，三朵大道之花再现，其中一朵花中盘坐着一个被轮回印束缚的小人儿。

石昊施展所有神通和一身法力，躯体被各种符文笼罩着，神光冲霄。

“噗！”

即便如此，石昊的手指还是渗出了鲜血。那股精气极其强大，轻易地就割裂了长空。

“真可怕！”远处，小蚂蚁感叹道。

皇蝶拍动金色的翅膀，微微点头，表示认同小蚂蚁的看法。

“动用仙血吧。”大长老对石昊说道。这股精气太超凡了，连他都有几分心动。

曹雨生感叹道：“这是斩仙台上的铡刀留下的精气，自然难以炼化。你们想，那铡刀可是号称可斩万古天骄啊！”

“咔嚓！”

伴着清脆的响声，晶莹的水晶出现了一道裂缝，光芒顿时迸发出来，整片山地像是披上了一件神圣的外衣。

一滴活着的仙血！

水晶中渗出鲜血，血落在石昊的手指上，神光大盛，瑞彩万道。

“哧！”

那股精气很敏感，感觉到仙血出现，居然径直扑向了仙血！

众人惊愕不已，这是要……斩仙？

第1172章 再出关

WANMEI SHIJIE

斩仙？

那股精气化成一道剑光，猛地劈下来，像是要毁灭仙血一样。

不过，仙血真的很特别，生命力顽强，虽然被精气击中，但是没有受到影响。石昊的手指没有经受住精气的攻击，差点断裂。

好在这个时候，仙血没入石昊的手指，治愈了伤口。

光芒闪耀，仙气弥漫，石昊的手指立刻变得完好如初，不仅指骨完整，连血肉都再生了。

“这股精气太可怕了，怎么融合？”太阴玉兔为石昊感到担忧。

还好这只是斩仙台上的铡刀留下的一股精气，如果是全部精气的话，估计连真仙都会被斩灭。

“仙血同样惊人，若非被当年的真仙炼化了其中的煞气，肯定更为恐怖。”大长老严肃地说道。

仙血若是从真仙体内直接流出的，没有经过炼化，那么一滴血就足以除掉石昊等人，没有任何悬念。

石昊现在之所以能炼化、融合这滴血，完全是因为它只剩下了对身体有益的物质。

“哧！”

随着一声轻响，精气再现，依旧是冲着仙血去的。

“咔嚓”一声，石昊彻底捏碎水晶，将完整的一滴血洒在左手的食指上，那滴血散发出璀璨的光芒。

“嗖”的一声，那股精气竟扑进了石昊的手指中，与仙血融为一体。在“咔咔”声中，石昊的指骨断裂了。

幸好仙血在第一时间治愈了石昊的伤口，令手指刹那间恢复了。就这样，精气攻击石昊的手指，而后手指再生，一次又一次。

“我头皮一阵发麻！”

“我浑身起鸡皮疙瘩！”

曹雨生、太阴玉兔纷纷发出感叹，他们从来没有在修炼中见过这么恐怖的场面，实在是太残忍了！

石昊手指的骨髓、血肉等不断地受创，然后一次又一次地重生。他的手指如同仙之手指一般，闪烁着耀眼的光，那股精气不断劈斩仙血，反复与之融合。

到了后来，石昊已经感觉不到疼痛了，手指也麻木了，但那可怕的折磨还在继续。

“还是不行，这样下去的话，依旧无法炼化这股精气。”石昊皱着眉头自语道。如果不是这滴仙血，他的左手早就毁了。

石昊修炼过《不灭经》，肉身远比常人强大，但手指还是受伤了，这不是因为他不够强大，而是因为那股精气太非凡了。

“不愧为斩仙台上的铡刀留下的精气，什么都可以斩灭，实在不一般！”石昊感叹道。

再这样下去的话，石昊只能遭受折磨，一点办法也没有，主要是因为他的境界太低了，而这股精气的境界太高。

事实上，石昊在人道领域已经站得足够高了，只是在面对这些不属于凡尘的事物的时候，他的实力还是不够。

“轰！”

伴着一声巨响，大长老用盖世法力帮助石昊压制精气，给他提供时间想办法。

“雷池，给我炼化！”石昊喝道。

石昊的眉心发光，一个很小的雷池浮现出来，落到他的手指旁，将那股精气吸收了进去。然而，那股精气很快就击穿了雷池，缠绕在石昊的食指上，与仙血进行对抗。

“咦？渐渐达到平衡了！”大长老惊讶地说道。

一段时间后，这股精气融入仙血中，形成了一个整体。

“这股精气在汲取仙血的精华！”大长老瞪大了眼睛，惊呼出声。

此时，仙血似乎也在吸收精气，两者相互吞噬，不断交融，成为一体。

为了成功将这股精气收进左手的食指中，石昊在接下来的十几天中闭关修炼，而这十几天大长老也没有离去，一直以盖世法力帮石昊护法。

到了最后，仙血和精气终于化为神秘的纹路，没入石昊左手的食指之中。

“如果我全身的血与骨都得到这样的蜕变，我还会怕谁？”石昊对着左手的食指自言自语道。

如今，石昊轻轻一弹指便可以击碎强大的宝具，而且当他法力耗尽时，他还能从左手的食指中逼出一股暗红色的精气。这股精气无坚不摧，无物不破，威力极其强大。

“以这根手指为起点，我要让四肢都进行蜕变，到时候战斗力必会大大增强！”石昊朗声道。

之后，石昊又闭关了两个月，对融为一体的仙血和精气进行巩固，确定没有什么问题了才出关。

“出关了！”石昊大喊一声，心情十分舒畅。接下来他要做的就是突破虚道境，进入斩我境，不过不是在这里突破，而是去关外，他要在最激烈的实战中提升境界。

当然，石昊也想前往传说中的几个地点寻找大机缘，比如神药山脉、天兽森林、迷失海、仙家旧地，甚至对异域来说都是神秘区域的古葬区。

“神药山脉和天兽森林包围着一个奇异的古地，我应该也去那里走上一遭。”石昊自言自语道。那幅标记着奇异古地的兽皮地图将禁区的人都吸引来了，他自然也很感兴趣。

石昊没有惊动任何人，寻了一个出征的日子，就跟着大部队出关了。

每隔大半个月，关外必有一场战斗。

异域的人想攻打帝关，帝关的强者想让年轻人切身体会敌人的可怕和战争的残酷，从而打造出一支铁血军团。这样一来，万一帝关出现了意外，他们便不用那么慌乱。

虽然已经出关了一次，但石昊还是被浩瀚的战场吸引了，大漠无垠，枯骨无数，沙土都被染成了血色。

“嗯？王家的‘五条龙’也来征战了？”石昊看到王家的战旗随风飘扬，有些吃惊。

很快，石昊得悉这是帝关的高层对王家“五条龙”的惩罚，他们被要求必须除掉一定数量的同等级的绝顶高手，否则就要付出代价。

王家人由于曾在帝关想加害石昊，违反了规定，因此受到了惩罚。

石昊是第二批人，这时轮到他们上场了。

“王家的‘五条龙’真是厉害，刚才击败了异域王族的绝顶强者。”有人在小声议论。

石昊尽管对王家“五条龙”没有什么好感，但是不得不承认他们确实很强大。

“我在这里先对决一场，然后再去神药山脉，暂时不回帝关。”石昊自言自语道。

就在此时，前方传来了大吼声：“荒来了没有？让他滚出来，居然敢灭我界王族，我一只手便能打倒他！”

“又来了，每次出战都有人想挑战荒，听闻异域年轻一代的十大高手几乎都现身了。”帝关的一个年轻人淡淡地说道。

“你见过异域的年轻高手吗？实力如何？”石昊问帝关的这个年轻人。

“我没有碰到过异域的年轻高手，但听别人说他们在战场横扫对手，无人能敌。”帝关的年轻人答道。

“那种景象太可怕了，异域的那个年轻高手像是没有感情的生灵，根本无人可挡！”一旁的人感叹道。

“他在什么境界？”石昊进一步提问。

“斩我境，但是他击败了不少修为在遁一境的大骑士。”帝关的年轻人沉声答道。

“你知道他属于哪个家族吗？”石昊问道。

第1173章 目标十大高手

WANMEI SHIJIE

“不知道，他没有自报姓名。”帝关的年轻人愤愤地答道。因为异域的那个年轻高手对他们不屑一顾，一上场就开始战斗，什么话都没有说，瞬间便打倒了一片，造成了极大的恐慌。

“在哪里？”石昊想知道这一次异域的那个年轻高手来了没有。

“上一次来过，不知道这次是否会出现。战场太大了，这片区域暂时没有看到他的身影。”帝关的年轻人答道。

这一次，石昊来战场是为了在战斗中磨砺己身，不过他不想暴露身份，因为异域很多人都将他视为必除的目标。

异域的生灵勇猛好战，不允许自己的人在战场上连续败给同一个人，各族的年轻强者都希望有人出面打败石昊。

“他们一直在寻找荒，想要当众击败他。我想如果荒真的来了的话，这里肯定会有一场大战。”一个年轻人说道。

异域的生灵甚至放言让荒出来对战，他们希望在两支大军前展开一场公平的对决，只让年轻一代的翘楚登场。

“到时候，异域的十大年轻高手肯定都会出现，为了稳妥起见，异域多半还会派出一个帝族的人。”有人做出这样的猜测。

石昊打听了不少消息后，便谢过这些人，冲向前方，与异域的大军血拼。

当然，在和这些人说话的时候，石昊并没有露出真容。

在这片战场中，出征之人的境界都以天神境为起点，上战场的都是一些精挑细选出来的强大战士。其中修为在虚道境、斩我境的生灵是主力，他们虽然人数没有修为在天神境的生灵多，但是实力强大。

修为在遁一境的大骑士是统领级的人物，或骑坐在吞天兽身上，或傲立于苍穹之上。与同级别的异域生灵对战，修为在至尊境的人主要负责在暗中对峙，一般情况下不会轻易出手，因为他们容易被敌人盯上，所以要谨慎行事。

石昊自从渡劫后，实力便大增，虽然修为还处在虚道境，但是已经可以对付修为在斩我境的生灵了。此时，他正在千军万马中冲击，英勇无比。

修为在遁一境的大骑士在苍穹上对战，石昊在战场上驰骋。一时间，喊声震天，气势惊人。

“嗷——”

吼声响起，一个满头红发的怪物盯上了石昊。怪物拥有人的头颅、蛇的身躯，红色的长发胡乱地飞舞着。

“啪！”

伴着一声巨响，怪物的尾巴一扫，便割裂了长空，如同一把天刀向石昊劈了过来。

石昊知道这个怪物实力不俗，应该是一个修为在斩我境的高手。他轻轻抬起左手，施展剑诀，迎向怪物的尾巴。

“哧！”

一道暗红色的光从石昊的食指中迸射而出，不是很刺目，但是气势惊人，如同一柄暗红色的仙剑横空而过。

石昊动用了斩仙台上的铡刀留下的那股精气。他不是打不过这个怪物，而是想看一看精气的威力到底如何。

在出手的那一刹那，石昊的心也跟着颤动了一下，因为施展那股精气需要消耗的能量超出了他的想象。

要知道，石昊现在生命之火很旺盛，正处在巅峰状态，但是体内的能量居然差点枯竭。他急忙汲取天地精华，补充自身的能量，若是体内的能量在战场上枯竭的话，绝对是致命的打击。

“轰！”

惊天动地的声音响起，那条十丈长的蛇尾猛地扫向石昊，瞬间震裂了虚空，威势恐怖至极。

可是，当暗红色的光击中蛇尾之后，可怕的事情发生了——粗大的蛇尾无声无息地垂下，鲜血渗了出来。

同一时间，那道暗红色的光继续向前冲，正好迎上了那个怪物。

“啊——”

人头蛇尾的怪物大叫起来，恐惧不已。他不敢相信这个摆在眼前的事实，才几分钟而已，他就败下阵来，还受到了如此严重的创伤。

石昊心头一震，斩仙台上的铡刀留下的精气果然无坚不摧，太厉害了！只不过，施展它需要消耗很多能量，不能轻易动用。

石昊腾空而起，冲向战斗力锐减的对手，“砰”的一声，一掌劈出，结果了这个人头蛇尾的怪物。

短短几分钟，异域的一位高手就这么殒身了。

石昊心虚地向前后左右望了望，还好没有人注意到他施展的那道暗红色的光，不过即便是看到了，应该也不会多想什么，谁能猜到这是斩仙台上的铡刀留下的一股精气呢？

“一般情况下，不能轻易动用这个撒手锏。”石昊决定给自己留下一张底牌，关键时刻才动用精气。

接着，石昊慢慢朝之前喊他名字的方向移动。那片区域的战斗非常激烈，有不少人在对决，其中异域的几个年轻生灵十分凶猛，正在与九天十地这边的一些人血拼。

“嗷——”

异域的一只狮子出现了，吼声惊天动地。它浑身都是鳞片，狮鬃则是由黄金骨刺组成的。

“让荒出来，我兄长来了，要与他对决！”这只狮子大叫道。

这只狮子来自异域的王族，而且是非常强大的王族。它居然凭借虚道境的修为打败了修为在斩我境的高手。当然，它也付出了代价，浑身都是血，既有对手的，也有它自己的。

“如果荒来了，还有你叫嚷的份吗？”一个年轻奇才冷冷地说道。

石昊一眼认出说话的年轻奇才是他在之前的奇才盛会上见过的，虽然叫不出名字，但是有几分眼熟。

“那我就先除掉你们，逼荒出来一战！”狮子怒吼道，浑身金色鳞片发出耀眼的光芒，猛地扑向了年轻奇才。

“哧！”

随着一声轻响，狮子锋利的大爪子一挥，当即将虚空抓出了一道又一道大裂痕，景象十分骇人。

“当！”

年轻奇才拿出一把刀，对上了狮子的爪子，响声震耳欲聋。

不得不说，这只狮子真的很厉害，才过几招而已，年轻奇才就挡不住了。

只听见“当”的一声，年轻奇才的长刀被狮爪抓裂，身上也“噗”的一声冒出了一股血花。

“嗷——”与此同时，狮子大吼一声，吼声震动天地。

年轻奇才被震得大口吐血，整个人横飞出去，元神差点碎裂。附近的一些人被震得倒在了地上，有的人甚至当场殒身了。

石昊急忙从不远处冲向狮子，抬手就向前方压去，阻止狮子再次攻击那个年轻奇才。

“又来一个送命的吗？”狮子大吼一声，攻向石昊。

石昊见状立马张开右手，粗大的雷霆从掌心浮现，瞬间炸开，比狮子吼还惊人，震动了整个战场。

“轰！”

伴着一声巨响，狮子被震得鳞片脱落了不少，满头焦黑，甚至还冒出了一缕轻烟。

“居然还活着，你的生命力倒是很顽强。”石昊有些诧异地道。

众人闻言，皆目瞪口呆，这么强大的生灵居然被这个年轻人击败了，太可怕了！

“送你上路！”话刚说完，石昊手中便出现了一把闪电刀。接着，他用刀攻破了狮子的防御，迅速将它解决了。

九天十地的年轻人面面相觑，这个人是谁？未免也太厉害了吧，这么快就除掉了一个王族高手！

“不好了，狮王的弟弟殒身了。”

“碧眼金鳞狮王的弟弟战死了，快快送信！”

异域的一些生灵大喊着，显然这个死去的异域生灵身份很不一般。

“快走，这是异域十大年轻高手之一碧眼金鳞狮王的弟弟。狮王一旦知道自己的胞弟战死了，一定会发狂冲过来的。”被石昊救下的年轻奇才焦急地说道。

对于他们来说，异域的十大年轻高手高高在上，不可战胜，唯有躲避才能活命。

“无妨，你们先走！”石昊说道。他原本就是冲着异域的十大年轻高手来的，当然，他也不想那么高调，只想除掉了对手就走。

石昊不是为扬名而来，只是单纯地想与所谓的异域的十大年轻高手对决。

“嗷——”

突然，沉闷的狮吼震动了这片区域。

消息传出去后，立马惊动了碧眼金鳞狮王。

这时，一个如同山岳般高大的生灵从远方冲向石昊。一时间，大漠隆隆作响，烟尘漫天。

“既然你来了，那就先拿你开刀！”石昊冷笑道。

第1174章 碧眼金鳞狮王

WANMEI SHIJIE

狂风呼啸，飞沙走石，战场上的许多高手根本站不稳，有的甚至被吹飞了，连天地都被大风割裂了。

“啊——”许多生灵惨叫起来。

一只金色的狮子向石昊所在的方向奔跑过去，大风是它的威势所致，附近的生灵都遭到了重创。

正如金色狮子的名字一样，碧眼金鳞狮王拥有一双深邃的碧眼，此时它的碧眼显得狰狞而吓人。它身上满是金黄色的鳞片，狮鬃由密集的骨刺组成，若是它跑动起来，连山河都会跟着颤抖。

相传，碧眼金鳞狮王在宇宙大战时最为可怕，其先祖只要张口一啸，便会让星辰崩裂。

这时，碧眼金鳞狮王大吼道：“是谁害了我的弟弟？我要抽了他的筋，扒了他的皮！”

一眨眼，碧眼金鳞狮王就到了石昊所在的战场，众多生灵当即横飞出去，就连异域的生灵也被大风割伤了。

漫天都是飞扬的黄沙，石昊站在战场中间，纹丝不动，脚下如同生了钉子一般。

“是你害了我的弟弟？”碧眼金鳞狮王问石昊。

“是！”石昊面不改色，答道。

“嗷——”

得到肯定的回答之后，碧眼金鳞狮王大吼起来，怒不可遏，挥舞着大爪子冲向了石昊。

碧眼金鳞狮王庞大的躯体如同一座巨山般压落，将石昊完全笼罩了。

石昊没有动用最擅长的几种宝术，只动用了原始真解功法，以十分常见的骨文出击。

化腐朽为神奇！

密密麻麻的骨文交织在一起，演化出一只黄金狮子，这是石昊的手段，他临时幻化出一只与对方长得一模一样的凶兽。

碧眼金鳞狮王大吼一声，大爪子猛地向石昊抓了过去。

“轰！”

石昊幻化出来的狮子与碧眼金鳞狮王撞在一起，响声震天，形成了可怕的神力汪洋。

“当！”

碧眼金鳞狮王立马又用锋利的大爪子抓向石昊，而石昊直接以手挡住了这一击。

碧眼金鳞狮王大吃一惊，知道自己遇上了高手，身躯快速缩小，化作一丈长。

体形过于庞大的生灵遇到可怕的对手时，容易露出各种破绽，从而给对手提供攻击的突破口。

“人族什么时候出了一个你这样的高手？不过，我不管你是谁，今天你必须给我弟弟偿命！”碧眼金鳞狮王厉声道。

“人族高手辈出，你没听说的人多了去了！”石昊故意表现出一副放荡不羁的样子，睨视着碧眼金鳞狮王。

“看招！”

碧眼金鳞狮王大喊一声，化成一道金光扑向了石昊。它一口气动用了数种祖术，黄金之火包裹着它的躯体，烈焰腾腾，火光漫天，肆虐数百里，这里化作了一片火海。

这就是碧眼金鳞狮王的威势。无论是修为在天神境还是虚道境的生灵，都无法与它抗衡，甚至连一些修为在斩我境的生灵都差点被点燃。

与此同时，碧眼金鳞狮王的大爪子发出五道神光，神光化成金、木、水、火、土五行元气，径直攻向石昊。

石昊面不改色，依旧以最简单的招式迎击，他这样做主要是因为不想在战场上被人认出。

大道至简，化腐朽为神奇，石昊在领悟《原始真解》。

“谁来也救不了你！”碧眼金鳞狮王大吼道。

“是吗？一会儿别后悔你说的话。”石昊说完，浑身冒出金光，催动神力，与碧眼金鳞狮王展开对决。

石昊的手光亮而透明，显而易见，他还施展了不灭经功法。随后，他结拳印，用两种经文攻击碧眼金鳞狮王。一时间，雷声滚滚，连狮子吼的神力都被他的拳头震散了。

“砰！”

伴着一声巨响，石昊攻破了碧眼金鳞狮王的防御祖术，一双拳头打中了它的躯体。

“咚”的一声，碧眼金鳞狮王感到身体一阵剧痛，骨头仿佛被折断了。

“咦？那个人族年轻修士是谁？怎么会如此强大？居然能与碧眼金鳞狮王对决！”

“碧眼金鳞狮王可是十大年轻高手之一，排名第十位，是我界赫赫有名的奇才，战力惊人，今日竟遇到对手了。”

异域的生灵看到这一幕，纷纷议论起来，惊诧不已。

碧眼金鳞狮王顿时怒了，身为十大年轻高手之一，它今日居然被一个无名小卒冒犯了。如果是荒也就罢了，可眼前这个人无论是容貌还是功法，都与荒不太一样，显然是另一个人。

石昊动用了朱厌一族的七十二变神通中的手段，连血气等都与原来不一样了，别人根本认不出他的真实身份。

转眼间，石昊就与碧眼金鳞狮王过了上百招，若是换作其他人，早就撑不住了。

可是，碧眼金鳞狮王不仅没有击败石昊，其攻击手段还被石昊一一化解了。

“哧！”

随着一声轻响，碧眼金鳞狮王全身金光闪烁，所有的鳞片皆化成了光雨，猛地向石昊劈去。

石昊依旧镇定自若，双手结印，施展不灭经功法，护体神光挡住了鳞片的攻击。

“轰！”

惊天动地的声音响起，碧眼金鳞狮王的鬃毛先是脱落，而后化成一杆又一杆战矛，迅速地向石昊飞去。

“哈哈，听说过‘落毛凤凰不如鸡’吗？你现在鳞片和狮鬃都脱落了，不过是一只大猫而已！”石昊嘲笑道。

说完，石昊动用绝世手段抵挡了光雨，折断了一杆又一杆战矛。

“迷失！”

就在此时，碧眼金鳞狮王低吼一声。

远处很多人当即愣住了，动弹不得，因为他们的神魂被禁锢了，差点被吸进碧眼金鳞狮王的双目中。

碧眼金鳞狮王凭这一祖术击败了不知道多少厉害的对手，甚至连境界比它高的对手都败在了它的手里。

石昊感到额骨一阵疼痛，身体舒展不开，这让他相当吃惊。他的元神已经足够强大了，没想到还是受到了影响，换作其他人，岂不是直接就被夺了神志，连生死都在对方的掌控之中？

“我要为我弟弟报仇！”碧眼金鳞狮王低吼道。

“你得意太早了！”石昊冷笑道。他的元神只是短暂地受到影响，不一会儿就恢复了。

“轰！”

石昊挥拳，施展不灭经功法，一双拳头璀璨夺目，砸得天地隆隆作响。

“你……”碧眼金鳞狮王仓促迎敌，怒目而视。

这一次石昊动用了全部的神力，气势惊人，一拳就砸得碧眼金鳞狮王大口吐血。

“轰！”

第二拳紧接着落下了，响声震耳欲聋。碧眼金鳞狮王痛得大叫一声，横飞了出去。

石昊紧追不舍，挥出了第三拳。碧眼金鳞狮王被砸得浑身都是伤痕，血迹斑斑。

当第四拳落下时，碧眼金鳞狮王大叫起来，不是狮子吼，而是哀号。它没想到会遇到这样可怕的对手，简直超乎想象。

当石昊的第五拳落下时，碧眼金鳞狮王拼尽全力攻击，结果爪子还是被石昊砸伤了。

当第六拳落下时，碧眼金鳞狮王绝望了，只能眼睁睁看着石昊的拳头挥过来。

碧眼金鳞狮王的元神想要逃走，结果一把就被石昊抓住了。“噗”的一声，碧眼金鳞狮王当场便殒命了。

在场的众多生灵看到这一幕，皆忍不住颤抖起来。

“我界的……狮王战死了！”

“天啊！十大年轻高手之一，就这么被人除掉了？！”

众人纷纷议论起来，不敢相信碧眼金鳞狮王就这么殒命了。

石昊缩地成寸，眨眼间就消失了，奔向更远处的战场。他连名字都没有留，只是以一个人族年轻修士的身份除掉了碧眼金鳞狮王。

“怎么可能？！十大年轻高手之一居然战死了！难道真的要请出帝族的高手才行吗？九天十地那边的修士太嚣张了！”异域的生灵十分不甘，愤愤地说道。

第1175章 诸王齐至

WANMEI SHIJIE

碧眼金鳞狮王战死的消息传播开来，导致这片区域大乱。异域的一个年轻高手就这样轻易殒身了，实在是出乎众人的意料。

异域的众人震惊不已，不敢相信这个事实。

碧眼金鳞狮王败在一个毫不起眼的年轻人手里，而那个年轻人连名字都没有留下，这实在是太讽刺了！

异域的一群人怒吼着朝碧眼金鳞狮王殒身的地方冲去，其中有不少老一辈的人物。

号称异域十大年轻高手之一的生灵丧命于无名小辈之手，这对争强好胜的异域生灵来说是一种极大的耻辱。

“找出来，我要给他好看！”异域的一个修为在斩我境的生灵喝道。

异域的十大年轻高手不止一人上了战场，他们是为了围剿石昊而出面的，没想到反而被一个无名小卒除掉了一人。

“是可忍孰不可忍，难道我们这一代真的太弱了吗？先前接连失利，如今连十大年轻高手之一都战死了！”异域的一个生灵大吼道。

千军万马在大漠中冲击，密密麻麻的全是身影，远远望去，如同海浪般冲撞，骇人至极。不仅这片区域是这样，大漠深处也是如此，喊声震天，无情的一幕幕不断地上演。

异域的人想找到石昊真的很难，最主要的原因是，他多次变换容貌，没有人能记住他的样子。

石昊经历过很多次对决，也遇到了各种各样的对手，但是来到关外后，他深刻地体会到以前的战斗远比不上现在的残酷和激烈。

数不清的生灵在打斗，到处都在征战，四周都是喊杀声，平日间看起来很厉害的强者在这里如同草芥一般。

在这片战场上，修为在天神境的生灵是最底层的存在，虽然人数众多，但是殒命的速度极快。修为在虚道境的生灵本可以在一方称雄称霸，可在这里依旧逃脱不了被除掉的命运。

一眨眼的工夫，这里就有无数已经成名的人物殒身，场面惨不忍睹。

石昊顿时有一种感伤、无奈的感觉，从古至今，征战不断，这片大漠到底埋下了多少尸骨?

远处有一条大河，相传它源自九幽黄泉，河中的水早已变成了血色，从大漠中流淌而过。战场上的生灵接二连三地倒下，远远望去，一轮红日挂在天边，璀璨夺目。

染血的大漠，嘹亮的号角，不断冲锋的生灵，这一幕哪怕过去很多年，石昊也不会忘记。

不经历这种血战，怎能理解什么叫“残酷”？

石昊并不是第一次与人对决，但到了这里后，还是很震惊。昔日，他与人对决，一般都是一次与一个人对决，如今则是要全身心投入，否则一不留神就会殒命沙场。

在这片战场上，寒光照铁衣，金戈传寒气，恐怖的攻击和惊天的怒吼声谱写成战曲，震惊了天地。

“不来战场走一遭，不算是男人！”一个来自帝关的大汉朗声道。他身上插着很多兵器，利剑刺中他的肩甲，长刀劈进他的背部。

随后，大汉大笑起来，道：“即便战死也值了，我已经除掉了十几个修为在虚道境的异域杂种，哈哈——”

“不到边荒非好汉，一般的战场算什么，只有边荒才是英雄出没的地方！”一位胡须花白的老者也大笑道。他身上有很多伤口，与那个大汉一样，似乎也快撑不住了。

“你们这两个低贱的东西，居然让我界损失了这么多人！既然不愿成为奴仆，那就纳命来吧！”远处，异域一个枯瘦的生灵喝道。紧接着，他快速冲向大汉和老者，用力击打，掌力惊人。

一时间，狂风大作，黄沙漫天，附近所有从帝关来的人都被覆盖了。

“我就是战死也不亏了，你尽管来吧！”大汉怒吼道。

老者吐出一口血，惨笑道：“爷爷要跟你拼到底！”

“除掉他们，一个不留！”一个冷漠的声音响起，命令扑到大汉和老者跟前的枯瘦生灵速战速决。

“咦？是……武天王！”

“十大年轻高手之一，排名第四的武天王来了！”

异域的许多人纷纷大叫起来，深感振奋。

此时，石昊也暗中赶到了，他悄声道："来得正好，我正寻你呢，此次我就是冲着你们所谓的十大年轻高手来的！"

正是因为发现了武峰的踪迹，所以石昊才赶到这里。他刚好看到大汉与老者无力还击，于是果断伸出援手。

"战神来都救不了你们，受死吧！"异域的枯瘦生灵大吼道。他的掌力如同惊涛骇浪般，隔着很远就已经压迫得大汉和老者大口吐血了。

"你说的吗？连战神来也救不了他们，你真以为自己是什么大人物吗？"石昊喝道，一拳向枯瘦的生灵砸去。

"砰！"

天空中传来一声闷响，枯瘦的生灵踉跄着倒退了好几步，脸色惨白，额头上全是汗水。接着，在他震惊的目光中，一只大手把他抓住了。

"你……"枯瘦的生灵忍不住战栗起来。他已经达到了斩我境，实力强大，此时却被人定住了，法力尽失。

"轰！"

伴着一声巨响，石昊一拳击中了异域枯瘦的生灵，让他瞬间没了生气。

众人不由得一愣，这么强大的一个生灵就这么没了？

"好大的胆子！"就在这时，武峰现身了。他满头银发披散，英姿勃发，强健的躯体被一个银色的光团笼罩着，璀璨无比。

武峰的眼睛发出犀利的光，锁定了石昊。

"呵呵——"石昊笑了，上一次他就与武峰交过手，表面看起来两人不分上下，其实是他占了上风。

此时，武峰并不知道眼前的人就是荒，还想不明白为什么一个无名小卒敢在他面前逞凶。

上一次，石昊和武峰可谓是速战速决，都动用了自身绝学。武峰在退出战场后，忍不住吐了血。

这段时间以来，武峰一直在休养闭关，提升实力，没想到他竟因一次对决收获巨大。

这一次，武峰满怀信心地赶赴战场，就是要找石昊报仇，洗刷上一次对决的耻辱。结果他不仅没有见到石昊，反而遇上了另一个实力强大的人，这使得他的怒火更旺了。

“先送你上路，我再去寻荒！”武峰大喝道。

附近的异域生灵欢呼起来，认为这场对决根本没有什么悬念，武峰是不会败的。

武峰号称天王，在十大年轻高手中排名第四，是不朽者的记名弟子，这样的身份和地位足以让人忌惮。

石昊咧嘴一笑，露出雪白的牙齿，什么都没有说，径直迎了上去。他要在此与武峰对决，当场击败异域所谓的天王！

“武兄，原来你在这里。哈哈，等你解决了此人，我们一同去寻找荒！”这时，不远处传来一个声音。

随后，两个一模一样的生灵出现了。它们有两双手臂，头上长的不是正常的头发，而是毒蛇，看起来很瘆人，通体呈淡金色，如同由金属铸成的一般，且背后生有一对金色的翅膀。

“羽蛇族的双王也到了！”有人惊呼出声。

羽蛇族的双王是异域的十大年轻高手中排名第七、第八的两大高手。它们是孪生兄弟，来自同一族，被誉为羽蛇双王。兄弟二人同列十大年轻高手内，让异域各族的年轻人羡慕不已。

石昊笑得越发灿烂了，自言自语道：“真是赶着来送命啊！看来我可以一次性除掉异域的好几个年轻高手了。”

“你说什么？！”武峰喝问石昊。

“我说你们几个还是联手吧，不然连一丝赢的机会都没有！”石昊大笑道。

“好热闹啊！本王也来了！”又一个位列异域十大年轻高手的生灵来了。

第1176章 横扫诸王

WANMEI SHIJIE

这是一个人形生灵，但不是人族，其面部呈青色，身体周围闪烁着耀眼的光，形成了一个神环。

“青藤王也到了！”异域的众多生灵皆大吃一惊，几位高手居然凑到了一起。

青藤王在异域的十大年轻高手中排名第五，仅次于武峰，是一位实力非常强大的高手。众人明白这些年轻的高手是为了围剿荒才上战场的，可惜的是今日荒并没有出现。

“太可惜了，荒没有来。这么多高手齐至，他若出现的话，必定是上天无路，入地无门！”

“这么多高手一起对付这个无名小卒，真是杀鸡用牛刀！”

“是啊！好钢应该用在刀刃上，这样的阵容未免有些太浪费了吧？”

异域的生灵纷纷议论起来，觉得四大年轻高手对付一个看似很厉害的无名小卒肯定绰绰有余，所以心情都很放松。

石昊并不把异域的人的话放在心上，只是牢牢盯着异域的四大年轻高手，如果他一口气将四大年轻高手全部除掉的话，异域的生灵会不会抓狂？

石昊觉得这是一次千载难逢的机会，异域不是一向以勇武自诩吗？那他就干脆连胜异域的十大年轻高手，狠狠地打击他们一番。

“轰！”

惊天动地的声音响起，武峰出手与石昊对了一掌。

石昊故意隐藏了部分实力，同时仔细观察周围的情况，随时准备与异域的年轻高手对决。故此，这一次对掌没有什么亮点，石昊避过武峰的掌力，只与其掌风进行了碰撞。

“我还以为他有多厉害呢，看来只会躲避攻击罢了！”

“他自然不敢正面迎击，也不想一想遇到了谁，武天王可是不朽者启民的记名弟子，谁敢与之争锋？”

异域的众人态度傲慢，还不时向九天十地的众人投去鄙夷的目光。

“此前，我还觉得此人多半是个了不得的人物，现在看来只是一头驴子而已，蠢得送命来了。”有人揶揄道，引得异域的一群人大笑不止。

九天十地的众人听到这番话，脸色变得铁青，很是无奈。他们与异域的高手单打独斗尚且无法确保胜出，更别说现在的对手在异域的十大年轻高手之列。

“给他个痛快！”

“请武天王速速出手！”

异域的一群人鼓噪起来，希望武峰能够除掉眼前这个无名小卒，也就是石昊。

武峰断喝一声，眉心的银色纹路发出耀眼的光芒，满头银发飞舞，右臂化成一把天刀，迅速向前劈去。

天刀瞬间劈开天地，混沌之气翻涌，威势惊人。

这是不朽者启民传给武峰的仙道法门，号称不朽天刀，可斩灭一切。

石昊面无惧色，反而嘴角微翘，露出了笑意。对方居然又施展这一招，上一次也是如此，他早就领教过了。

不朽天刀的确可怕，但是石昊有信心对付它。他施展出不灭经功法，一时间，骨文交织，他的拳头瞬间变得闪亮夺目。

“轰！”

随着一声巨响，石昊毫不犹豫地攻向了武峰。

“咚！”

这一击像是雷霆爆发一样，响声沉闷。石昊和武峰之间光芒万道，虚空塌陷，电闪雷鸣，景象骇人。

“怎么回事？那个无名小卒为何能挡住武天王的一击？”异域的一个生灵大惊失色，很是不解。

然而，令他们意想不到的事情还在后面，石昊没有直接施展出鲲鹏法等，而是将几种宝术糅合在了一起。

雷帝宝术、轮回神通、柳神法等汇聚在石昊的右手上，他结法印，以《不灭经》相辅，向武峰发起全面的攻击。

武峰第一时间就知道自己遇上了大麻烦，这个人远比他想象的可怕，是一个劲敌！故此，他催动不朽天刀，让眉心的银色纹路发光，施展出多种祖术。

这次对决和上次一模一样，石昊和武峰动用一身所学，将千百招浓缩为一招，直接分胜负。

“武天王怎么遇上了这么强的对手？居然要全力以赴了？！”羽蛇双王吃惊地说道。

“轰！”这一击超出了所有人的想象，响声震天，光芒闪烁，接着虚空炸开，黑暗浮现，吞噬了所有。

由璀璨夺目到漆黑如墨，景象惊人，仿佛从天堂到了地狱！

这是巅峰的对决，石昊和武峰要在此分出胜负。

“噗！”

伴着一声轻响，武峰大口吐血，整个身体都在颤抖，径直横飞了出去，这幅画面震惊了在场的每一个人。

异域的众人和九天十地的众人不由得目瞪口呆，十大年轻高手中排名第四的武天王居然败了，还遭到了重创！

同一时间，石昊化成一道虚影，快速向武峰冲了过去。

武峰怒吼一声，燃烧生命之源，不惜付出一切代价予以反抗，他不想殒命于此。

这时，武峰知道站在面前的这个无名小卒是谁了，因为他与石昊交过手，有那种奇异的感应。他想大吼出来，可是石昊的拳印已经攻到了他的面前。

“砰！”

伴着一声巨响，拳印如同一座大山压落，震得武峰口吐鲜血，面色惨白。

武峰催动神念，想要传音，石昊断喝一声，声音如同惊雷，差点震散武峰的元神。

“武天王，坚持住！”青藤王和羽蛇双王见状，立马冲向武峰，想要出手援救他。

只是，已经晚了。石昊的一双手掌呈半透明状，发出万丈光芒，如闪电般向武峰拍去。

“啊——”

武峰发出大叫声，只是这声音马上就被淹没了。石昊的拳头携带着风雷，粉碎了乾坤，响声震耳欲聋，转眼间就到了武峰近前。

“噗！”

武峰的一双手被石昊的拳头击中，手臂受到了严重的创伤。他在与石昊全力对决的一击中已经伤到了本源，失去了继续战斗的能力。

石昊冷然一笑，迅速结拳印，浑身好像被点燃了一样，发出刺目的光芒。

“轰隆！”

惊天动地的声音响起。这一次，武峰绝望了，如果他现在逃跑的话，对方肯定会继续追击，直至他身死道消；如果他不逃跑的话，就算三大高手及时赶到，他也难逃一死。

“拼了！”武峰怒吼一声，施展出最后的绝招。

然而，石昊的速度太快了，他冲到武峰近前后，力量瞬间又增强了不少。

“噗！”

伴着一声轻响，武峰的祖术当即失效，身体也被石昊的拳头击中了。

当着所有人的面，武峰就这样殒身了，形神俱灭。

在场的所有人皆难以置信，尤其是之前取笑石昊的异域生灵，感觉好像是在做噩梦一样。

他们的武天王居然战死了！

“他一定就是那个除掉碧眼金鳞狮王的年轻人！”羽蛇双王中的一人叫道。

“轮到你们了！”石昊冷冷地说道。

在电光石火间，石昊避过异域三大年轻高手的攻击，举拳就挥了过去。

“轰！”

羽蛇双王头上的毒蛇疯狂地舞动着，狰狞无比，背后的金色翅膀如同金色的羽剑一般，猛地向石昊刺去。

“哧！”

与此同时，青藤王也发威了。他露出部分本体，一株又一株青色藤蔓从虚空中长了出来，欲捆住石昊，有的藤蔓比战矛还锋利。

异域的三大年轻高手非常默契，一同攻击石昊，他们知道他们如果单独上的话，下场肯定好不到哪里去。

异域的生灵惊诧万分，这太不可思议了，排名第四的武天王败在了无名小卒的手里，排名第五的青藤王和排名第七、第八的羽蛇双王居然在联手攻击无名小卒，事情怎么会发展成这样？

十大年轻高手在异域的生灵看来是至高无上的，最起码在年轻一代中是不可敌的，足以打败九天十地的所有年轻人。然而，今日一个无名小卒颠覆了他们的认知，此人先是除掉武天王，而后独战三大年轻高手。

石昊没有一点保留，拼尽全力，想在最短的时间内除掉异域的三大年轻高手。

“噗！”

随着一声轻响，石昊抓住了羽蛇双王中的一个的金色翅膀，猛地一拽。

“你……”它大吃一惊，想要反击。

“砰！”石昊一拳击中了羽蛇双王中的一个的翅膀，疼得它哇哇大叫起来。

羽蛇双王中的另一个看到这番情景，怒吼一声，迅速冲向石昊。

“我们一起上！”其他的异域生灵也纷纷向石昊发起攻击。

“我们也出手！”来自九天十地的众人见状，皆热血沸腾，大吼着冲向了异域的生灵。

“你可以上路了！”石昊冷冷地对羽蛇双王中的一个说道，接着一拳击中了它的元神。

“兄长，啊！不！”羽蛇双王中的另一个悲吼道。

“送你们一起上路！”此刻的石昊如同一个盖世魔王一般，冷酷无情。说完，他又一拳砸向了羽蛇双王剩下的那一个，令它瞬间殒命。

紧接着，石昊结法印，猛地攻向青藤王，青藤王立马现出青藤本体。

“砰！”

最后，伴着一声巨响，石昊一拳将青藤王打得没了生气。

异域的一群生灵皆倒吸了一口凉气，这是天大的事件，一个无名小卒居然一口气除掉了四大年轻高手，此事绝对会震惊边荒！

如果加上之前殒命的碧眼金鳞狮王，那就是五大年轻高手了。

异域的十大年轻高手在一天之内被除掉了五个，这着实太恐怖了！

第1177章 黑暗之日

WANMEI SHIJIE

这片区域彻底被扰乱了！

“轰！”

石昊如同人形真龙般结拳印，发起攻击。响声震天，异域的生灵接二连三地倒在他的脚下。

很快，这片区域的地面变成了殷红色的。显而易见，石昊没有给异域生灵一点反抗的机会。不久前，他们还在奚落石昊，认为石昊不知天高地厚，没想到现在竟是这样的结果。

石昊不仅除掉了一个武天王，还斩灭了另外几大年轻高手。

后方，九天十地的众人看得心潮澎湃，热血沸腾，呐喊着与异域的众人展开了战斗。

“冲啊！除掉他们所有人，一个也不要留！”有人大吼道。

那个身上插满兵器的大汉和那位身受重伤的老者此时稍微恢复了一些力气，再次向前冲去。

“你们都退下，不要在这里久留，一会儿肯定会有异域的大人物来复仇！”石昊大喊道，不想让自己人白白地牺牲。

说完，石昊动用绝学，将各种宝术糅合在一起，攻击异域的众人。

一个又一个异域的生灵倒下了，有的被刺透了眉心，有的被劈中了胸膛，还有的直接殒命。

仅此一役，石昊就除掉了异域的数百个生灵，且都是强者，没有一个凡俗之辈。

九天十地的众人见状，皆目瞪口呆，这才多长时间，这个年轻人就有了如此惊人的战果！

“走！”来自九天十地的众人倒也果断，立马就撤退了。他们知道石昊说的是实情，如今异域的几大年轻高手接连殒命，此事必定会惊动异域的高层，到时候肯定会有更加厉害的高手出击，现在撤退是明智之举。

石昊看着自己人远去后，再次疯狂地战斗起来，仿佛不知疲倦。

异域的众人胆寒不已，转身就逃。

随后，石昊离开了这片战场，没有停留，因为这里即将成为风暴之眼，引动八方风云。

在离开的途中，石昊不断变换容貌，甚至穿上亡者的甲胄，一路冲回了有帝关高手坐镇的地带。

“啊——”

异域的几大年轻高手横尸之地，传出了惊天动地的怒吼声。

异域的一群人围着尸体，又惊又怒。

“这是怎么了？我界竟一下子损失了五大年轻高手，这是要变天了吗？”一个修为在遁一境的生灵的声音都颤抖了。

这五人都是异域最杰出的奇才，结果就这么轻易被一个无名小卒斩灭了，实在是太可惜了！

“碧眼金鳞狮王可能也是败在同一个人手里，因为出手的也是一个人族的年轻人。”另一个修为在虚道境的生灵低语道。

异域的众人非常沮丧，他们自称战斗族群，一直所向披靡，战无不胜，今日却遭受了这么严重的打击。在他们看来，这是一种极其不祥的预兆。

“难道说这一纪元的帝关出了太多不凡的生灵，甚至可以与我们对抗？到最后不会引发动乱吧？”异域的一个生灵猜测道。

异域的不少人的心中都有一股隐忧，特别是当他们看到天渊时，就更加不安了。他们怕天渊释放出难以想象的威力，对他们那一界造成影响。

这么多年一直没能拿下帝关，异域的众人早就焦虑不已了，如今他们又遭受了挫折，这让一些人的心中更加不安。

“该不会是那批生灵再次出手干预了吧？不然帝关怎么可能有这么厉害的人？如今仅一个荒勉强还算不错，我怀疑刚才出手的人是那批生灵的后裔，也许那个地方又打开了，他们又来了！”古老的王族之人赶来了，小声议论道。

“真有那样一个地方吗？那个地方再次开启，有人出来了？”古老王族的另一个人有些怀疑。

“啊！我可怜的峰儿……”这时，一个银发中年人大吼大叫，眼睛赤红，已经近乎发狂了。他是武峰的叔祖，一个修为在遁一境的高手，也是一个赫赫有名的天纵人物。

同时，这个银发中年人还是异域的一方统领，在这片战场击败了无数对手，甚至除掉了帝关的几个大骑士。

武峰的叔祖命令所有人挖地三尺也要将凶手找出来，还表示不找到凶手绝不善罢甘休。

“轰！”

伴着一声巨响，金光闪耀，一个通体金黄的生灵也赶来了。它看起来就像一条黄金大蟒，不过它还生有一对鹏翅，异常威猛。

“可怜的孩子，我还等着你们登上巅峰呢，没想到你们居然战死在了这里，我要为你们复仇！”通体金黄的生灵大吼道。它是羽蛇双王的玄祖，修为极高，是一个难缠的狠角色。

异域的众人都近乎疯狂了，他们一下子损失了五大年轻高手，这比之前发生的大赤天边疆事件还要严重。

那个时候，荒一个人连胜十位年轻强者，但那十位年轻强者中只有一两人接近十大年轻高手的实力，所以还说得过去。而这次，十大年轻高手瞬间就损失了五人，简直是不可思议，连异域的老辈人物知道这个消息后都坐不住了。

对于异域的其他生灵，尤其是年轻一代来说，这一日简直可以称为黑暗之日。他们眼中无敌的人物竟败在了同一人的手里，这实在让人胆寒，没有比这更恐怖的事了。

短时间内，这片区域聚集了大量的异域强者，五大年轻高手的族人全都赶来了。

一时间，这里沸腾了，一道又一道剑光冲上云霄，斩裂了苍宇。

远处，九天十地的众人严阵以待，大骑士站在最前方，防备异域的大军突然发起攻击。

“你们不过是损失了几个年轻人就如此急躁，真是输不起！”九天十地这一边的人大喊道。

“看来你们也不过如此，有本事再派出一两个年轻高手来，我们一样斩灭。同代争霸，你们不行了！”有人奚落道。

听到这些话，异域的众人皆目露凶光，浑身散发出一股杀气。

“诸位老祖，请前往古地求帝族的年轻人出世吧，只需请出一个年轻人走出蛮荒之地，就可以打败对手了。”异域的一个年轻人向老祖叩首，这般央求道。

异域的年轻一代实在太憋屈了，好战的族群怎么可能甘心在同代人面前屈服？

实际上，异域的年轻人并不想帝族之人出世，因为只要帝族的年轻人走出来，其他族的年轻人在这一纪元就只能低头了，但是，现在他们迫切希望帝族的高手将帝关那个最厉害的年轻人踩在脚下！

“请帝族的年轻人出世吧，这是属于年轻一代的战争，我们希望有一个同代人站出来，正面击败那个挑衅者！”

异域的年轻一代纷纷叩首请求起来。

第1178章 远行

WANMEI SHIJIE

大漠中，远处的军队依旧在对战。战场无边无际，十分广阔，只有这片区域不同寻常，气氛有些诡异，异域与九天十地双方在对峙。

“帝族的年轻人不是谁想请就能请的，到时候他们自然会出关。”异域古老王族的一位强者沉声道。

帝族常年与世隔绝，数万年能见到一人走出古地就很不错了。

另一边，石昊没有再去其他地方寻找异域的十大年轻高手。他估计十大年轻高手不会全部上战场，而且就算全都来了他也不准备再出手，因为如果他再出手的话，多半会被人伏击，不占优势。

“帝族的年轻人不出世，我们一样可以打败对手，我就不信十大年轻高手中的第一、第二人会不敌那个年轻人！”

“没错，子铭兄刚悟道出关，渡过了天劫。身为十大年轻高手中的第一人，他绝对可以击败那个年轻人！”

异域的生灵纷纷提出与之前不同的观点。

石昊心头一震，原来鹤家属于王族，之前他一直不知道鹤家究竟有多强大，现在终于明白了。

鹤无双的后代鹤子铭居然是异域十大年轻高手中的第一人，看来鹤子铭肯定不简单。

“要知道，鹤无双大人后来可是击败了帝族的强者，成了至高的存在。”

“从某种意义上来说，鹤家很强大，如果鹤无双大人再迈出半步，鹤家就能成为这一纪元新晋的帝族了。”

当远处的石昊听到异域生灵的议论时，大吃一惊，看来他低估了鹤家，没想到鹤家居然已经离成为帝族不远了。

当然，鹤家能否成为帝族，主要取决于鹤无双的突破，如今他只差半步了！

“子铭兄如果这样发展下去，也许真的能够达到至高的领域，不会比帝族的年轻人弱。”一提到鹤家，异域的一群年轻人变得振奋起来，觉得应该请鹤子铭出手。

但是，有一部分人担忧九天十地除了一个荒，可能还有神秘的强援。

在异域的众人看来，九天十地的众人没有那么强大，很有可能是当年干预两界大战的那批人再次出现了。

有人认为是因为那批人的后裔进入帝关，所以帝关的军队才这么强大，甚至有人认为荒就是那批人的后裔。

“如果真的是那批人来了，我们自然要请出帝族的年轻人！”异域古老王族的一位强者冷冷地说道。

“真的有那样一批人吗？不是一直说是谣传，无法确定吗？”异域一个年轻人提出了疑问。然而，没有一个人理会他，异域的王族们沉默不语，双目射出犀利的光。

“呜——”就在此时，海螺号角声响起，召唤异域的人退兵。今日的大战结束了。

原本这个地方剑拔弩张，双方已经准备好了血拼，结果异域突然退兵，这让九天十地的众人长出了一口气。

“究竟是谁除掉了异域的五大年轻高手？真是了不得！”

“还用想吗？一定是荒！”

“这可不见得，我练成了天耳通，刚才听他们说，好像是有神秘古地的生灵进入帝关，难道是禁区的生灵？”

今日注定不能平静了，哪怕退兵了，双方人马也在归途中议论个不停。

对于异域来说，这一日简直是糟糕透顶。

鹤子铭得悉这一消息后，第一时间表示要出征。与此同时，殒身的五大年轻高手的族人也纷纷派出高手，准备在下一次的大战中找凶手复仇。

在异域，有一些人认为荒就是罪魁祸首，也有很多人持不同意见，觉得凶手另有其人。

异域的众人都在议论此事，年轻一代更是觉得憋屈不已，希望有人找到那个年轻人复仇。

而这一切都暂时与石昊无关了，在回帝关的途中，他悄悄地改变了方向，化成一缕轻烟，飘向了大漠的另一侧。

大战过后，有人打扫，有人抬棺，还有人直接在战场上掩埋尸体，故此很杂乱。石昊这样穿行，即便被人看到，也不会被注意。

这片大漠太浩瀚了，虽然石昊速度极快，不知道跨越了多少万里，但还是没有离开这片区域。

突然，石昊感觉有些不太对劲，后方好像有人跟着他。尽管他没有看到人，但是直觉告诉他，他被盯上了。

情况不妙，现在可没有什么大骑士守护他，这里一片荒凉，敌我难分，多半会有危险。

敢这样追着他过来的人肯定不简单，而且那个人到现在都没有露面，多半心怀不善，不然早就跟他打招呼了。

是异域的人，还是帝关的人？

石昊觉得跟踪者应该来自帝关，因为他是从帝关那一方的阵营离开的，若有人跟着，应该是从帝关的大军中走出来的。

“这种感觉很不妙，他可能要对我不利。”石昊自言自语道。他突然提速，如闪电般冲向大漠的边缘。

终于，石昊到了大漠的边缘。前方出现了绿油油的一片，生机勃勃，草木茂盛，蛮兽嘶吼。

“轰！”

随着一声巨响，一只土黄色的大手一把抓向石昊，速度快到极致。

连天空都被那只土黄色的大手压塌了，原来是一个修为在遁一境的强大修士。他之前一直跟在石昊后面，想看一看石昊去哪里，后来见石昊要离开大漠，进入其他区域，便匆忙出手。

“破！”石昊大吼一声，关键时刻取出大罗剑胎。

“锵！”

当那只土黄色的大手压落时，大罗剑胎立即发出刺目的光，响声清脆。

“咦？”

那只大手落下时，竟没有直接攻击石昊，而是要夺剑。

就在这时，意想不到的事发生了——在地平线的尽头，一根巨大的古树枝瞬间腾上高空，“轰”的一声跟那只大手撞在了一起。

石昊见状迅速收起大罗剑胎，他可不想惹上什么祸端。在来之前，他已经详细了解了这片区域的情况，对有些禁忌是知道的。

“晦气，竟然惊动了铁血古树！”修为在遁一境的大修士说道。

这片区域是神药山脉，藏着无数秘密，山口这里有几株古树，与天齐高，守护此地。

这几株古树是铁血古树，原本有灵识，但是不知道何种原因，如今只有一种本能意识，与其他修炼成精的铁血古树不一样。不过，它们的强大是毋庸置疑的，连修为在遁一境的大修士都不敢贸然与之对抗。

“轰！”

随着一声巨响，天空中的那只大手被震开了。铁血古树的枝杈撕裂了苍穹，暗红色的光芒迸发出来，绚烂至极。

那个修为在遁一境的大修士站在天边，脸上阴晴不定，眼睁睁地看着石昊进入神药山脉，没敢跟进去。神药山脉是奇险之地，曾经连至尊都没能活着从里面出来。

第1179章 神药山脉

WANMEI SHIJIE

石昊快速向前冲去，直到与几株铁血古树相隔很远才止步。

神药山脉中，草木丰茂，古树参天，不时有猛兽咆哮，凶禽展翅盘旋。

“他是谁？”石昊盯着远处的天空，自言自语道。

那个修为在遁一境的大修士的脸很模糊，让人看不真切，他应该是用大法力掩盖了真容。不过，有一点可以肯定的是，他不是一个年轻人。

石昊心中升起一股怒气，如果不是他的速度够快，且有铁血古树干预，他肯定被击中了。真要被修为在遁一境的大修士击中的话，他多半很难活下来。

“哪一族的人？”石昊嘀咕道。

对方来自帝关，属于九天十地的阵营，为何这样针对他？

“你是谁？为何要攻击我？”石昊向修为在遁一境的大修士传音。

“小道友，你想多了，我是担心你误闯神药山脉会性命不保。这里是一处绝地，我想救你一把。”一个沙哑的声音响起。

那个修为在遁一境的大修士站在天际尽头，身影越发模糊了。他没有靠近，怕那几株铁血古树突然发起攻击。

石昊心中的怒火更旺了，这个人分明对他动手了，还好意思说出这种拙劣的借口。

“你都这种修为了，想除掉我直接说出来就是了，这么遮遮掩掩的有意思吗？你也太虚伪了！”石昊冷冷地说道。他对付不了这个人，而且多半要被困在神药山脉，所以只能这样奚落一番。

石昊叹了口气，自己修为还是不够高深，不然就可以直接闯出去了。

“好吧，小道友既然误会我，那就当我是要攻击你的人吧，无所谓。”天边的那个人似乎毫不在意，道，“我提醒你一下，神药山脉可不是什么善地，无数人进去采药，结果八成都没了音讯，再也没有出来。”

“不劳你挂心，如果你想与我对决，就尽管进来，前提是你能击败那几株铁血古树，否则还是趁早消失吧！”石昊毫不客气地说道。

“呵呵，好啊！我马上就离开，到时候我会找人来救你的。”那个神秘人说完，便一步迈出，就此消失了。

石昊默然，直到完全看不到那人的身影才转身向神药山脉中走去。

神秘人说得很对，神药山脉是绝地，十分凶险，一般人闯入很有可能会丧命，不然山脉中的神药早就被人采摘完了。

神药山脉，顾名思义，这里栽种有神药，而且不止一两株。

“这地方真的很大啊！”石昊自言自语道。他进来后转了一大圈，徒步行进数千里，感觉还在外围打转。

石昊以为神药山脉只是一片盛产古药的神秘古地，不会很广袤，现在看来是他误会了。

这山脉不会和外面的大漠一样广阔吧？真要是那样的话，想采摘一株神药就太难了，石昊在心中暗道。

当然，石昊主要是想去被神药山脉、天兽森林以及古葬区三方包围的那个诡异之地。那是兽皮地图记载的位置，据说那里好像有让九天的禁区之主都觊觎的造化。

原本石昊想沿着神药山脉寻到一条合适的道路，前往地图上记载的地点，然而，没想到他今日竟被一个神秘人跟踪了。这导致他无法在外面行走，只能进入神药山脉躲避，以防不测。

走上一段距离后，石昊登上了一座极其巍峨的山岳。他睁开天眼，眺望远方，发现此片区域没有大漠那么浩瀚。

此时，“嗖”的一声，一只凶禽猛地扑了出来，它只有巴掌大，却敢攻击石昊。

石昊凝神一看，顿时大惊失色，这是一只修为在斩我境的凶禽，攻势非常凌厉。

这只凶禽长得也很奇怪，狮子头、鸟身，身上密布着金色的斑纹，它一挥翅膀，虚空便隆隆作响。

“咚！”

石昊一拳挥出，响声震耳欲聋。这只凶禽瞬间被击飞，撞在了远处的一座大山上。

那座大山当即崩塌，凶禽带着烟尘从巨石堆中冲起，不断尖叫着，散发出无比恐怖的气息。

刹那间，成千上万只狮头鸟身的凶禽出现了，它们如同雨点般砸向石昊，攻势凶猛。

石昊不禁头皮一阵发麻，怎么突然出现了这么多凶禽？

唯一值得庆幸的是，经过仔细的观察后，石昊发现不是每一只凶禽的修为都在斩我境。

尽管如此，情况还是很危险，因为凶禽太多了，其中还夹杂着一些修为在虚道境和斩我境的凶禽。

石昊催动雷帝宝术，全力攻击，他若是不出手的话，很有可能会被凶禽吞噬得一干二净。

一时间，鸟羽纷飞，叫声不断，不少凶禽的尸体坠落在山地上。

很快，石昊就变了脸色，嗡嗡声震耳欲聋，天空都被遮蔽了，这到底是什么生灵？

数不清的凶禽向石昊冲了过去，全都是狮头鸟身，如同汪洋一般。石昊心知这个地方根本没有办法待了，要是继续停留的话，早晚会被耗死在这里。

这时，远空传来一阵凄厉的长嚎声。那是一只一丈长的凶禽，跟眼前的凶禽形态一样，只不过大得多。

“遁一境！”石昊脸色大变，转身就逃。神药山脉果然是险地，有着太多不可预测的危险。

“嗖！”

石昊担心那只修为在遁一境的凶禽追击他，于是径直没入地下。然而，他低估了那只凶禽，它一扇动翅膀，附近的大山就崩塌了，“轰隆”一声，大地也塌陷了，黑色的大裂缝蔓延开来。

要知道，神药山脉土地坚硬，山体坚固，很难被破坏，没想到石昊刚一进来就见到了山崩地裂的景象。

石昊的脸色顿时变得惨白，这只凶禽远比他想象的强大。

“号称坚不可摧的山岭都能踏平，这只凶禽不可力敌。”石昊自言自语道，使用遁术，快速远去。

令石昊没有想到的是，那只凶禽也紧跟着他没入地下。

途中，凶禽只要一扇翅膀，山石就会碎裂，没有什么可以阻挡它的步伐。

石昊的速度极快，可是他不熟悉这里的地势，闯进了一片诡异的地带，被场域限制了速度。

“轰！”

惊天动地的响声传来，那只凶禽转眼就到了石昊近前，带着众多的凶禽围攻他。

“噗！”

那只凶禽一挥动翅膀，大地便晃动起来，石昊直接被那强大的神力震得横飞了出去。

“真凶狂！”石昊自言自语道。他和凶禽的境界差距太大了，根本没有获胜的希望。

石昊轻叹一声，难道刚进神药山脉就要遭到厄难吗？

后方，那只凶禽仍穷追不舍，距离在拉近。

石昊感到头皮一阵发麻，冲出地层，来到了地面上，神秘的场域顿时消失了，而后他加速前进。

前进数千里之后，石昊好不容易甩掉了那只凶禽，逃到了一个幽静的地方。

这里没有草木，地上有不少枯骨，有些骸骨甚至还在发光。不用细想也知道，这些殒身的人生前肯定很厉害。

“香气好浓，莫非是神药？”石昊心中一惊，自言自语道。他向远处望去，发现有神药在跑，速度极快，而且不止一株，是一大群！

远处，金色的、紫色的、赤红的药草在奔跑，璀璨而绚烂，太异常了！那种生气勃勃的景象与这里的幽静环境很不相符。

“我见到神药了，而且是一堆！”石昊感叹道。

就在这时，后方的那只凶禽也来到了这片领域，但是它没有发起攻击，而是转身就逃。

石昊心头一震，连那等凶禽都退后了，这里究竟是什么地方？

石昊有些迟疑，地上的骸骨太多了，有些生前是天神，但更多的应该是修为在虚道境的修士，此外还有修为在斩我境的高手。他甚至还看到了修为在遁一境修士的尸体，这是他从骸骨散发的气息判断出来的。

“绝地中心吗？”石昊有些疑惑。他想离开这里，却发现出口的位置被那只凶禽堵住了。

现在，石昊只能继续前进，穿过这里。

与此同时，一个神秘人横渡边荒，穿过大漠，走进葱郁之地，而后进入了异域的领地。

神秘人来自帝关，现在却走进了异域的领地。

“这片疆域真是让人着迷，天地精气太浓郁了，而且大道与我如此契合。呵呵，这里太适合我了，是一处成道之地，我很期待与他们的会面。”那个神秘人自言自语道。

第1180章 仙金生灵

WANMEI SHIJIE

石昊发现，除了远处的生机与浓郁芬芳的神药，近前几乎没有什么草木。

“咔嚓！”

石昊踩断了一些骨头，地上的骸骨虽有一点光泽，但早已腐烂。他知道这里多半有大凶险，所以一举一动都很谨慎。

后方，那只凶禽在这片绝地外徘徊，丈许长的身体发出耀眼的光芒，目光冷峻，一直盯着石昊。

那只凶禽既有期待，也有惧意，似乎想让石昊碰到什么。

石昊回头瞪了那只凶禽一眼，而后毅然前行，心想，既然没有选择，那就前进吧！

神药成堆，实在吸引人，石昊继续向着目标前进。

附近，地势平缓，寸草不生，地面呈暗红色，远处则屹立着郁郁葱葱的山岭。数不清的神药跑来跑去，如同一个个顽皮的孩童，在山脚下出没。

“金参娃娃、飞凤草、盘龙花……”石昊喃喃道。哪怕相隔很远，他睁开天眼后也能看清，那些神药货真价实，绝不是由什么灵草充数的。它们跟古籍上记载的神药一模一样，都是传说中的神药，价值连城。

“一株、两株、三株……”

石昊粗略地一扫就发现了九株神药，它们一直在跳跃，一会儿在地上，一会儿没入地下。

在别的地方哪里能一下子见到九株神药？连一株都相当难寻。一株神药会耗尽一处圣土的精华，一般说来，一个地方是没有办法长出两株神药的，而此地却打破了常理。

“这还只是一个地方，在浩大的神药山脉中，该不会有数百上千株神药吧？”石昊自言自语道。

石昊开始潜行，因为一般的神药早已成精，有了意识，非常警觉，一旦遇到危险，就会马上遁走。

终于近了，石昊很快就要离开这片不毛之地，靠近葱郁的山岭了。那些神药没有察觉，仍在戏耍。他有些不忍下手，因为那些神药如同孩童一般在嬉戏，十分天真烂漫。

一株老参通体呈金色，满脸胡须，头上是草叶。这是一株不知道活了多少年的金参，早已成为神药，散发出来的香味沁人心脾，让人浑身舒泰，神清气爽。

另一边，一株殷红的飞凤草如同展翅的凤凰一般，周围闪烁着神圣的光芒，奔跑时很是美丽。

“真是让人眼馋啊！”石昊感叹道，而后突然向前冲去，准备出手将神药擒住。

既然来了，怎么能空手而归？

石昊不会毁掉神药，即便有所需，也无需做杀鸡取卵的事，还是“养鸡”更划算。

可是，他能捉到神药吗？

石昊很自信，认为凭自己的力量应该能抓住它们。故此他眼神火热，仿佛已经看到了几株神药被捉到的情景。

然而，意想不到的事情发生了。

这片区域内不知道为何突然发光，奇异的场域扭曲了时空，石昊的身体剧烈地晃动起来。

紧接着，在寸草不生的枯地中，一座石山突然崩裂，而后赤红的岩浆向外涌了出来。

“哞——”

巨大的吼声传来，天地震颤起来，连虚空都崩塌了，这是一个十分可怕的生灵。

石昊险些受了伤，这种声音的力量太强大了，一般人恐怕会被活活震死。

石昊这才看清，发出吼声的是一头黄金牛。它通体璀璨，刺得人双目都有些疼，的确是金牛，并非血肉之躯，它竟然是由黄道仙金铸成的！

“黄道仙金？”石昊失声惊呼，快速退走，没想到居然在这里遇上了这种东西。

事实上，这头黄金牛不是很大，只有一尺长而已，不过它颇具威势，吼声惊人。

世间有虚空仙金、黑暗仙金以及七彩仙金等几种仙材，黄道仙金与它们并列，也是不可多得的仙材。要知道，一块拳头大的仙金就能让人抢破脑袋，这里居然有这么一大块黄道仙金！

尺许长的黄金牛已经足够真仙炼器了。

石昊迅速后退，那头黄金牛一直紧随其后，散发出惊人的气势。

活着的黄道仙金？石昊大吃一惊，原来这不是人为铸造的傀儡，而是一头有生命的黄道仙金牛！

仙金通灵，而后化为生灵，这是只在传说中听过，记载于古籍中的事。石昊如今居然在这里见到了，这绝对是一个恐怖至极的生灵，甚至连绝顶高手都要为之头疼。

事实上，这不是石昊第一次遇到仙金生灵，只是上一次他没有看清就直接逃走了。

当年，在三千道州时，石昊跟着齐道临进入一个古洞，在洞中发现了一个七彩仙金生灵。那一次他们逃得快，且那个仙金生灵没有追到外界，不然他们的下场肯定会很惨。如今，情况不一样了，这头黄金牛明显带着敌意，盯上了他。

石昊一退再退，每迈一步，就会远遁出去不知道多少里，但是黄金牛速度也极快，一直跟在石昊后面。

黄金牛大吼一声，大地瞬间就崩裂了，石山纷纷倒塌。

石昊迅速飞了出去，根本顾不上采摘神药，性命最重要。

这头黄金牛的实力不可揣度，所幸它还没有真正进化为成熟的生灵，否则石昊肯定没有活路了。

黄金牛出于一种原始本能，想要攻击石昊，保护自己的领地。即便这样，黄金牛还是很恐怖，因为它存在的时间太久远了，孕育出了海量的神力，随意一击，也可以发挥出巨大的威力。

“当！”

巨大的声音响起，石昊在仓促中将宝术攻在黄金牛身上，可是它纹丝不动，丝毫没有受到影响。

黄金牛拥有仙金之体，哪怕天地崩塌，它也不会毁灭。

石昊感到很棘手，这头黄金牛坚不可摧，哪怕站在那里不动，他也拿它没办法。

“这些神药，我一定会回来采摘的！”石昊说完，便立马逃走了。

黄金牛将神力汇聚在一起，形成一条金光大道，直接通向了石昊所在的地方。金光大道就像是一座桥一样，与目的地相连，十分神奇。

“往那边逃！”突然有一个声音为石昊指路。

石昊感到一阵惊悚，又是什么生灵跳出来了？神药山脉实在是太古怪了。

很快，石昊就放心了，原来为他指路的是一株古树。那株古树是天神树，发出的光芒给人一种温暖的感觉。

石昊曾经听白龟驮仙那株长生仙药提起过，世间一共有四株天神树，它们原本是一体的，后来由于一些原因被迫分开了。

一旦四株天神树合为一体，就会彻底蜕变，恢复真身，成为仙药树。

到了那个时候，仙药树的药效会远远大于四株天神树简单相加的药效，价值也会更高。

要知道，长生仙药本就极少，从古至今几乎不可见，而以树体形式存在的长生仙药就更罕有了。

石昊以前得到的一株天神树一直养在万物土中，早就结出果实了，但是他一直没有采摘，就是希冀有朝一日四株天神树能够合一，从而生出一株仙药树。

如果四株天神树合一成为仙药树的话，结的果实也会跟着蜕变，成为仙药果。传说那种果实有可能让人直接成仙。

据传，正是因为仙药树如此非凡，比其他的长生仙药更为奇特，所以才被人分成四株。

当然，这些只是传说，并没有确凿的证据。

石昊按照天神树的指点，朝着那个方向跑了过去，结果却发现天神树的指点也只能暂时让他摆脱危险。

那头黄金牛灵性十足，一路追踪石昊，竟没有被甩掉。

在接下来的三日里，石昊艰难逃亡，好几次差点殒身。

同一时间，异域发生了一件大事。

帝关派人来异域与大人物面谈的这一消息在异域的一些王族间传播开来，引起了巨大的风波。

有人要投诚？这是要开启帝关的大门，还是要做什么？

很快，另一个消息传来，这让异域的年轻一代都很兴奋，鹤子铭等年轻高手更是惊喜不已。

“荒被困在了神药山脉！”

正是进入异域的那个帝关修士透露的消息。

“出征！年轻一代出场的时候到了！”

“齐聚神药山脉，让世间从此没有荒这个人！”

“呵呵，有人告知荒的下落，真是太好了，天助我也！”

异域的年轻一代皆面露得意之色，议论纷纷，欲在神药山脉围攻石昊。

第1181章 陷入危境

WANMEI SHIJIE

异域十分广袤，比九天十地还要大很多倍，生灵数量庞大，高手也更多。

灵气弥漫，大山巍峨。异域很多地方是不可踏足的，栖居着传说中的大人物，虽然他们大半个纪元都没有动静，但是依旧无人敢冒犯这些区域。

这是一处不朽之地，外围神圣而安详，内部却是灰雾弥漫，充满着恐怖的气息。

“呵呵，道兄，你的好意我等心领了，我代替师门长辈送你！”异域的一个生灵正在送别一个中年人。

“请留步，我这便回去了，还要横跨边荒呢。”中年人客气地说道。

“以后我们的合作还很多，请收好这枚令牌，有了它，你就可以随意在我界行走了。”异域的生灵嘱咐道。

“多谢！”中年人接过漆黑的铁牌，谨慎地收好。

“道兄无需客气，两界终将合一，我等终究是要过去的，到时候定不会忘了道兄与你的族人。”异域的生灵拍了拍中年人的肩，笑道。

九天十地的众人如果知道此事，一定会很震惊，他们肯定想不到自己人进入了异域，还与异域的人谈得这么融洽。

“这一次的见面礼我界的小崽子们很喜欢，很多人都已经动身前往神药山脉了。”异域的生灵笑道。

“不成敬意，希望他们能一切顺利。不过，你要提醒那些年轻人，荒不太好对付，别大意。”中年人提醒道。

“大可放心，上一代的天骄也会一同前往。呵呵，那个名为荒的年轻人太嚣张了，这一次定会将他拿下！”异域生灵的声音变得冷酷起来。

石昊近来不断击败异域的年轻高手，引发了巨大的风波，让异域的年轻一代又惊又恨。

异域对这个中年人礼遇有加，格外看重，甚至派十八只古兽拉车将他送到了边荒。

“荒有大麻烦了，你们谁要去神药山脉围观？”在异域的年轻人中间，这个消息已经不是什么秘密了，每个人都在议论。

“恐怕等我们去的时候，荒都已经殒身了。”

“神药山脉虽然有不少好东西，但是很危险，一向是有进无出，难道为了对付荒，我们要冒险进山？”

“你想多了，我们只在外围围堵他而已，神药山脉不能轻易踏足。”

“可是，如果他躲在里面一直不出来怎么办？”

“他早晚会主动出山的，就算他不出来，我界的好男儿也会闯进去。”

虽然神药山脉很凶险，但如果进去的人老老实实地蛰伏一段时间，还是有八成的希望可以活着出来。如果进去的人打神药的主意，或者想要攫取古宝的话，就会有生命危险。

神药山脉自古长存，与边荒的天兽森林、仙家旧地以及迷失海等地齐名。相对来说，神药山脉算不上是最危险的，只是很神秘。

这几日，神药山脉一直不平静，吼声震天，山脉崩塌。

在一处泥沼中，石昊大口喘着气，遇到了大麻烦，那头黄金牛在追击他。

石昊看出尺许长的黄金牛比修为在遁一境的大修士还要恐怖，他根本没有办法与之抗衡。他数次利用附近的其他生灵吸引黄金牛，才逃过了一次又一次的追击。如果黄金牛进化完全，根本就不会上当，他也就无法成功逃脱。

“都怪那只鸟，找了这么长时间也没有看到它的老巢，我就不信找不到！”石昊自语道。他稍作休息，等伤口愈合了一些，便再次动身。

突然，石昊感受到一股铺天盖地的寒意，那头黄金牛又来了。

“哧！”

石昊直接没入地下，寻找之前遇到的那种凶禽。

“找到了！”石昊大喜。

后方的压力太大了，黄金牛已经追过来了，它只发出一声大吼，石昊就被震得大口吐血。

“啾啾！”鸟叫声传来。

这里是一个地窟，密密麻麻的凶禽栖居于此，大多数只有巴掌大。见外敌闯入，它们顿时乱作一团，挥着翅膀，向石昊发起攻击。

地窟的最深处有一只巨鸟。当然，所谓的巨鸟也只是与其他鸟相比大一些，它有一丈长，狮头鸟身，正是将石昊逼入黄金牛栖居地的那只凶禽。

振翅声掺杂在一起，如同蜂鸣一般。众多凶禽同时自地窟中冲起，向石昊所在的方向冲去。

“哞——”

一声牛吼响起，地层当即就崩开了，地窟炸裂，场面恐怖至极。

那只丈许长的凶禽看了石昊一眼，尖叫一声，号令其他凶禽快速退走。可即便如此，它们依旧损失惨重。黄金牛不断咆哮，威力惊人。

“啾！”丈许长的凶禽发出凄厉的叫声，猛地扑向石昊。

石昊轻松地躲过了这一击，并引着黄金牛向前冲去。

在这个过程中，石昊的肌体如同瓷器遭受了锤击一般，密密麻麻的伤口遍布全身。黄金牛如同疯了般一直在大吼，洪亮的声音让石昊的躯体难以承受。

“嗖！”

伴着一声轻响，那只丈许长的凶禽吐出一道神光。神光落在了黄金牛身上，然而黄金牛丝毫没有受到影响，凶禽见状立马逃遁。

“哞！”

黄金牛发出巨大的吼声，地窟彻底崩裂了，无数只凶禽殒命于此，只有极少的一部分逃了出去。石昊也遇到了大麻烦，黄金牛的吼声震得他的躯体差点裂开。

终于，石昊逃不动了，软绵绵地瘫倒在地上。他叹了一口气，难道真的要殒命于此了吗？

就在此时，山外来了很多异域的生灵，他们守在各方要道，准备围堵石昊。

“咦？你们听，神药山脉内好像很热闹，发生了什么？荒还活着吗？”一个年轻人提出了疑问。

“我估计他招惹了山中的神祇，正在逃命呢！”另一个人猜测道。

“荒，你还活着吗？速速出来投降！”那个年轻人对着神药山脉大喊起来。

石昊听到喊声，一下子想到了很多，异域的人怎么来了？难道是之前追击他到这里的那个修为在遁一境的大修士泄的密？肯定是那个人将他困在神药山脉的消息告诉了异域的生灵！

石昊顿时火冒三丈，帝关的人为了除掉他，居然不惜与异域的人勾结，太可恶了！

帝关的人出卖了他，会不会也出卖帝关？这可不单是针对他一个人的事了，很有可能引发大祸！

“荒，你还活着吗？我们为你料理后事来了！”异域的人肆无忌惮地大喊道，认为石昊已经是瓮中之鳖了。

“道兄，我们已经进山追到了荒，他采摘了十几株神药，快快来相助，将他擒下！”就在这时，神药山脉中传来这样的大吼声。

“咦？我们的人进去了，谁这么大胆？”异域的一群人皆大惊失色。

“十几株神药？！荒是怎么做到的？他为何没有被那些守护神药的生灵除掉？”异域的许多年轻人都觉得难以置信。

“无畏狮子和神蛄族高手都不在，难道是他们闯进去了？”有人低语道。

其他的人皆倒吸了一口凉气，这两族可不是一般的强族，无畏狮子曾经属于九天的仙僧一脉，至于神蛄族就更不简单了，其先祖昔年位列九天的十凶之中。

“也有可能是鹤子铭这样的人进去了。”还有人这般说道。

“不行！总共有十几株神药，那是大造化，我等也应派人去打探一下，分上一杯羹。”有人提出了这样的建议。

神药在异域珍贵无比，一般只有不朽者的药园子中才有。对一般的修士来说，神药是可望而不可即的。

“有点奇怪，那些人怎么如此急迫，直接就进去了？难道不怕丢了性命吗？”有人狐疑道。

“别耽搁时间，我等也要分上一份！”另一人焦急地说道。

事实上，这个时候并没有异域的人进入神药山脉，是石昊伪装了声音，故意引诱异域的生灵进入神药山脉。

不远处，那头黄金牛一步一步靠近，没有立刻对石昊下狠手。

“锵！”

伴着一声轻响，石昊拔出了大罗剑胎。同时，他也在等待异域的人进入神药山脉。

第1182章 群敌

WANMEI SHIJIE

“嗖！”

突然，一株血藤将刚踏入神药山脉的异域生灵缠住了。“噗”的一声，异域的那个生灵刹那间就化成了烟尘，场面恐怖至极。

“快跑！”有人大叫一声。

在进山时，异域的众人有意避开了那几株铁血古树，没想到竟招来了更为恐怖的血藤，这种东西最难缠。

山中的生灵很是奇异，会通过一种本能攻击入侵它们领地的人。而且，它们神力强大，让人望而生畏，若是血拼的话，少有人可与之匹敌。

异域派出的一队强者中共有十名来自不同族群的年轻强者，结果一眨眼就损失了四人。

“这鬼地方太妖邪了，早知道就不进来了。”

“修为在遁一境的大修士进来了吗？怎么不出手？”

“他们在那边吸引铁血古树的注意，掩护其他人进来。”

剩下的六名年轻强者小声讨论着，警惕地观望着四周。

此时，修为在遁一境的大修士正在用古宝攻击铁血古树，但这样也只能吸引铁血古树的注意力，无法对它们造成伤害。

“天啊！魔藤老祖还活着，快逃啊！”忽然，一个稍微年长的修士惊呼起来。

众人只见一座山谷中腾起了暗红色的雾霭，紧接着，一个庞然大物破土而出。

“快走！”有人大叫道。

“据闻，魔藤老祖本是我界的生灵，只是不知道为何在神药山脉丢失了灵识，成了一大祸患。”修为在遁一境的大修士解释道。

一群年轻人快速逃走，恐惧不已。这株魔藤存活了如此之久，如果不是当年身陷于此，说不定现在都成为不朽者了。

一株足有山那么粗的藤蔓破土而出，红色的藤叶沙沙作响，如同一把又一把天刀在舞动，气势惊人。

“噗！”

伴着一声轻响，一株细小而不起眼的藤蔓悄然冲起，如同一杆长枪般猛地刺中了一个年轻人。

血藤老祖就是如此可怕，如果不是丢失了灵识，肯定是一个了不得的高手。

进山的这批异域年轻人皆脸色大变，快速逃离这里，冲进了山脉中。而这只是异域派出的众多队伍中的一支，有些人比他们还不幸，小半数人都折损了。

当然，也有非常幸运的队伍早就冲进山脉深处，接近了石昊所在的位置。远远地，他们看到了一团金黄色的光。

“那是什么东西？黄道仙金吗？这么大一块，天啊！连不朽者来了肯定都要大吃一惊！”有人惊叹道。

当他们彻底看清楚金黄色的光为何物之后，心中又生出了一股惧意，这黄道仙金居然化成了一个生灵！

“荒被它击成重伤，倒在了那里！”

“不能靠近，先看一看。”

“就这样看着吗？荒身上好像有不少神药，我们不出手吗？”

“我总觉得这头黄金牛很强，我们数十人一起上都不见得是它的对手。”

“不可能，荒一个人都能挡住这头黄金牛，我们这么多人难道还对付不了它？神药山脉中的生灵一般都没有灵识，我们一起上，应该没什么大问题！”

就在一群年轻人争论的时候，另一个方向的队伍也接近了石昊和黄金牛。

黄金牛围绕着石昊转了一圈，迟迟没有下手，一双牛眼始终盯着大罗剑胎，似乎在犹豫些什么。

“哈哈，荒，你也有这一天啊！真是可笑，堂堂的年轻至尊居然被一头蛮牛压制了！”远处，有人故意嘲笑石昊。

这第二支队伍非常不一般，其中有一个修为在遁一境的大修士。

在过去，实力越强的生灵越不愿进入神药山脉，因为神药山脉很古怪，那些铁血古树、魔藤以及其他可怕的存在主要针对功力高深的生灵，一旦有大修士这种等级的生灵闯入，它们就会疯狂地发起攻击。

这个修为在遁一境的大修士成功进入神药山脉，自然让异域的人放心了不少，他们的底气也足了不少。

石昊没有说话，只是冷冷地看着异域的众人。

“你进来了几天，居然没有殒身，想必一定有不小的收获，赶紧将神药献出来吧。”修为在遁一境的大修士冷笑道。

“快点，我们还等着将你带回去给所有人看呢。到时候世人都会知道，荒也不过如此！”一个眉心生有独角的人形生灵大笑道。

有人盯着黄金牛，提醒同伴小心一点。

眉心生有独角的人形生灵不以为意，道：“你多虑了，这个地方如此破败，肯定经历过激烈的大战，荒能与它对决这么长时间，可见它没有那么可怕。再说了，有修为在遁一境的前辈在此，有什么好担心的！”

听眉心生有独角的人形生灵这样一说，其他人都放下了戒备之心，脸上纷纷露出笑容。

“我们不仅可以一雪前耻，壮我界声威，还可以收获黄道仙金，真是大造化啊！”一个年轻人哈哈大笑起来。

异域的一群人彻底放心了，觉得黄金牛不会对他们造成威胁，而且其灵识不强，应该是刚化形没多久。

此时，黄金牛很安静，没有显露出丝毫的威势，只是认真地盯着大罗剑胎。

“一群手下败将，也就这个时候敢出现在我面前，如果不是我与黄金牛大战了一天一夜，负了重伤，还有你们说话的份吗？！”石昊终于开口了。

“荒，没想到你也有今日啊！你不是很强吗？怎么连一头蛮牛都打不过？哈哈——”眉心生有独角的生灵故意挤对石昊。

“一头尺许长的小牛而已，就把你伤成这个样子，真是好笑啊！回去后我会跟人说，所谓的荒也不过如此，跟一头小牛大战了一天一夜，结果受了重创，性命垂危。哈哈，我想这肯定会传遍天下，成为世人的笑柄！”一个满头蓝色长发的生灵讽刺道。

石昊面无表情，一言不发，只是目光冷厉地盯着异域的一群人。

“你很不服吗？哈哈，你在大赤天边疆连胜我界十大年轻强者，现在怎么落得这样的境地了？真是可怜啊！”一个年轻人大笑道。

石昊还是不说话，虽然那些话很刺耳，但是他并不在意。

“荒，你连一头尺许长的小牛都对付不了，还是老实地在一旁好好看着我们怎么收拾它吧！”那个满头蓝色长发的生灵说道。

“不，先拿下荒，免得夜长梦多，请前辈护法！”有人很谨慎，并请那个修为在遁一境的大修士做好准备。

“乖，小牛，先靠边站，若是你愿意臣服，我等可以带你去见不朽者。”一个年轻人试图与黄金牛交流。

尺许长的黄金牛抬头看向异域的一群人，瞳孔璀璨无比，散发出一股恐怖的气息。

“它……它……”异域的一群人如同坠入冰窖一般，从头凉到脚，连笑容都凝固了。

“荒，你竟敢诓我等！”异域的一群人大喊道，又惊又怒。

第1183章 无人逃脱

WANMEI SHIJIE

黄金牛回过神来，眼中迸发出刺目的光，像是有两柄神剑从眼里飞了出来一样。

“速速退走！”修为在遁一境的大修士大吼道。

每一个人都感受到黄金牛回过神来之后，散发出一种让人战栗的气息，恐怖至极。

但是，已经晚了。黄金牛刚才沉默不语，只是因为一时失神，异域一群人的议论全都被它听到了。

“哞——”一声沉闷的牛吼响彻天地。与此同时，黄金牛的鼻孔冒出白烟，画面惊人。

异域的一个年轻修士连惨叫都没有来得及发出，就被吼声震飞了。

“啊——”

其他人大叫起来，面色变得苍白无比。这才一开始，他们当中的一人就殒身了。

不少人承受不住这种剧烈的攻击，口吐鲜血，就像是被一个如同山岳般巨大的铜锤砸中了一样。

黄金牛再次大吼一声，周围又有几人丧命。

这幅画面诡异而吓人，一头尺许长的黄金牛居然让一群高手束手无策。一道又一道身影腾起，想要逃走。

“砰”的一声，黄金牛追上了一个人，牛角一顶，那个人便倒下了。

“噗！”

随着一声轻响，黄金牛撞向了另一个人，那个人当即就没了生气。

“畜生，你敢！”那个修为在遁一境的大修士吼道。他一直站在不远处，看到这一幕，便祭出了一座黄澄澄的铜塔。

“哞！”

黄金牛没有理会修为在遁一境的大修士，发出一声怒吼，再次重伤了异域的一个年轻人。

“收！”修为在遁一境的大修士大喝一声。铜塔迅速落下，先是覆盖了尺许长的黄金牛，然后将它收了进去。

其他人见状皆松了一口气，每一个人都是一身冷汗，几乎快撑不住了。

“快走，我降伏不了它！”修为在遁一境的大修士大惊失色，连声音都在颤抖，感到一阵惶恐。

“砰！”

刺耳的声音响起，铜塔瞬间裂开，一团金色的光从塔里冲了出来，飞速向修为在遁一境的大修士攻去。

黄金牛是真的怒了，力量比之前增强了一大截。

“快退后！”修为在遁一境的大修士对异域的一群人吼道。他接连动用六种大神通对付黄金牛，这其中既有异域的祖术，也有九天十地的宝术，然而，这些神通对黄金牛并不管用。

修为在遁一境的大修士施展出袖里乾坤，结果大袖才兜住那头黄金牛就裂开了，他的手臂还差点被震断。随后，他动用一组剑阵，接连向黄金牛劈出九千九百九十九道剑光，但是黄金牛丝毫没有受到影响。

“嗖！”

伴着一声轻响，黄金牛的两个犄角离体而去，化成金光，突兀地出现在修为在遁一境大修士的近前。

修为在遁一境大修士立马想阻挡，却发现不仅自己的祖术被击溃，连宝具也被击碎了，根本挡不住。“噗”的一声，他的两条手臂被击中了，黄金牛的两个犄角如同天刀般锐不可当。

修为在遁一境的大修士闷哼一声，转身就逃，他不敢耽搁下去了，再不走肯定大事不妙。至于其他的年轻修士，早就趁着大修士与黄金牛对决的时候逃离了此地。

黄金牛暂时放弃了攻击石昊，开始追击修为在遁一境的大修士。

此地终于安静了下来，石昊快速吞下一些雷劫液，想让自己第一时间复原，因为敌人实在是太多了。他浑身发光，骨骼噼里啪啦作响，嘴角溢血。

上一次渡劫后，石昊喝下雷劫液便迅速复原了，这次却没有那么快，主要是因为他被黄金牛伤了本源。

石昊遭受黄金牛猛烈的攻击后，强行撑了下来。此时，他补充元气，疗治本源，骨骼和血都闪烁着耀眼的光芒。

本源受损，动辄道行锐减，身死道消。

石昊一向从容不迫，但这个时候还是皱起了眉头，脸色很不好看。他必须挺过这一关，否则会出大问题。还好他底子足够深厚，不仅修出了三道仙气，还在体内开辟出了轮海。此时，他的体内响起诵经声，光芒万道。

“咦？荒呢？逃走了，追！”异域的一些年轻修士折了回来，却发现石昊不见了。刚才他们被黄金牛吓走，仓促之间忘了对付石昊，等到他们回过神来，石昊早已逃走了。

异域的这一群年轻修士很强大，其中有一只血夔天赋异禀，一路追寻，很快就发现了石昊的踪迹。

“荒，哪里走！”八九个人一路追了过去。

眉心生有独角的年轻人和满头蓝发的年轻人都参与了追击石昊的行动，他们都放过狠话，也奚落过石昊，对石昊敌意很深。

血夔大吼一声，如同小山般的躯体猛地扑向石昊，它的大爪子足有数十丈长，轻而易举地便覆盖了天穹。

“滚！”

石昊怒喝一声，抬手与雪夔对了一招。此时，他的肉身已经恢复了，只是本源仍有伤。

“嗷——”

血夔发出一声怒吼，尽管它的修为在斩我境，且体形庞大，但还是遭到了重击。

“荒负伤了，别放他走！”那个眉心生有独角的年轻人喊道。

石昊将大罗剑胎当成拐杖拄在地上，目光冷厉，看向异域的一群人，道：“哪怕我的伤势再加重一倍，你们也不能把我怎么样！”

话音刚落，石昊立刻抽出大罗剑胎，向前刺去。

“落毛的凤凰不如鸡，何况你还不是凤凰，只是那群奴仆的后裔，看你能翻起什么浪花！”那个满头蓝发的年轻人厉声道。

异域的众人对九天十地的众人总持有一种优越感，哪怕是见到石昊，也想展现一下这种优势。

因为九天十地曾被占领，有些先民被抹灭了灵识，成为傀儡，如今还留在异域。九天十地的众人不是不知道这件事，但是无人愿意提及，因为这是最大的耻辱。

石昊知道异域这次来了不少人，既有年轻一代，也有上一代的大修士，这正好给他提供了一个磨砺自身的好机会。他希冀达到更高的境界，在神药山脉中实现突破，给所有人一个惊喜。

“噗！”

石昊动用了鲲鹏法，第一个就拿血獒开刀。他一剑挥出，剑气和法力一同释放出来，气势惊人。

一眨眼，血獒就没了生气，直挺挺地倒在了地上。

石昊忍不住吐了一口血，因为他的本源还不稳固。他强行催动法力，使得之前的伤加重了。

“死到临头了还不认命！大家小心一些，不要搭上自己的性命，速速拿下荒！”那个眉心生有独角的年轻人大吼道。

异域的一群人都知道石昊受了重伤，想来捡便宜，如果拿不下他，反倒丢了性命，那就太不划算了。

“祭杀阵！”那个满头蓝发的年轻人大喝道，背后的一对神翅猛烈地扇动起来。一时间，天崩地裂，飞沙走石。

异域的一群人准备充足，有些人带来了强大的法器，有些人准备了法阵。

这队人准备的就是法阵！

石昊虽然很不情愿，但还是强行催动了本源。只见他眉心发光，灿烂无比，露出了雷池印记。

“轰！”

天穹之上，雷霆浮现，响声震耳欲聋。石昊动用雷帝宝术，召唤来了类似天劫的闪电，威力大到让人难以置信。

这是石昊目前掌握的雷帝宝术的最高奥义，此种宝术曾在帝关引起了大风波，震惊了当时在场的所有人。现在，情况危急，他最好能一招击败所有的敌人，因此他毫无保留地施展出了雷帝宝术的最高奥义。

这一次的施法很成功，没有出现什么意外，雷霆密集，闪电交织，散发着天劫的气息。上一次，石昊能够施展出雷帝宝术的最高奥义还有些侥幸的成分，这一次则完全是凭借他对雷帝宝术的理解。

“不好！”

当密集的闪电劈落后，异域的几个年轻修士当即变了脸色，预感大事不妙。一个年轻修士见状立刻就逃，不敢迎击，似乎嗅到了天劫的味道。

“不是真正的天劫，莫慌，在这里拿下他！”眉心生有独角的年轻人大喊道。

“荒肯定可以比肩帝族之人，身在天劫中却不受损伤，若是单独对决的话，不可战胜！”另一个年轻修士这般说道。

“一个都别想逃！”石昊大喝一声，眼中闪烁着逼人的寒光。

闪电刺目，雷霆震耳，一道又一道灿烂的光芒落下。

“啊——”

惨叫声传来，一个年轻修士被闪电击中了躯体。与此同时，石昊手持大罗剑胎，与异域的几个年轻修士打斗起来。

雷霆覆盖了此地，剑光四射，战况激烈。

“哧！”

石昊一剑刺中了那个眉心生有独角的年轻人，让他瞬间殒命。

“啊——”

那个满头蓝发的年轻人扇动着一对神翅，对抗雷霆，震裂大地，想要遁走。石昊一把抓住了他的一对翅膀，猛力一击，他顿时就没了生气。

到最后，异域的年轻修士无一人成功逃脱。

第1184章 黄道老巢

WANMEI SHIJIE

石昊独自在山路上走着，一步一晃。他受的伤实在太重了，所谓大道本源伤，是肉身和神魂都受到伤害。

别说石昊，就连修为在遁一境的大修士受到这种创伤也会面色惨白，口吐鲜血。

一般来说，修士只要达到天神境，就可以断肢重生。但是断肢重生不仅需要时间，还需要消耗元气与精血等。本源一旦负伤，很难复原，可能一辈子都不会完全痊愈，甚至无法存活。

“噗！”

随着一声轻响，石昊吐出了一口血，这一路上都有他留下的血迹。原本他的肉身已经复原了，结果刚才妄动本源，施展高深的神通，导致肉身再次受损。

如果本源受创，肉身与魂魄便都要受损，这是无法避免的。

“又不是第一次了，我会熬过去的，而且修为要更上一层楼。”石昊擦去嘴角的血，自言自语道。他倚在山壁上，面色惨白，身体微微发抖，连站着都有些困难。

石昊没想到自己居然伤得这么厉害。天劫的力量是一种禁忌，关于它有着太多传说。据传，雷帝就是因为洞悉天劫，要代天而行，故此殒身了。

天劫涉及了太多，不是单单掌握了雷帝宝术的最高奥义就能驾驭的，还需要掌握其他神秘的力量。

雷帝之所以殒命，表面上是因为异域担心他成长到无法想象的地步，故而派高手将他斩灭。其实根据一些线索来看，雷帝的殒身应该与天劫有莫大的关联，而且天劫很有可能是主因。

“不知名的力量损我道行，让本源的伤加重了。”石昊自言自语道，脸色很是难看。他动用柳神法为自己疗伤，之前开辟出的轮海也起到了巨大的作用。

三道仙气在轮海中演化三生万物之奥义，对抗冥冥中出现的那股损害他道行的力量，即大道之伤。

以往对抗大道之伤的话会非常麻烦，但现在石昊汇聚了数种古经，让不同纪元的法产生了奇异的共鸣。

石昊的轮海本就是一幅阴阳相互缠绕的神图，此时正在吞噬他体内不好的力量，其中生命之轮也在转动，驱除他体内的阴暗之气，以庞大的生命精气滋养肉身。

"轰！"

突然，巨大的声音响起。一股可怕的力量险些毁灭石昊的轮海，震散三道仙气，让几种古经停止运转。

石昊猛地吐出一口血，血居然呈黑色，他顿时变了脸色。

难道这是冥冥中的一股因果力量吗？石昊原本不怎么信这种东西，现在却有点怀疑了。

"什么鬼东西？！早晚我要把它消灭个干净！"石昊厉声道。他想到了当年在下界八域时的事情，小塔跟在他身边经常念叨"因果"二字，甚至为了所谓的"平衡"，同他这个当时地位还很低微的小修士进行交换。

难道实力达到了一定层次，真的有因果力量吗？

"可是，我不信啊！"石昊自言自语道。

"阻我道与路，斩之！"石昊望着虚空，像是要看透什么一样。

他有些怀疑，难道真的是因为上次渡天劫招惹了不该招惹的力量？无论是夺雷池还是抢斩仙台的铡刀留下的那股精气，都是违背常理之举。可是根本就没有什么证据能够证明会有那种不符合常理的力量，故此，他一直都不太肯相信。

石昊深吸了一口气，想到小塔，又想到了柳神，那扇洁白的骨门到底通向什么地方？他们进去之后发生了什么？如今他们又在哪里？

疑问实在是太多了。石昊很想见到小塔和柳神，可是，他们还会重逢吗？

柳神遗忘了太多，早已不是仙古的祖祭灵，它的本体曾被折断，其枯根后来得以再生，然而后世它又遭劫，化成一颗种子，在乱世再现。经过这种涅槃后，它的记忆应该所剩无几了，甚至不复存在也有可能。

柳神似乎一直在追寻着什么。

"我得尽快恢复过来。"石昊自语道。这个地方太危险了，不能继续这样下去了，不然真的会在此殒身。

石昊坚信自己能熬过去，当年在下界时他遭到了仙殿绿铜锈诅咒之力的打击，大道本源尽裂，别人都认为他已经殒命了，还把他埋在了石村外，结果他耗时一年多，竟奇迹般地复原了！

如今，我一样会恢复过来！石昊暗自激励自己。

这次的打击也意味着一种机遇，石昊若是战胜这种道伤，弥补了本源，就会浴火重生。而且，他的境界、实力以及最有意义的潜能等都会进行全面的蜕变，得到大幅度的提升。

不过，现在有一个重要的问题，就是他的道行太深了，这是好事，也是坏事。

境界越高，对抗道伤的能力越强，可以保证自身不灭。但是，任何事都有两面性，轻伤可以迅速治愈，如果是超过了临界点的伤势的话，复原起来会更难。

曾有人说，若是修为在遁一境的大修士负了道伤，轻伤有希望治愈，而重伤就不一定了。

至于修为在至尊境的修士，若是本源伤得厉害，那么就连一丝曙光也没有了，只能看着生命慢慢逝去。

“相比以前，如今我的伤更难恢复，但是如果熬过去的话，收获也会更大。”石昊自言自语道。他与天地灵粹融为一体，从口鼻中喷出洁白的天地精气，精气弥漫在他身体周围，如同几条洁白的真龙。

片刻后，石昊站起身来，离开了这里。

这里太不安全了，很容易被人寻到，他需要找一个安静的地方好好休养。

不久后，石昊进入了一片枯寂之地。这里神骨无数，闪烁着淡淡的光芒，很是诡异。

石昊回到了黄金牛的栖居地，准备躲进它的老巢。

在石昊看来，虽然异域派了不少人进入神药山脉，但是没有几个修为在遁一境的大修士，故此异域的人马与黄金牛相比算不上什么威胁。他主要躲避的是那个由黄道仙金铸成的生灵，躲进它的巢穴中，说不定会更安全。

这里静悄悄的，尽管黄金牛离开了，但是也没有生灵敢来打扰。那些神药也不见了，枯寂之地的最深处连接着一条葱郁的山脉，神药应该都躲在那里。

石昊来这里自然也是想采摘几株神药，神药蕴含着长生物质，对治疗他的大道之伤有好处。同时，他还想得到那株天神树，若真的能让四株天神树合为一体，那他就能拥有仙药树了！

石昊尝试进入那条葱郁的山脉，却发现神秘的场域阻碍了他的前进，他若是强行踏步，就会有坠入泥沼的感觉。

石昊退后几步，没有硬闯，转而走向了一座裂开的石山，先前黄金牛就是从那里出来的，他准备暂时在此处休养。

石昊心想，黄金牛短时间内应该不会回来，按照它记仇的个性，它一定会将冒犯它的人尽数除掉。异域似乎派了不少人进来，这下神药山脉绝对热闹了！

“这是……”石昊进入石山后，不由得大吃一惊。

石山内有地窟，石昊一路向下，进入地层深处后，发现到处都是石洞，而且还蕴含着一股神秘的大道力量。岩壁呈淡金色，熠熠生辉，弥漫着祥和的气息。

这里很不一般，石昊仔细观察岩石，发现与骨书中的记载完全相符，这种石头正是孕育黄道仙金的黄道石。黄道石非常珍贵，具有强大的灵性，不然何以能孕育出仙金？

石昊的心脏剧烈地跳动着，这么多黄道石也太罕见了，比骨书上记载的还多。

石昊怀疑这里还有比黄金牛更大的黄道仙金，因为这里有一股神秘的大道力量。

“难道除了黄金牛，黄道石还孕育了其他的生灵？”石昊心头一震，自言自语道。

这里有这么多黄道石，若是孕育着什么仙家生灵，也不足为奇。

不一会儿，石昊寻到了黄金牛的巢穴。那是一个黄金池子，金色的汁液缓缓流淌，仙家精气扑面而来。

石昊震惊不已，连这种东西都有，这究竟是什么地方？

第1185章 金色汁液

WANMEI SHIJIE

这是什么？似乎蕴含着无尽生机！

石昊第一时间冲到池子近前，仔细观看，原来这是黄道仙金孕育生灵之地，黄金牛就是在这里出生的。

金色的汁液太有灵性了，居然散发出了仙道气息，让人感觉好像要举霞飞仙了一样，石昊的神魂和肉身都忍不住战栗起来。

始源地！

石昊做出这种大胆的推测，连呼吸都变得急促了。一般来说，这种造化地孕育出生灵后便会干涸，怎么还如此生机勃勃？

要知道，这里是孕育仙金生灵的地方，其蕴含的生机不可想象，不然怎么能让坚硬的金属化为生灵？这个地方的价值也许比仙金本身还高！

石昊激动不已，觉得这个小池子堪比仙家宝藏。随后，他发现池子内有一些神秘的纹路，不像是自然形成的。

“难道这里诞生出黄金牛不是自然进化的结果，而是因为古代仙家人物所刻的神秘纹路吗？”石昊很疑惑，自言自语道。

也许，这个地窟下曾有真仙栖居，是他们留下的东西让这里成了造化地。

在“咔咔”声中，石昊缩小了身躯，以便进入池子中，因为这个池子太小了，他要是直接进去肯定装不下。

“扑通！”

伴着一声巨响，石昊进入了池子中。紧接着，他感受到了旺盛的生命精气，还有一股大道气息。

“这纹路究竟是古人雕刻的，还是天然形成的？”石昊摸了一遍又一遍池子内的纹路，不能确定纹路究竟是怎么形成的。

不过，石昊知道现在并不是思考的时候，如果不抓紧时间疗伤，实在有些对不起这处造化地。

石昊不再出神，盘坐在池子当中，开始疗伤。这种感觉非常奇妙，他的伤势没有再恶化了。

其实，并不是池中的金色汁液能治疗大道之伤，而是池中蕴含的精气可以滋养肉身与神魂，从而抵消本源受到的伤害。

石昊吐出一口精气，仙道气息瞬间弥散开来。

石昊越发吃惊了，如果他没有受伤，盘坐在此修炼的话，绝对会事半功倍，这是一处不可多得的造化之源！

石昊不知道在池中盘坐了多久，神魂与肉身受的伤都差不多痊愈了，状态又恢复了过来。但若是离开此地，他仍会遭受大道之伤，无法彻底复原。

就在此时，石昊觉察到了异样，金色的汁液不断地从池子底部的一些缝隙向外涌。

“这是……”石昊心头一震，难以置信。他原本以为这个池子就是源头，没想到源头竟在更深的地底，金色汁液是从下方冒出来的。

石昊顿时有一种掘开此地的冲动，他想看一看源头究竟是怎样的，那里会有多少金色汁液。

在石昊看来，这金色汁液不亚于仙家汁液，能点化凡铁、顽石，使之成为生命体。

然而，当石昊的神识沿着池子底部的缝隙向下探时，却感到了一阵剧痛，如同遇到了旺盛的火焰一般。起初，底部还是一片朦胧，可当石昊的神识一接近，那里立刻就发出刺目的光。

这让石昊的心怦怦直跳，这到底是什么地方？池子的底部有什么？为何不可接近？

石昊对池子底部的那股力量很警惕，不得不退了回来。

“到底有没有危险？万一下方也有一个生灵，那就麻烦大了！”石昊自言自语道，有些担心。

即便黄金牛离去了，这里也没有其他的生灵入侵，由此可以看出此地很不一般，似乎有震慑其他生灵的力量。

石昊进来之后，就一直在汲取这种金色汁液中的生命之气，目前还没有遇到任何危险。

“不管了，机会难得，先休养再说！”石昊自言自语道，开始专心汲取金色汁液的力量。

“嗡！”

石昊的每一寸血肉都在颤抖，因为金色汁液是孕育出黄金牛的根本所在，力量强大。

石昊发觉体内的三道仙气也浮现了出来，这应该是小池子中的仙道气息引发的。

“真是怪了！”石昊嘀咕道。

平时三道仙气都是潜藏在血肉之中的，在这个地方，它们竟自动汇聚在一起，然后又散开，如此不断循环，在体内乱窜。

“金色汁液为何如此逆天？”石昊自言自语道，十分不解。他想过很多培育仙气的方法，结果都不行，而仙气在这里却这般活跃。

“轰！”

突然，石昊体内剧烈地震动了一下，响声惊天动地，三道仙气受到了猛烈的攻击，重新没入血肉与骨骼中。紧接着，一道白色气体从他的腹部腾起，很虚淡，近乎于无。

石昊知道这白色气体是真实存在的，只是不太明显，很容易被忽略。随后，他看到小池子中的金色汁液汩汩而涌，仙道气息则迅速没入他的腹部。

这道白色气体取代了三道仙气，不断地汲取金色汁液的神秘力量，让石昊的身体发生了微妙的变化。

石昊起初还有些疑惑，这是什么东西？连他的三道仙气都被它挤走了，他都不知道自己体内何时栖居着这么一个“怪物”！

渐渐地，石昊对这股白色气体生出了一种熟悉的感觉，它跟那三道仙气是同源的！

“我什么时候多了一道仙气？”石昊挠了挠头，有些不解。

随着金色汁液的神秘力量没入石昊的体内，这道白气变得清晰了一些，很像是第四道仙气。

突然，石昊心中一惊，想起了昔日的一幕。当年，他在进行境界突破时，九死一生，尤其是培育第一道仙气，差点没熬过去。

石昊清晰地记得，有一次他成功孕育出了一道仙气，可是在最后关头发生了意外，仙气散尽，没入体内，再也没有出现。

这难道是那一道仙气？它……竟然在今天又出现了！

紧接着，石昊又想到了其他的事，当年他错失第一道仙气时，觉得很遗憾，还对大长老抱怨过。若是那道仙气不失，是否会有四道仙气？

当时，大长老非常震惊，告诉了他一些真相。事实上，任何一个想孕育出仙气的人都会失去第一道仙气，因为几乎没有人能够看清第一道仙气。

按照大长老所说，第一道仙气都很虚淡，一般人都会得到它而后又失去，丝毫察觉不到。这是一个必然的过程，正是因为有了这个过程，才能在接下来的时间孕育出真正可以看见的仙气。

大长老告诉石昊，第一道仙气便是母气，早晚都会遁去。它只是在体内留下可以再生出其他仙气的烙印，就像道生一一样，它就是所谓的“一”。

如果此时大长老在这里，看到石昊又一次让母气浮现的话，一定会大吃一惊。

“大长老曾对我说最好不要留下这道母气，若是留下它的话，到最后会对我不利。”石昊自言自语道。

母气本就会自行遁走，如果过于贪婪，强行留下它，那么将来必会受其牵连。

母气不是造化，而是催命符，是会要人命的东西！

石昊疑惑不已，当年的那道母气怎么又出现了？难道当年它没有散尽，也没有遁走吗？同时，他也更加好奇了，地下到底有什么东西，居然会涌出这种金色汁液，并让这道母气再现？

“我的本源本就受到不小的创伤，结果现在又弄出一道要命的母气……”石昊喃喃自语道，不知道该如何是好。

这地下有什么，居然能孕养母气？

石昊决定认真研究一番，看一看地下到底藏着什么东西。

第1186章 别有洞天

WANMEI SHIJIE

地下的东西对石昊有着致命的吸引力，连母气都能滋养，实在是让人匪夷所思。

石昊深吸一口气，想让自己调整到最佳状态，却发现此地大半的精粹都被体内的母气夺走了。不过，这也足够了，因为他盘坐在这里多时，肉身和神魂都已经复原，没有什么大问题了。

半个时辰后，石昊的神识再次深入到池子的底部。

池底的缝隙很小，不过对神识来说问题不大，神识逐渐深入地下，如同石昊的真身亲临一般。

地下到处都是黄道石的岩壁，石昊循着金色汁液流淌而来的方向不断前行，到了一处密地。地下很幽邃，岩壁、巨石等形成了一个整体，各部位彼此相连，千奇百怪，造型奇特，雾气弥漫，显得神圣而超然。

石昊的心怦怦直跳，他感受着仙家气息，再次接近了那个璀璨之地。这一次，他的眉心痛得比刚才还要厉害，仿佛被仙火点燃了一般。

石昊忍着疼痛，继续前行，神识如水流般缓慢而坚定地向前流淌，他很快就要接近那团炫目的金光了。

“嗡！”

石昊眼前一黑，神识像被劈了一刀一样，似乎是被神秘的力量攻击了，险些昏迷过去。他不得不收回神识，因为如果继续强闯的话，可能要付出巨大的代价，甚至连元神都会受损。

石昊虽然很想知道下方有什么，但是不想搭上自己的性命，哪怕下方有仙家宝藏，也不能不把生命当回事。

休整了片刻后，石昊取出真龙逆鳞，准备用它保护神识再次尝试，如果还失败的话，那么他便放弃。

真龙逆鳞轻颤了一下，发出刺耳的声音，石昊如遭雷击，在真龙逆鳞被震开的刹那，他透过朦胧的光看到了模糊的景象。

一辆战车停在里面！

战车很陈旧，闪烁着光芒，可惜看不真切。此外，石昊还看到了一个生灵，那个生灵似乎是伏卧在地上的。

不是活物！

这下石昊放心了，他决定先想一个万全之策，然后再闯进去。

不用多想，那里肯定有不少好东西，残破的战车居然还能发光，绝对超凡脱俗。大罗剑胎、万灵图、真龙逆鳞全都被石昊用过了，但是……他发现这些东西都是以防御为主，一般不会主动进攻。

“拼了！”石昊大吼一声。

若是成功闯进去的话，说不定将得到极大的造化。只是，想法虽好，但石昊实力不够，根本就没有办法进入下方。

值得庆幸的是，那团朦胧的金光并没有主动发起攻击，只是形成了守护光幕，否则后果不堪设想。

就在石昊感到无奈之时，一团朦胧的火出现了，这团火是从他体内冒出来的，可以化为镜子，映照大道痕迹。它无声无息地穿透了金光，进去了！

石昊目瞪口呆，他没办法做到的事，一团火居然做到了！他没有犹豫，立马让神识跟着那团火扑了进去。

终于进去了，璀璨的神光内果然有一辆战车，车身只剩下了半截，呈淡金色，蒙着一层灰。

石昊看到这番景象，心想，战车不高，是给什么生灵准备的？他想到了黄金牛，那头牛也不大，但是战力吓人，看来任何一族都不能以形体的大小来判断其实力的高低。

这是……

突然，石昊心中一惊，因为经过仔细的观察后，他辨认出了制作这辆战车的材料。

居然是……黄道仙金！

虽然这里不是一般的地方，但是用仙金制作战车也太奢侈了，估计连不朽者与真仙见到这番场景都会震惊。

不是每一位仙道高手都拥有与自己实力相匹配的法器，原因就在于寻不到仙金，无法祭炼法器。比如不朽者那等境界的高手，凡间的材料根本承受不住他们的威力，若是强行锤炼普通的材料，为其铭刻大道纹路的话，只会浪费材料。

这太奢侈了，只是……这战车的车厢为何只剩下了半截？

这时，石昊发现了战车旁边还有别的东西。

“金色的犄角，还有牛头……”石昊发现战车的不远处伏卧着一个生灵，那个生灵被黄道石的碎块盖住了一部分。

石昊先是看到了断裂的牛犄角，然后看到了牛头，它们发出的光芒都很暗淡，时隐时现。

刹那间，石昊的内心如同涌起了滔天巨浪一般，这也是黄道仙金，是珍贵的天材地宝！

怎么还有一头牛？在外面的时候，那头尺许长的黄金牛一直追击他，如今他在这里又发现了一头牛，这里是牛窝吗？

这头黄金牛同样是一尺多长，只是头颅、断角、四肢等纷纷散落在这片区域的不同位置，仔细观察可以发现它的身上有箭孔、斧痕、刀印等，石昊推测这里应该进行过激烈的战斗。

这时，拳头大的仙火飞来，悬在黄金牛的残骸上，将那些刀斧痕迹全部映照了出来。

石昊不由得生出了一种奇异的感觉，那些箭孔斧痕如同深渊一般，蕴含着神秘的道韵，仿佛要将人的心神都吸进去。

这……不是凡间的力量，而是仙道领域的力量！

这头黄金牛当年得有多么高深的境界，竟连身上的创伤都蕴含着神秘的道韵，实在不可想象，难道这是一头仙牛？

可是，这头黄金牛看起来是用来拉车的，这是何等的大手笔！实在是太不可思议了！

仙古纪元充满了未知，难怪异域的生灵最后都从九天十地退走了。石昊感叹不已，没想到自己居然在边荒的地底见到了这样一幕。

尺许高的黄道仙金战车，尺许长的黄金牛……这样的组合让人心惊肉跳。

这辆战车与黄金牛正好组成一个整体，黄金牛像是遭受了重创，之后艰难地逃进这里，最终不幸殒命。

黄金牛的主人呢？连坐骑都如此了，主人不可能不出手，难道没有留下一点线索吗？

就在石昊胡思乱想之时，那团火如同一盏灯，向着前方飘去，进入了地下的最深处。

石昊瞥见了那团火，急忙跟了下去。

地下坑坑洼洼的，如同由石钟乳形成的洞穴一般，石料的形状千奇百怪。

石昊看向前方，另外半截断裂的车厢横在一面石壁前，散发着无比古老的气息。

只是……那是什么？石昊的心怦怦直跳，他仿佛看到有什么东西坐在战车的车厢中，可是无论他怎么看，都看不清楚。

石昊感到一阵心悸，坐在车厢中的很有可能是黄金牛的主人！

当那团拳头大的火靠近车厢时，半截战车的车厢才变得清晰起来。那团火能照亮一切，连大道纹路也无法掩盖这里的天机。

残破的车厢中果然有一个生灵！

那个生灵不足一尺高，坐着更显得矮小，石昊只要一凝视他，就会心悸。他太不一般了，哪怕他将所有的气息都收敛起来，也让人难以承受。

石昊一移开目光，那种天塌地陷的感觉便消失了，一切都恢复了原样。

那是一个苍老的道人，他双目紧闭，一动不动，身上流淌着金色的血液，至今都没有干涸，身上的道袍早已破烂不堪。

更令人惊奇的是，老道人体外一片迷蒙，弥散着混沌之气，此外还有无数星辰环绕着他。

经过仔细的观察，石昊发现老道人的躯体已经干枯，像是没了生机，却还散发着恐怖的气息。

老道人坐在半截破烂的战车里，背靠着石壁，石壁那里有一个漆黑的古洞，正好被他的背遮住了大半。

第1187章 福地

WANMEI SHIJIE

石昊觉得这个老道人不是人族，他虽然呈人形，但是太矮小了，还不足一尺高，更为重要的是，他的躯体呈金色。

黄道仙金！

老道人也是由仙金化成的生灵，只不过更加强大，石昊无法推测他的道行有多么高深，但他肯定早已屹立在仙道领域了。

陈旧的道袍，金色的面孔，稀疏的须发，老道人虽然是仙金生灵，但是与血肉之躯的区别不大，不细看的话根本看不出来。

老道人看着个子不高，却依然有尊长的威严，混沌之气在他周围弥散，星辰点点。他犹如坐在宇宙中心一般，仿佛稍微动一下，就可以重新开辟天地。

这等生灵根本不应存于世间，实在太过恐怖。

石昊看向老道人的周围，他周围的星辰虽然不大，但是很真实。恍惚间，星辰变大了，形成了浩瀚广阔的星系。

随后，石昊感觉到了一股压力，一颗又一颗星星转动起来，发出隆隆的响声。

这时，无数生灵嘶吼的声音响起。一颗又一颗星星上，千军万马在冲击，其中不乏修为在天神境、虚道境、遁一境以及至尊境的生灵。

每一颗星星都是如此，而这么多星星都在围绕着老道人转动。

"轰！"

一声巨响过后，石昊发现老道人变得不一样了。

老道人不再那么矮小，用顶天立地来形容他都不为过。他坐在天地的中央，躯体一眼望不到尽头，挤满了这片苍宇，无数星河在他身旁环绕，骇人至极。

任何生灵见到老道人都要膜拜、叩首！

不知道过了多久，直到眼睛刺痛，石昊才移开了目光，那些奇特的景象也跟着消失了。

冷静下来后，石昊发现前方仍然是半截残破的战车，车厢里坐着一个矮小的老道人。

石昊觉得如果老道人施展功法的话，估计连乾坤都会崩裂，这是一个了不得的大人物！

这个老道人应该是仙道生灵中的佼佼者，很有可能……是一位仙王！

当然，这一切都是石昊的猜想。

这个地方太怪了，一辆破牛车载着老道人逃到此地，老道人虽然已经没有了生机，但还是有那种威严。

这么强大的人物也殒身了……石昊感慨不已。

老道人当时伤势肯定很严重，可能是被高手击伤，本源尽毁，元神碎裂，否则绝对可以复活。

石昊心想，那头黄金牛本已踏足仙道领域，却落得这么一个可悲的下场，真是让人感慨，这个老道人究竟是什么身份？

石昊根据目前了解到的仙古秘史，怀疑老道人是仙古纪元的生灵。

涉及了安澜、俞陀那个层次的争斗吗？石昊疑问重重。

那团火围着老道人打转，只是，它格外谨慎，不再像以往那般随意，仿佛害怕惊醒一只沉睡的史前巨兽。

不过，也正是因为那团火挡在前方，石昊才稍微松了一口气，他想知道老道人究竟是怎么殒身的，其致命伤在哪里。

老道人身上有不少血迹和裂痕，让其丧命的伤在后脑，这是石昊匆匆一瞥发现的。

石昊想察看老道人身后的那个古洞，结果意外发现其后脑有一个洞，元神已经没了。

石昊大吃一惊，不由自主地看向老道人身后的石洞。半截残破的战车堵在那里，老道人背靠着石壁，遮挡了大半漆黑的洞口，其后脑正好对着那个洞。

石昊虽然没有看到什么，但是总有一种不好的联想。

那团火没有飞入石壁内的黑色古洞，而是径直退了回来。这让石昊感到更加惊讶，他第一次见到这团火对其他事物有所忌惮而不敢接近。

这时，不知道从哪里吹来了一股风，老道人背后的黑色古洞发出恐怖的声音，如同人的呜咽声一般。

石昊虽然很好奇，想一探究竟，但是也知道轻重，有些地方不是他目前所能踏足的。他默默地退了回去，没有冒险。

随后，石昊仔细观察，发现所有的金色汁液都是由从黄道石中蒸腾而出的金色雾气化成的。

无论是黄金牛还是老道人，都是由黄道仙金所化，这里肯定是他们的诞生地。石昊在心中暗道。

这很有可能，故此在末日来临时，黄金牛和老道人选择了在这里殒身。而且，这么多黄道石的确能孕育出大量的仙金，故而出现了黄金牛、战车以及老道人。

石昊回到了黄金牛的骸骨前，它在岁月中蒙尘，早已离世不知道多少万年了。

一般说来，仙金化成生灵，便会勇猛无敌，而这头黄金牛都已经成了仙道生灵，却还是殒身了，一身精华流失得干干净净。

“有点不太对劲，这头黄金牛再怎么说也是仙道级的存在，怎么没有一点儿威势？灵性未免也损耗得太严重了吧？”石昊想到上面还有一头黄金牛，那头黄金牛虽然比不上仙道生灵，但是也十分强大，估计出世时间不会太久远。

“两头黄金牛一模一样，别告诉我这是巧合！”石昊自言自语道。他产生了诸多联想，心中波澜起伏，难以平静。

突然，石昊心中一惊，难道黄金牛借助此地涅槃复活了？那个金色的池子里刻有神秘的纹路，难道是那些纹路使得黄金牛在此涅槃的吗？

“有人干预？”石昊看向那个已经很模糊的老道人。如果黄金牛有复生的可能，凭借老道人的盖世神通，它会没有办法活下来吗？

难道那个黑色的古洞……石昊觉得这个地方不能久留，迅速离开了地窟。

神识回归，石昊依旧盘坐在金色的池子中。

“不能就这么离去，先在此地修炼。”石昊自言自语道。

这里绝对是仙家洞府，这种金色汁液是极其珍贵的宝液，若是错过，他将会抱憾终身。

难怪我体内的母气又出现了，这是仙家手段啊！石昊摸了摸池中的纹路，再次开始修炼，疯狂吸收金色汁液中的力量。

传说，一旦母气出现，就意味着大凶，但是石昊不信邪，他倒要看一看母气出现后会有什么变化。

母气逐渐变得越发洁白，神秘而可怕。到了最后，石昊使出全力，让成形的母气盘踞在腹部的轮海内。

“轰！”

伴着一声巨响，石昊感觉到一股强大的力量在体内爆发了，如山洪汹涌，若波涛起伏，惊天动地。

这道母气居然有这么强大的能量，不愧为三道仙气的母体！

就在这时，三道仙气在石昊的体内活跃起来，演化三生万物之奥义，朝气蓬勃。随后，三道仙气从石昊的天灵盖上冒出，迅速开花。

其中一朵大道之花上盘坐着一个小人儿，那个小人儿一动不动，沉默不语。

突然，正中央的那一朵大道之花绽放后，铿铿作响。

石昊一阵恍惚，觉得自己好像在神游，有些异样。

随后，更奇怪的事情发生了——石昊头上三朵大道之花中正中央的那一朵晃动起来，冒出混沌之气，一个小人儿盘坐在那朵大道之花上，虽然看着非常模糊，但是威势惊人。

今日，第二朵大道之花上居然也出现了生灵！

第1188章 第二生灵

WANMEI SHIJIE

又一个生灵！

石昊没有看清这个小人儿是怎么形成的，因为在刚才的那一瞬间，他整个人处于神游的状态，而后短暂地失去了感知。

铿锵之声再次响起，光芒迸发出来，将苍宇照得璀璨夺目。石昊浑身充满了力量，像是一下子体会到了法之极尽的奥义。

那朵大道之花绽放后，每一片花瓣都发出如同剑鸣般的声音，让石昊很是震惊。

这时，整个地下世界都变得绚烂了，光芒在地底闪烁着，而后冲上地表，令神药山脉都变得刺目无比。

这种景象非常骇人，让人不得不为之惊叹。神药山脉中的各种古兽、凶禽都瑟瑟发抖，匍匐在地。

石昊心潮澎湃，惊诧万分。他此时的感觉很特别，体内仿佛有无穷无尽的力量在翻涌。

无数光芒在迸发，那是道行，那是力量，他感觉到自己在变强！

石昊体会到了站在巅峰的感觉，恍惚间，他在俯视万古，遥望一位又一位古今的至高存在。

石昊并未冲动，而是非常冷静地审视着自身的一切。他清楚地感觉到自己的力量大增，道行精进，最后所有的力量都集中在头顶正中央的那朵大道之花中，没入那个小人儿体内。

那个模糊的小人儿吸收了所有的力量，宛若成形的道果，化成了金身实体。

石昊紧锁的眉头舒展开来，因为他一念间便可掌握所有，大道之花上的生灵跟他如同一体。

这个生灵跟第一朵大道之花上的生灵完全不一样！

第一个生灵仿佛生活在古代，诞自开天辟地前，与他不在一个纪元。他每一次努力与之沟通都无法成功，他们之间仿佛隔着万古的岁月。

不过，石昊知道第一朵大道之花上的那个生灵并不是毫无用处，上一次渡天劫，正是那个生灵替他挡了一刀。

“轰！”

惊天动地的声音响起，又一次震动。

石昊头顶正中央的那朵大道之花上，光芒万道，瑞彩千条。

光芒透过地层，冲上地表，散发出恐怖的气息。随后，氤氲紫气浮现，几种色彩交织在一起，威势惊人。

石昊体内的骨骼在抖动、进化，噼啪作响，变得比之前更加坚韧。

他在变强！

石昊体内的仙门释放出神秘的力量，滋养他的全身，使他夯实了道基，强化了骨骼与血肉。

“唯有以身为种，才能走到这一步。其他人沿着我的路，无法走到这一步，需要另辟他途。”石昊自言自语道。他轻轻一叹，如果将自己的路给他人作参考，他人估计很难走通。

石昊摇了摇头，不去想那么多。他还没有真正登上巅峰，接下来还有很长的路要走，考虑那么多意义也不大。

这一次，石昊之所以能让大道之花绽放，诞生出第二个生灵，是因为这个金色的池子。

这个金色的池子很有可能是专门为了复活黄金牛准备的，石昊怀疑黄金牛是要涅槃重生。

正是因为这个金色的池子，石昊体内那道本应消散的母气又重新凝聚成形，彻底稳定了。同时，三道仙气也壮大了不少，而且第二道仙气还得到了意料之外的滋养，最终“开花结果”了。

唯一让石昊感到遗憾的是，他的本源伤只是略微得到了好转，还是没有彻底痊愈，这是个大麻烦。

“想必应该不至于威胁我的生命了，短时间内不影响我出手。”石昊自言自语道。

这个金色的池子太超凡了，石昊不断汲取精华，接受精粹的洗礼。

“嗯？”

突然，石昊心头一震，那道母气从轮海中腾起，沿着他的脊椎骨一路向上，如一条大龙在游动。

“轰！”

随着一声巨响，石昊觉得全身都变僵硬了，一股神秘的力量从脊椎骨释放出来。

石昊匆匆一瞥，发现脊椎骨上有很多仙门。若能将所有的门都打开，他将得到无法想象的道果。

那道母气如同骏马般腾跃，与脊椎骨短暂重合后，进入了头骨。石昊的目光刹那间变得深邃起来，他想到了很多，而后闭上了双目。

那道母气没有在头骨内停留太久，自天灵盖跃出，发出如同真龙般的声音，震动了天地。

眨眼间，那道母气从虚空中浮现，径直朝着第二朵大道之花扑去。

“不好！”石昊大叫一声，瞬间睁开了眼睛。他没有想到这道母气如此妖邪，居然自动离体，欲捕捉他的道果。

难道真的跟传说中说的一样，母气不可留，不然会惹来大麻烦？这东西很难被利用，到头来只会对自身不利，这是代代相传的经验之谈。

石昊急忙施展功法，想要避开母气，他头顶的那朵大道之花也发出惊人的响声。然而，那道母气化成真龙状腾空而来，尽管被一片又一片晶莹的花瓣劈中，但依旧向前冲。

一时间，火星四溅，那道母气居然发出如同金属碰撞般的颤音，而后径直没入大道之花中。

“轰！”

伴着一声巨响，大道之花中的那个生灵动了。它睁开眼睛，目光犀利，恐怖的气息从它的身上弥散出来，刹那间震惊了四野的生灵。

可惜这个生灵觉醒得太晚了，那道母气如绳索般捆在它的身上，坚韧无比，牢不可破。

这个生灵长啸一声，站起身来，欲挣脱母气，不想被束缚。

“咔嚓！”

清脆的声音响起，四周的虚空寸寸裂开，号称稀世宝料的黄道石纷纷龟裂，化成粉末，景象十分恐怖。

要知道，黄道石非常坚硬，只是稍比它所蕴含的仙金逊色而已，年轻一代的生灵几乎都无法击碎它。然而，这个生灵做到了，黄道石之所以崩裂，正是因为它的力量。

石昊瞬间变了脸色，但同时也在发力营救这个生灵，因为他觉得这个生灵与他是一体的，他们关系紧密，不可分割。

遗憾的是，石昊终究还是晚了一步。母气的力量太强，将这个生灵越收越紧，如同蛮龙般缠绕在它的身上，最后成为纹路，铭刻在了它的身上。

石昊轻轻一叹，颇为无奈。

母气太强，石昊无法与之对抗，因为三朵大道之花的前身是仙气，都是母气留下的烙印，受它控制。

第二个生灵是大道之花孕育的，自然争不过母气。

这个生灵闭上了眼睛，与外界隔绝，一动不动，母气如同枷锁般牢牢地锁在了它的身上。

“第一个生灵活在过去，第二个生灵活在今世，与我契合，结果却遭遇了劫难。我若是能炼化母气，将之与我的真身融合……”石昊喃喃道。

不管头顶的生灵是否就是他自己，但有一点可以确定的是，这个生灵被母气压制、束缚着。

三道仙气结出了花朵，到最后也许都会孕育出生灵。石昊若是能炼化母气，将之与自身融合，便能控制全部的生灵，因为三道仙气是母气留下的烙印，受母气的控制和影响。

“这是冥冥之中注定的吗？”石昊自言自语道。

母气为一，将之分解，与自身融为一体，不分彼此，而后掌握由母气演化出的三道仙气。

“由一而始，三生万物。”石昊目光坚定，自语道。他知道虽然想法好，但这可能是一条走不通的路，目前第二个生灵已陷入了绝境。

母气，不可控！

石昊深吸一口气，再次坐在地上，开始领悟《原始真解》，想从这部最神秘的古经中寻找办法。

《原始真解》来历诡异，铭刻于晶莹的骨头上，可以化腐朽为神奇，拥有不可思议的力量。

在石昊领悟经文时，他的周围浮现出万灵，《原始真解》本就是记载万物生灵的各种古法、印记以及原始骨文的。

刹那间，龙、麒、鹏等古兽与仙禽同时出现，接着各种飞禽走兽，甚至是草木等都在虚空中浮现出来。

无数生灵围绕着石昊，不断地从金色的池子中汲取生气，渐渐地，它们像是有了生命一样。

虽然石昊每次领悟《原始真解》时这些生灵都会出现，可它们毕竟是由骨文化成的，现在怎么有了如此旺盛的生命气息?

第1189章 仙气进化

WANMEI SHIJIE

石昊暂时遗忘了外界的一切，徜徉在玄而又玄的妙境之中。他盘坐在金色的池子中，用心体悟、感受，思考如何使母气成为自己身体的一部分，这关乎着他的道果。

在石昊的头顶，三朵大道之花绽放了又枯萎，两个生灵一会儿看着清晰，一会儿看着模糊，如此循环往复。那道母气自始至终都没有消失，而是成为纹路，印在了第二个生灵的身上。

此时，第二个生灵不能动，不能言，只是静静地坐在那里，如同一根干枯的木桩。

石昊在思忖破解之法，如果将这个生灵解救出来的话，他的实力将会得到大幅度的提升。

石昊还没有进入斩我境，可今日实力一直在激增，这有点不符合常理，境界不变，道行却在增长。

石昊推测这应该是道基被夯实到极限的体现，如此他便可在同境界内所向无敌。

从古至今，一些高手在成长的过程中都是如此压制自身，然后在某一境界达到极限的。

事实上，石昊一直在做这样的事，他争取在每一个境界都做到最好，不说前无古人，后无来者，但起码也不弱于别人。而他在有些境界的确超越了古代圣贤，比如洞天境便将先民的猜测真实地演化出来，成功将十洞天熔炼归一。

而这一次，石昊本来早就可以晋升斩我境了，但是他一直压制着自己，为的就是要做到最好。

“轰！”

石昊的头顶剧烈地震动了一下，响声震耳欲聋，三朵大道之花全部化成了仙气，两个生灵跟着消失，随仙气冲进了体内。

石昊欲先捕捉母气，再将它分离、禁锢，最后炼化。可是，他一直抓不住它，即便抓到了，它也如同泥鳅般灵活，眨眼间就挣脱了。

石昊仔细观察，发现一个生灵盘坐在那道母气内，被母气禁锢着，仿佛形成了一片仙域。

石昊叹了一口气，母气果然不好对付。

“哧！”

随着一声轻响，石昊取出大罗剑胎，施展大神通，使它缩小到寸许长，欲对付那道母气。

然而，任石昊怎么劈，也伤不了那道母气分毫。到了后来，母气更是与那个生灵融为一体，不分彼此。若是石昊继续用大罗剑胎攻击母气，那个生灵肯定会被击中。

“轰！”

又是一声巨响，石昊头顶的三朵大道之花重现，再次绽放，一个生灵盘坐在上，显得神秘而强大。

石昊抬起左手，并指如剑，“哧”的一声，一股暗红色的精气从食指中迸射而出，附近的虚空当即就裂开了。

“当！”

当暗红色的精气和母气碰撞在一起的时候，如同两柄仙剑相撞一般，火星四溅，响声震天。巨大的威力压迫得四周的黄道石都在抖动，而后发出“嘎嘣嘎嘣”的声音。

“咦？”

石昊惊讶不已，有些难以置信，他只是抱着试一试的态度，没有想到斩仙台上的铡刀留下的那股精气居然能对付母气。

“铮！”

石昊继续催动暗红色的精气，再次向前劈去，结果又响起了金属颤音，如同仙剑轻鸣一般。

暗红色的精气果然可以与母气对抗！

可是，到了后来，无论石昊怎样劈斩，也仅止于此了。母气柔时若水，坚硬时更胜仙金，他根本无法与之抗衡。

“我没有办法了。”石昊自言自语道，感到有些无奈，暂时想不出其他的方法了。

也许真的如大长老所说，母气终究会损坏修炼者的真身，毁掉所有道果，现在已经初现端倪了。

石昊觉得若是能炼化这道连斩仙台上的铡刀留下的精气都对付不了的母气，必将得到了不得的机缘。

石昊静下心来，不再理会母气，开始思考这次修炼的得与失。他重新得到母气，而后孕育出第二个生灵，道行大增，可惜第二个生灵原本可以发挥出巨大的威力，结果却被母气压制了。

“一得一失，算是平局吧。”石昊轻叹了一口气，自语道，“别想太多，专注修炼，如果时机恰当，我便进入斩我境。”

石昊坐在金色的池子中继续修炼，疯狂地汲取池中的神秘物质，以滋补肉身与神魂。

石昊如果顺利突破的话，也许大道本源之伤会随之痊愈。他要借一刹那的突破得到最深层次的进化，以弥补本源的裂痕。

“目前我主修仙古法，那就以它为主，开始突破！”石昊下定了决心，自言自语道。

随后，石昊取出玉石书，默诵经文，古老的文字如同活过来了一般，密布在他的肉身上，形成了神秘的纹路。

仙古纪元的仙道强者留下的经文在石昊的体内与体外浮现，经文声震耳欲聋，神圣无比。

石昊如同披上了仙家甲胄般，熠熠生辉，气势惊人，三道仙气散开，均匀地分散在他全身的各个部位。

虽然大道之花已经绽放，但是按照仙经的记载，它是无根之花，时间长了注定会枯萎。

“嗖嗖嗖！”

池水开始沸腾了，神光一道接着一道快速没入石昊的体内，融入每一寸血肉之中。

池中的金色汁液可以让黄金牛复生，是通过仙家手段打造出来的，是世间不可多得的宝液，单单一滴就会让人疯狂不已。

石昊修炼了数年也没有发现什么特别有效的培育仙气的物质，没想到在这里寻到了这个神秘古池。这神秘古池中的金色汁液连母气都能滋养，自然对三道仙气也有效。

此时，三道仙气化作了成千上万缕微弱的光芒，汲取着池中的神秘力量。

“嗡！”

虚空一阵颤抖，石昊也跟着颤动了一下。刹那间，他的体内发生了奇妙的变化，三道仙气分散后，如同蒲公英的种子般在他的四肢百骸内游动，随后扎入合适的“土壤”中，开始生长。

“这个池子太厉害了，居然可以让母气复生，还可以滋养三道仙气，让我省了数年功。”石昊自语道。如果按照他以前的修炼速度，起码数年后才能有现在的成果，这实在太不可思议了。

石昊的体内一派生机勃勃，如同干裂的土地得到甘露的滋润，枯竭之地变得有生气了。

“嗖！”

石昊的五脏之间，仙气格外密集，犹如破土而出的幼苗。石昊被“幼苗”扎得说不出话，面色苍白，所幸光芒闪耀，很快他的五脏又愈合了。

这是一种进化，五脏在与仙气融合，当它们成为一体后，五脏就会越发强韧了。

“当！”

石昊的骨头如同在被锤打一般，响声清脆。仙气从骨骼中长出，一道又一道裂纹出现在体表，很明显是仙气在与骨骼交融。

痛苦是短暂的，骨头在进化！

这是调整，也是蜕变。石昊的骨头闪烁着蒙蒙光辉，看起来根本不像是人间的骨骼，与仙骨相差无几。

这等变化让石昊省了数年的苦功，远远超越了同龄者，在他这个年纪就进入了斩我境，绝对是前无古人！

“轰！”

巨大的声音响起，如同大河长啸、山洪奔涌，整片天地都在跟着颤动。

石昊的身体发生了更进一步的变化，仙气扎根在他的骨骼之中，迅速生长。他全身的骨头都在铿锵作响，骨髓闪闪发光，也不知道有多少仙气生长出来。

骨髓的颜色由鲜红变为银白，而后成为深紫，接着又转为深蓝，最后又变为金色。

一时间，仙气弥漫，诸多仙气生出了根须，与骨髓交融在一起。金色的骨髓变成了鲜红色，如同红色的宝石熔化了一般，在骨骼中缓缓流淌，生命气息格外旺盛。

“传说中的洗髓马上就要完成了！”石昊自言自语道，激动不已。

骨髓与仙气全面融合，一同蜕变，达到无瑕的境界。

真正的洗髓会影响全身，毫无疑问，石昊将如同浴火重生的凤凰一般，实现最深层次的大涅槃！

第1190章 采人体大药

WANMEI SHIJIE

石昊盘坐不稳，身体一阵颤抖，差点瘫倒在地上。

洗髓是一个持续的过程，石昊以为要结束了，结果发现这只是第一轮而已。很快，下一轮又开始了，祥和的光芒迸发出来，不断洗涤石昊的骨骼，使其根骨达到更佳的状态。

最开始，石昊感到全身的毛孔舒张开来，内外精气交融，整个人如同被温暖的泉水滋润了一般。很快他就体会到了骨髓进化的痛苦，鲜红的液体仿佛变成了一条条小龙，在他的骨骼内游动、咆哮。

骨骼已经进化了一次，裂开后又长好了，现在又受到了不小的创伤。石昊差点就要瘫倒在地上了，还好他有强大的神力，可以支撑失去骨头的肉身，保持盘坐的姿势。

这并非厄难，而是大造化！

骨髓异变，是从最深层次改变骨质，实现真正的大涅槃。石昊体内的许多碎骨晃动起来，发出的声音如同一首铿锵的战歌，响彻天地。

直到最后，石昊的骨头越发莹白，如同羊脂玉般。他的体内仙雾弥漫，散发出不属于人间的气息。

“轰！”

伴着一声巨响，断骨重新接在了一起，不过也有一些碎骨没有接上，那是被舍弃的糟粕。

“噗！”

一些碎骨直接被挤了出来，坠落在金色的池子中。这幅画面有点吓人，因为这种进化太激烈了，不是循序渐进的。

谁都想不到原来骨头是这样进化的，直接脱落，以最残忍的方式换骨！

金色的池子中，池水在沸腾，其中孕育的神秘物质迅速冲向石昊的肉身，修补了他的断骨。

石昊体内的骨头经过百般锤炼，终于生长完毕，骨髓与根骨进化到无瑕境界后并不是结束，而是再一次的开始。

对于石昊来说，骨髓就相当于最有效的至尊液，拥有难以想象的奇效，其骨质化作神圣的火炉，骨髓散发出香味，如同人间的神药一般。

石昊要开始换血了，他全身的精血都将被替换。

这时，不可思议的异象出现了——石昊所有的骨头都变得模糊了。远远望去，他体内的两百多块骨头化成了一个又一个洁白的炉子，炉子下方燃烧着白色的火焰。

这既是异象，也是真实的景象。

仙道本就有一种说法，外界的神药是外物，长生仙药也不例外。虽然人能将神药化为己用，但是不能真正改命，而人体自身的神药就不一样了，若是祭炼得当，比长生仙药有过之而无不及。

当然，祭炼人体自身的神药需要人的道行达到极其高深的境界。道行越高的人，所能采集到的人体神药的价值也就越高，如果仙成功采得人体神药，那神药肯定是至高仙药级别的。

“轰！”

惊天动地的一声巨响过后，石昊的身体发出光芒。一时间，铿锵声不绝于耳，白骨神炉纷纷开启，炉盖先后被打开，光芒四射，香气扑鼻。

人体神药已经成熟了，即将反哺自身。

这一次，石昊采集的人体神药是骨髓，由于每一次的采集物都不同，因此出现的场景自然也不相同。

“哧哧哧！”

伴着一阵轻响，一支又一支箭从石昊体内冲了出来，紧接着，所有毛孔开始渗血。

刹那间，石昊的旧血全被排出了体外。常人若是全身的血液尽失，肯定会当场殒命，但是对于石昊这种修士来说，只是会脸色苍白一阵子而已。

“轰！”

伴着一声巨响，石昊的百骨齐震，所有的炉子都闪烁着耀眼的光芒。

鲜血再生，如长河般在石昊的体内奔涌，瞬间就补充了刚才失去的血。石昊的身体被仙雾和神光笼罩着，一次深层次的大涅槃已经接近了尾声。

休养一段时间，补充了身体所需的能量之后，石昊就可以突破到更高的境界了。

在石昊进行突破的这段时间，神药山脉很不平静，发生了不少事，那头黄金牛一直在追击异域的一群高手。

修为在遁一境的大修士几次想逃出神药山脉，结果都被铁血古树等逼了回来，异域其他年轻人的下场更惨。

不过，还是有少数年轻人避开了铁血古树和古老的血藤，成功逃了出去。

山外的异域大修士听了侥幸逃出来的年轻人的话，先是一阵沉默，而后脸色阴沉，又派了不少人进山。

异域十大年轻高手中的第一人鹤子铭也进入了神药山脉，他放言要亲手拿下石昊。此外，无畏狮子一族中一位号称威势盖过同代人的强者也进了山。

接着，又有消息传来，神蛄族的高手也闯入了神药山脉。

异域的一群人无惧号称绝地的神药山脉，一心寻求造化，除掉荒。

神蛄族的先祖曾位列十凶之内，当年与真龙争锋都没有败，是世上最强大的族群之一。掌控时空是神蛄族独一无二的本事，任何人都不敢小觑。

“这次可有好戏看了，那头黄金牛肯定逃不掉了！”

“帝族中也有一位年轻的大人物走出了古地，来到了这里，他若是出手的话，简直不可想象！”

神药山脉外，异域的年轻修士议论纷纷，激动不已，为了一个荒，居然惊动了神蛄族和帝族！

异域的年轻修士相信，这一次不需要老辈人物出击，仅凭年轻一代就可以拿下荒了。

与此同时，帝关也发生了一些大事件。

“我们之中有人与异域勾结，必须速速找出这个叛徒！”

“看一看有谁没有回帝关，竟敢向敌人泄露秘密！”

“是吗？我没有记错的话，这一次边荒大战之后，好像有好几个年轻人都没有回来！”

第1191章 出击

WANMEI SHIJIE

神药山脉，地窟中。

石昊的大涅槃接近了尾声，他状态极佳，本源上的伤也愈合了一部分。他若是成功突破到斩我境，伤势便会自行痊愈。

“哧！”

伴着一声轻响，一道光芒从石昊体内腾起，如一条蛮龙横冲直撞，向全身各处扩散。

石昊好不容易换血完毕，现在却又出现了这种异变。他知道随着那道光芒出现的是什么，但没有想到在这个紧要关头它也跑来凑热闹，不过这算是好事。

至尊血！

至尊血璀璨夺目，如同一条又一条筋脉在石昊的全身上下流动，不时发出轰鸣声。

最后，所有的至尊血都凝聚在一起，集中在石昊的胸部，形成一个拳头大的光团，像是要孕育什么。

石昊不禁愕然，难道还要长出一块骨？他希冀这种血液可以滋养全身，而不是孕育出一块骨。当然，如果再长出一块至尊骨，得到一种宝术的话，倒也不算差。

“可惜……”石昊叹道，发现自己想多了。

这个光团虽然展现出了强大的生机，但是终究差了些火候，最后它如同一轮太阳般炸开，再次向全身各处分散。这使得石昊浑身的气血更旺盛了，原本的神血中仿佛多了筋骨一样，刚劲而有力。

“再巩固一番，我便能冲进斩我境了！”石昊自语道。他发现自己吸收了金色池子中的神秘物质后，至尊血便复苏了，若是继续在这里汲取神秘物质，或许还会得到一些其他的惊喜。

当然，石昊只是抱着试一试的心态，有收获最好，没有收获也无妨。

“哞——”突然，一声牛吼传来。

石昊一跃而起，准备离开地窟。

石昊轻轻一叹，可惜了，原本可以得到更大的造化，可那头黄金牛就在附近，如果继续留在此地，多半会有危险。

石昊收走池中不少的金色液体后，便化成一道淡淡的虚影，快速冲了出去。随后，他选了一个方向，准备借助土遁逃离。

身上满是血的黄金牛朝着石昊离去的方向望了一眼，没有追击，它身上的血没有一滴是自己的，而是那个修为在遁一境的大修士的。

修为在遁一境的大修士一路逃亡，如果不是战斗经验丰富，逃跑的速度极快，早就殒身了。

此时，修为在遁一境的大修士藏身在这片区域的一座活火山内，收起了所有气息，一动也不敢动。他对黄金牛害怕到了极点，与之对决根本就没有一丝胜算，哪怕黄金牛任他攻击，他也无能为力。

石昊一路潜行，到了修为在遁一境的大修士藏身的火山近前，他知道那头黄金牛很不一般，故此想找个地方躲起来。

火山内，岩浆翻涌，温度高得吓人，正好可以用来藏身。

石昊刚冲进岩浆中，就觉得不太对劲，这里还藏着一个生灵，而且是很强大的生灵。

此时，修为在遁一境的大修士汗毛倒竖，心中不由得生出了一股寒意。

进入火山后，修为在遁一境的大修士就将气息都收了起来，唯恐被黄金牛发现，没想到现在还是有一个生灵闯了进来。

修为在遁一境的大修士以为闯进来的是黄金牛，转身就逃，然而，让他感到诧异的事情发生了，闯入的“黄金牛”也准备遁走。

修为在遁一境的大修士动用神识，这才发现原来闯进来的不是黄金牛，而是荒！他勃然大怒，生出了一种羞辱感，没想到自己居然被一个后辈吓坏了。他恶向胆边生，猛地向石昊攻了过去。

石昊大叫倒霉，刚一出关就遇上了修为在遁一境的异域大修士，而他此时还没有来得及突破到斩我境，与修为在遁一境的大修士对决肯定是凶多吉少。

“轰！”

石昊对着火山壁就是一掌，响声震天。火山顿时就喷发了，岩浆滚滚，冲向高天和四野。

黄金牛被响声惊动了，撒开蹄子，猛地冲向火山。

“小子！”修为在遁一境的大修士大吼一声。他恼恨不已，心想，这个小辈够狠，如此果决，竟直接将黄金牛引了过来，这是要同归于尽的架势啊！

修为在遁一境的大修士突然伸出一只大手，径直拍向石昊。

“轰！”

石昊手持大罗剑胎迎了上去，两人发生剧烈的碰撞，轰鸣声不绝于耳。大罗剑胎虽然不会主动攻击，但是防御力很强，璀璨夺目，威势惊人。

修为在遁一境的大修士还没有碰到大罗剑胎，手就受伤了。石昊隔着虚空被一股强大的神力拍中，整个人如同一片落叶般横飞了出去。

修为在遁一境的大修士不禁愕然，这个小辈居然还活着？在他看来，这简直是一件不可思议的事，甚至可以说是一个奇迹。一般说来，修为在遁一境的修士打败修为在虚道境的修士是不费吹灰之力的，而这个小辈挨了他一掌，居然只吐了几口鲜血，没有什么大碍。

石昊相信，如果不是这次大涅槃进行得很完美，刚才可能就殒身了。不过，即便如此，他的肉身也颤动了好长时间。

有了这样的肉身还会怕谁？石昊只要进入了高层次的境界，完全可以睥睨同境界者，甚至有机会打败比自己高出一个境界的人。

“哞——”

黄金牛发出巨大的咆哮声，对石昊和修为在遁一境的大修士发起攻击。

石昊转身就逃，没有停留，他可不想与黄金牛对抗，若是此时殒身的话，那就太不划算了。所幸黄金牛没有追他，而是盯上了修为在遁一境的大修士，因为在黄金牛看来，强大的生灵更具有威胁性，更值得攻击。

修为在遁一境的大修士很是无奈，再一次开启逃亡之旅。

“那个小子此前分明有大道之伤，怎么这么快就复原了？看他的样子，应该是在附近闭的关，之后被黄金牛的吼声惊动了。”修为在遁一境的大修士一边逃亡，一边琢磨着。

石昊才离开此地没多久，就遇到了异域的年轻修士。

“是荒！他满身都是血，看起来快支撑不住了，果然与传闻中的一样。”

“不要让他逃走，是我们先发现的。拿下他，回去请功。再晚一步，鹤子铭、无畏狮子他们就要到了。”

异域的几个年轻修士大声叫嚷着，他们知道神蛄族高手、无畏狮子以及鹤子铭都在神药山脉，而且帝族的年轻高手也会来。到了那个时候，他们都得谦卑地迎接那些高手、强者，哪里还有立功的机会？

“当我好欺负？”石昊自言自语道，毫不犹豫地迎了上去。

“轰！”随着一声巨响，石昊的眉心出现了一道雷池印记。印记化形而出，迅速放大，雷池瞬间变成百丈高，一下子覆盖了整片天地，欲将所有人都收进去。

“荒不是不行了吗？怎么会这么强大？”异域的年轻修士皆大惊失色。

“哧！”

伴着一声轻响，光芒一闪，异域的几个年轻修士全都被收进了雷池。他们大吼大叫，催动兵器，施展祖术，想要逃离雷池。

结果，雷光闪烁，雷池猛力一抖，池中的所有人和兵器便化成了灰烬，形神俱灭。

石昊冷哼一声，转身离去。

“嗷——”

一阵狮吼响起，一只狮子听到了石昊这边的动静，迅速赶来。

石昊面无惧色，主动朝狮子所在的方向冲去。他现在刚出关，正是检验闭关成果的时候，既然异域的这些生灵想要围剿他，那么他就大大方方地迎接挑战。

一只狮子浑身金光闪烁，如同一座小山般从深山中跑了出来，狮鬃呈金黄色，既浓密又长，都快垂到地上了。

“无畏狮子？”石昊看向那只狮子，问道。

“正是在下！你就是荒？”狮子盯着石昊，金色的瞳孔闪闪发光，径直向石昊扑了过去。

“胸口有一簇白毛，看来不是返祖的纯血无畏狮子，你不行！”石昊冷笑道。

不久后，神药山脉中响起一阵惊天动地的狮吼声，连飞禽走兽都被惊动了。一时间，地动山摇，乱石滚落。

“不好，无畏狮子一族有强者殒身！”异域的一个年轻人大喊道。

片刻后，异域的一群强者见到了无畏狮子的尸骸，地上散落着皮毛，画面有些恐怖。

“荒，我要亲手除掉你！”三只金色的狮子站在人群中，其中一只狮子愤愤地说道。

就在此时，一个生灵从山地深处走了出来，光芒耀眼，仿佛横渡历史长河而来。它浑身呈金黄色，如同由仙金铸成的一般，体外还笼罩着一层神光。

它是返祖者，是真正的无畏狮子！

这不是谣传，原来真的有这样的生灵！从古至今，这种生灵在异域也只出现了两三个，纯血的返祖者十分珍稀。

无畏狮子没有说话，只是在这里走了一圈，看了几眼便离开了。

这时，石昊再次回到了黄金牛的地窟，想在那里进行最后的突破，结果发现那个修为在遁一境的大修士也在。唯一值得庆幸的是，这一次修为在遁一境的大修士没有发现他。

“这是什么地方？怎么有一个金色的池子？天啊！这莫非是至高存在以逆天手段打造的宝池？难怪那个小子复原了。哈哈，真是大造化啊！我因祸得福，也许能在此地成为真正的至尊。”修为在遁一境的大修士惊叹道。

石昊无声无息地从地窟中退了出来，觉得必须除掉这个修为在遁一境的大修士，不能让他得到金色汁液的力量。

第1192章 葬士

WANMEI SHIJIE

石昊退出地窟之后，开始寻找黄金牛，心想如果它就在附近的话，肯定可以送修为在遁一境的大修士上路。

异域的修士们在神药山脉中穿行，打探石昊的下落。他们小心翼翼，十分谨慎，避开了那些绝对不能踏足的地方，如魔藤老祖的扎根地，黑雾弥漫的沼泽地等。

神药山脉很特别，许多栖居在这里的强大生灵好像都失去了灵识。它们平日蛰伏在绝地中，一旦有生灵接近、进入它们的领地，就会对入侵者发起猛烈的攻击。

石昊在神药山脉中穿行的时候发现了不少异域的人，不过为了不惊动地窟中修为在遁一境的大修士，他并没有动手。

"神药，快追！"有人惊呼出声。

只见一株白虎藤雪白如玉，闪闪发光，叶片的形状如同老虎一般。

"嗖！"

伴着一声轻响，白虎藤立马开始逃遁，速度快得惊人，它如果借助土遁，可以瞬息之间行千里。

石昊也想追赶神药，可经过仔细的观察后，觉得不太对劲，那株神药有些诡异，似乎沾染了不祥之气。

石昊离神药很近，占据了更有利的位置，若是出手的话，有很大的概率可以捉住白虎藤。但是，他没有轻举妄动，他想到了骨书上的一些记载，有些神药不知因何故沾染了妖邪之气后，就会神性尽失，如果误食了这种神药，可能连至尊都会殒身。

石昊有些不敢相信神药山脉中居然有这样的奇药，不过，这里的神药似乎有古怪。

这时，石昊瞥了一眼不远处的峭壁，发现上面有不少裂缝，不时有黑雾从裂缝中冒出来。

石昊果断退走，在远处观看异域的年轻修士追逐白虎藤。

"哪里走！"

电光石火之间，异域的一个年轻修士祭出一张大网，那网是以星辰砂炼制而成的，刹那间便笼罩了天地。

就在这时，峭壁塌陷，乱石翻滚，大裂缝在山地中蔓延开来，大网一下子钻入地下，兜起了漫天的尘土。

要知道，神药山脉异常坚固，拥有如此威势的宝具绝对不一般。

然而，出乎意料的事情发生了——滚滚黑雾迅速从地下冒了出来，那是一股不可想象的煞气。

“不好，快收网！”

“丢下宝具，不要这张网了！”

异域的一群年轻修士大叫着，面色惨白，十分惊恐，神药山脉比想象中的还要可怕。

虽然大网的主人住手了，但还是晚了，成堆的枯骨被带了出来。更为可怕的是，一口锈迹斑斑的铜棺也显露在众人眼前，它与泥土混在一起，早已腐朽，只留有大致的形状。

石昊不由得大吃一惊，神药山脉的地下怎么会有这种东西？他决定继续暗中观察。

“咔嚓！”

伴着一个清脆的声音，铜棺裂开了，紧接着一具尸体跌落出来，背生羽翼，浑身漆黑。

“这种东西居然被我们碰到了！这里不是神药山脉吗？”

“你忘记了，神药山脉与天兽森林、古葬区是挨着的，古葬区的地脉应该是与神药山脉相连的。这东西一向埋在地底，平日间看不见，今日被挖出来了！”

“只是一口破铜棺而已，应该没有想象中那么可怕，顶多是行尸走肉，不是葬士之类的生灵。”

“它没有动，果然是低等级的古尸，没有什么意识。”

异域的一群年轻修士你一言我一语，讨论起从破铜棺中跌落的尸体来。

“可是为何有那么骇人的尸气？”有人仍惊疑不定。

“应该是古葬区的支脉散发出来的，与此尸无关。”另一人给出了解释。

很明显，异域的生灵对古葬区非常忌惮。

这么多年来，异域经过挖掘，发现古葬区孕育着一个强大的文明。有人认为那里的生灵早已灭绝，不复存在，但有少部分人持不同的观点，认为古葬区从来都没有灭绝。恰恰相反，葬士本就非人非尸，古葬区也一直是那种状态，甚至连不朽者中都有人这样认为。除此之外，俞陀曾说过一句古怪的话——古葬区与异域的起源有关。

众所周知，安澜、俞陀等人活了不止一个纪元，依旧处在巅峰状态，屹立于世间。从上纪元起，他们就开始挖掘古葬区，这么多年过去了，肯定早已有了什么发现。

异域的一群年轻修士谈论着这些秘闻，远处的石昊听得一清二楚。他大为震惊，觉得今日之事为他开启了一扇门，日后他必定要面对门内的事。

突然，破铜棺中的尸体一下子坐了起来，一双眸子倏地睁开，射出两道银色的光芒。

破铜棺周围漆黑如墨，唯有尸体的轮廓清晰可见，它缓缓站了起来，目光冷厉，向异域的一群年轻修士所在的方向望去。

“不好，它有意识，是葬士，不是一般的古尸！”

“快逃啊！”

异域的这群年轻修士平日里很自负，如今面对这具诡异的尸体，竟吓得直接逃走了。

传闻说，葬士是活的生灵，或者说是活尸，拥有惊天动地的威力，一般只有至尊能与之匹敌，至于更高层次的葬士，唯有至尊以上的人物才有能力压制它们。

当年，异域在古葬区中曾挖出一个神秘的葬士。那个葬士先是除掉了所有参与挖掘的人，而后不远万里，凭一己之力消灭了参与挖掘的三大王族。

当时异域各族的高层都被惊动了，那件事虽然后来被压下去了，没有大肆流传，但还是走漏了一些风声。

据闻，最后俞陀亲自出手才除掉了那个葬士，也正是由于那一役，俞陀、安澜对古葬区有了更深的了解。

但是，那一役过后，异域探索古葬区的速度就变缓了，各族都不敢轻举妄动。因为俞陀在那一战中，并不是轻松地压制了那个葬士，而是战斗了一段时间才赢得最终的胜利。

“轰！”

葬士轻轻一扇翅膀，瞬间引得天崩地裂，响声震耳欲聋。这种威势太惊人了，似乎比修为在遁一境的大修士还要厉害，对于异域的年轻一代来说，这样的对手是不可能抗衡的。

异域的一群年轻修士转身就逃，因为他们想到了那些与葬士有关的传说。昔日，连三大王族都被一个葬士灭了，那是何其可怕的事！

“噗！”

伴着一声轻响，一个年轻修士被葬士的大手抓住，根本没有反抗之力。一时间，惨叫声此起彼伏，七八个年轻修士接连殒身。

“逃啊！”其他人大叫道。

葬士的眸子闪烁着银色的光，看起来十分吓人，他迈开腿就开始追击异域的年轻修士。

石昊也离开了，不过在遁走前，他抓走了异域的一个年轻修士。

“将你知道的与葬士有关的秘密都给我讲出来！”到了无人之地后，石昊对异域的年轻修士说道。

异域的年轻修士尽管刚才在逃命，但是被石昊抓住后，心情反倒平静下来了，硬是不肯开口。

石昊见状，便要搜异域的年轻修士的神魂，以获取秘密。

“我说！”异域的年轻修士只好妥协。

“俞陀曾经与一个葬士有过一战？”石昊震惊不已，瞪大了双眼，觉得难以置信。

斩灭三大王族、大战俞陀，那个葬士得有多么厉害？

这是石昊第一次听闻葬士的传说，他知道古葬区里面肯定有大秘密，不然俞陀、安澜等人为何执意继续挖掘古葬区？

这时，远处传来了一阵惨叫声，异域的那些年轻修士接连殒身，大半都没能逃过一劫。

石昊顿时觉得毛骨悚然，转过身躯，看向惨叫声传来的方向。

黑雾弥漫，葬士扇动腐烂的羽翼，浑身散发出惊人的气势，就站在石昊的不远处。

“这么快，太诡异了！”石昊心中一惊，叹道。

而站在石昊近前的异域的年轻修士早已面色惨白，一句话也说不出来了，只是呆呆地盯着前方。

石昊叹了一口气，心想，这次进入神药山脉还真是危机不断，绝地果然不是那么好进的。

“锵”的一声，石昊拔出了大罗剑胎，准备借此护体，抵挡眼前这个恐怖的葬士。

然而，出乎意料的事情发生了——葬士在见到大罗剑胎的刹那，身躯先是微微颤抖起来，然后跪了下来，他在对着大罗剑胎叩首！

第1193章 剑胎之秘

WANMEI SHIJIE

石昊顿时目瞪口呆，葬士居然在对着大罗剑胎叩首，大罗剑胎究竟有什么来头？

葬士诡异、神秘、强大，世人仅是闻其名号就会胆寒，今日一个强大的葬士被惊扰出世，现在竟对着大罗剑胎叩首！

这个葬士足有一丈高，背后生有一对巨大的腐烂羽翼，身侧弥漫着漆黑的雾气，如同从地狱中走出的魔神一般。他很强大，银色的瞳孔如同刀锋一般，隔着很远的距离就让人感到皮肉剧痛，像是要裂开了一样。

异域的年轻修士脸上没有一点血色，完全被吓住了，那个葬士居然在对荒叩首！因为他观看的角度不同，不知道葬士是在膜拜大罗剑胎，而且他不认为这柄看起来普普通通的剑有什么了不起的来头，他看到的是荒镇定地站在那里俯视着葬士，接受葬士的叩首。

其实，石昊的身体已经僵住了，他没有预料到会发生这样的事，也不知道该怎么回应。

此时，石昊心头一震，感受到了一股寒意，立即横剑在胸前，守护己身。

葬士膜拜完毕后，抬起头来，他银色的眸子实在太亮了，还散发出一股凶戾之气。

大风呼啸，黑雾漫天，葬士直接伸出一只漆黑如墨的大手，向石昊拍去。拜大罗剑胎与臣服于石昊完全是两码事，他虽然敬畏大罗剑胎，但是对石昊没有什么敬意。

石昊快速倒退，他压根就没有想过会轻易脱险，让传说中的葬士屈服是不现实的。

“噗！”

异域的年轻修士还没明白是怎么回事，就被黑色的大手击中，瞬间殒身了。

“锵！”

石昊挥剑与葬士对抗，哪怕知道希望不大，他也要战斗到底。

很明显，葬士敬畏大罗剑胎，不敢与之接触。这很矛盾，葬士虽膜拜大罗剑胎，但又想攻击持有大罗剑胎的石昊。

这时，葬士说了一句晦涩的话。这种语言太古老了，石昊根本无法辨别，不知道是什么纪元的语言。

石昊了解很多种语言，甚至连异域的语言都能说上几句，可以算得上是见多识广，现在却一个字也听不懂。

当然，石昊听不懂也是情有可原的，葬士比安澜、俞陀等人存在的岁月都要久远，不知道是什么纪元的生灵，语言自然也比较难懂。

此时，葬士眉心的乌光四散开来，释放出了古怪的神识。

这一次，石昊终于大致理解了葬士的意思，原来他在问大罗剑胎怎么会在石昊的手上。

石昊只能理解葬士的部分神识，因为葬士的神识带着幽冥之力，与石昊的神识相冲。

石昊谨慎地捕捉了葬士的神识，大致了解他的意思后便快速倒退，害怕元神被侵蚀。

“大罗剑胎有什么来历？”石昊反倒询问起葬士来。

葬士大声呵斥了几句，脸色很不好看。

石昊想到了很多，葬士不是一般意义上的古尸，也不是简单的死后通灵，因为他们拥有记忆和意志。

葬士是一个神秘而强大的种群，终年在葬土下沉眠，迟迟不肯出世，似乎在等待着什么时机，这其中有着不为人知的惊天秘密。

当然，这些并不是石昊的猜测，都是异域的那个年轻修士告诉他的。

葬士十分冷漠，根本不理会石昊的提问，只想从石昊身上了解情况。

“轰！”

葬士黑色的大手再次拍向石昊，威力极大，石昊被震得吐了一口血。

石昊举起大罗剑胎，猛地向前劈去，葬士又惊又惧，一咬牙，居然径直迎上了大罗剑胎。

“嗡！”

虚空一阵颤动，大罗剑胎轻鸣，发出奇异的光芒。葬士战栗不已，不断倒退，不敢靠近大罗剑胎。

在强大的外界压力下，特别是在葬士独有的不祥之气的刺激下，大罗剑胎发出璀璨的光，瞬间照亮了这里的天地。成片的光雨洒落，剑光压盖天日，圣洁无瑕，营造出一幅宛若仙人出世的画面。

此时，大罗剑胎上浮现出一个人形生灵，那是大罗剑胎的印记。当然，这并不是全部的画面，因为这样的场景石昊早在很久以前就见过。

在这幅神圣的画面之下，还隐藏着其他的景象，这也是葬士惧怕大罗剑胎的原因。

在人形生灵的脚下，在光雨之外的暗淡之地，更为壮阔的景象展现在石昊的眼前。大渊漆黑，古穴成片，不知道葬下了多少生灵。一座裂开的古坟中横陈着一口铜棺，铜棺上坐着一个人形生灵，他双手抱着膝，侧着头望向夕阳，一动不动。

一柄剑胎，两种烙印，两个场景，第一次齐现。

上方，光雨密集，神圣无比，有宛若飞仙的人形生灵。

下方，葬区连绵，气氛恐怖，有生灵于棺上欣赏残阳。

不远处，葬士脸上露出惊慌之色，自然是对残阳中的葬区和坐在那口铜棺上面的生灵感到恐惧。

怎么会如此？

在石昊的认知中，大罗剑胎是神圣的，是仙家宝具的粗胚，没想到它还有这样恐怖的一面。

“我以前没有见过这样的场景，为何神圣的飞仙烙印之下还有这样一幅画面？”石昊大为震惊，自言自语道。他仔细盯着手中的大罗剑胎，剑上果然有一些模糊的痕迹，似乎就是古葬区的景象。

石昊意识到大罗剑胎远比他想象的还要神秘、久远。

在三千道州时，一些人认为大罗剑胎是天然形成的宝具，因为它是从古矿中的一块岩石中挖出来的。由于持有它的历代剑主最后都不得善终，因此世人认为它很不祥。

在九天上，也有一些人盯着大罗剑胎看过，觉得它十分眼熟，很像昔日一位仙王的佩剑。

在异域，同样有强者认识大罗剑胎。石昊和小蚂蚁争夺《不灭经》时，鹤无双因缘显现，说大罗剑胎与炼仙壶一样存世久远。

鹤无双当时看不起大罗剑胎，说哪怕它再厉害，也只是由边角料铸成的。

其实，大罗剑胎来头很大，远比所有人预料的都要古老。它涉及了神秘的古葬区，如今有一个货真价实的葬士认出了它！葬士不属于这一纪元，俞陀、安澜等人挖掘古葬区，就是为了将它们了解透彻。

石昊觉得大罗剑胎多半存在了几个纪元，拥有常人无法想象的来历。

此时，大罗剑胎仍在晃动，上方是飞仙的神圣景象，下方是葬区的恐怖画面，令人触目惊心。

葬士不断后退，显然很害怕那个坐在铜棺上的生灵。

第1194章 拉上同一战车

WANMEI SHIJIE

原来如此，石昊明白了，大罗剑胎应该与古葬区有很大的关系，葬士不仅见过大罗剑胎，而且惧怕它。

哪怕无穷岁月过去，当年与大罗剑胎有关的生灵早已离世，大罗剑胎还是给这个葬士留下了不可磨灭的印象。

此时，葬士再次对着大罗剑胎虔诚而恭敬地叩首，确切地说，他是在膜拜铜棺上的人形生灵！

那个人形生灵是谁？他究竟有着怎样的来头？为何有此等威势，如今还震慑着葬士？

葬士磕了几个头，始终没有站起来，一直在祷告，不知道在说些什么。

突然，葬士转头看向石昊，发出神识。这次他平静了不少，没有发起攻击，也没有散发出戾气，不过他看向石昊时，也不像是有善意，而是根本没有把石昊放在眼里。

石昊明白了葬士的意思，既然大罗剑胎没有除掉他，那么葬士便暂时认可他，希望他好自为之。

这就完了？

石昊一怔，原以为这个葬士要与他斗个昏天黑地，没想到他就这样轻松地逃过了一劫。

略微思忖过后，石昊感到后背一阵发冷，这个葬士虽然话不多，但是言语之中隐藏的意思太恐怖了。

按照葬士的意思，大罗剑胎要除掉持剑人才算正常吗？他居然说大罗剑胎如今只是将凶恶的一面隐藏起来罢了，这也太可怕了。

一时间，石昊真的不知道该如何看待大罗剑胎了，这东西绝对不祥！是丢掉它，还是继续将它放在身边？他想到历代持有大罗剑胎的人没有一个落得好下场，尤其是大罗剑胎的上一代主人五冠王，最终成了行尸走肉。

葬士说完，转身就走。

“你去哪里？”石昊问葬士。

葬士就这么走了，这让石昊一时间有些不适应，他还以为要大战一场呢，结果就这样平淡收场了。

“去我该去的地方。”葬士说完，便迈着缓慢的脚步向远方走去。

就这么结束了？石昊摸着大罗剑胎，有些难以置信。

此时，大罗剑胎已经恢复了原样，无论是飞仙之光还是那个坐在铜棺上面的人形生灵，都不见了。

“等一等。”石昊朗声道。

“何事？”葬士停下了脚步。

石昊和葬士是通过神识交流的，因为相隔的纪元太久远，他们都听不懂对方的语言。

事实上，石昊和葬士就连用神识交流都有些困难，因为双方带着不同属性的力量，一不小心就会有一方负伤。石昊不得不以神力护体，守护神识，怕被葬士的神识侵蚀。

“你就这么离去了，不想知道大罗剑胎是如何落到我手中的吗？”石昊故意这样说道，想将葬士留下来，以便了解更多秘闻。

“说。”葬士的回应很简洁。

石昊忍住翻白眼的冲动，心想，这个葬士也太直接了！

“我们彼此交换信息，我先说出得到大罗剑胎的经过，你告诉我它究竟有怎样的过去。”石昊对葬士说道。他很不放心大罗剑胎，若是将它留在身边，也许是个大患，所以想知道关于它的旧事。当然，这一次他没有讨价还价，而是直接说出了得到大罗剑胎的经过。

“无论是被尘封还是从地下的矿石中出土，它都会在世间辗转流传。”葬士看了石昊一眼，道，“你只是它的一个驿站，时间到了，它自会离开。”

石昊对这个说法不是很满意，展开了进一步的追问，可是葬士不想多说，迈步就走。

“喂！不能这样走了，你对不起大罗剑胎！”石昊大喊道。

“为什么？”葬士听到这样的话，很是不解，转过身来，望向石昊。

“你从葬土中出世，来到这红尘中就不想潇洒地走一遭吗？”石昊极力想留下葬士，这般说道。葬士可是一个大高手，估计对付修为在遁一境的大修士都毫不费力。

如今，神药山脉来了不少异域的高手，一般的年轻强者石昊还能对付，但是对付一些厉害的老魔头就有些吃力了，如果他能拉上葬士和他一起对付那些异域高手，那就再好不过了。

恍惚间，石昊仿佛已经看到了自己和葬士在神药山脉大战异域生灵的景象，嘴角忍不住微微上扬。

葬士面露出迷惘之色，根本不明白石昊为何这样建议，就好像听一块石头讲解石头的世界有多么精彩一样。

“我怎么对不起大罗剑胎了？”葬士问石昊。

“你没看到大罗剑胎已经认可我了吗？如今我有了危机，它也一样，我若是殒身，它肯定会被异域的人带走。他们早晚会看出它的来历，然后将它敬献给俞陀、安澜等人。”

说到这里，石昊看到葬士没有什么反应，便接着道：“安澜、俞陀，你听说过吗？他们与世同存，没有人是他们的对手。”

石昊以非常严肃的口吻为葬士解释，按照他的说法，安澜、俞陀两大高手在古葬区无恶不作。

葬士听得一愣一愣的，但又觉得不太对劲。

石昊依旧滔滔不绝地说着：“安澜、俞陀是惯犯，专门在古葬区偷偷地挖掘坟墓，寻找墓中的葬器等。”

“他们很厉害吗？”葬士问石昊。

“厉害极了，他们除掉了不少葬士，还击败了一个又一个古葬区的强大的存在，至今都没有败过！”石昊的语气很肯定。

葬士听到这番话后，银色的瞳孔立马射出刺目的光芒。他尽管知道眼前的这个家伙不靠谱，但还是思忖了一下。

因为古葬区的确发生了一些事，虽然不是很严重，但是很多葬士都被惊扰了。

“如果你在这里念出他们的真名，他们的法身就会显现，直接打压你。”石昊严肃地说道。他几次提到俞陀、安澜都非常谨慎，不是一口气念出全名，而是故意停顿了一下。

“你所说的真假各一半，我有葬士之眼，可辨他人所说之话的真伪。”葬士毫不客气地说道。

石昊丝毫没有不好意思，依旧厚着脸皮与葬士拉近距离，极力怂恿他留下。

“不为别的，就冲着大罗剑胎你也应该帮我一次！”最后，石昊大声对着葬士的背影喊道。

“好，我便帮你一回。”葬士答应了石昊的请求。

石昊没想到葬士最后居然做了这个决定，又一次出乎石昊的预料。

“现在去哪里？”葬士看向石昊，问道。

“当然是去对付异域的那些家伙，拿出你身为葬士的气势，我们一同横扫神药山脉！”石昊应道。

神药山脉外，异域的人越来越多。

因为消息早已在异域传开，异域的很多人都知道石昊被困在了神药山脉，所以不少年轻修士赶了过来，想看看石昊最终会落得怎样的下场。

异域的各族人马了解神药山脉的情况后，蜂拥而至，其中也有很多前辈高手。他们担心年轻人对付不了石昊，于是跟了过来。

神药山脉外就像举办盛会一样，诸多大族都有人露面，热闹非凡。

“咦？那是谁？眉心生有九目，我没听说哪一族有这种特征啊！”

“那是……九目道人，是一位传说中的前辈。他修成了九眼神通，实力强大，在他那一代中负有盛名。”

这时，一些名宿的出现引起了异域众人的议论。

异域的年轻修士们发现不止一两位前辈高手来到了此地，而是一群！

“对付一个荒而已，怎么来了这么多前辈？难道是想钓大鱼？”一个年轻修士悄声道。

与此同时，石昊正在神药山脉中挥着拳头，叫嚷道：“终于可以大展身手了！”

第1195章 开战

WANMEI SHIJIE

有了葬士跟随，石昊底气十足，除非异域有至尊出马，不然谁都拿他没办法。

神药山脉中虽有大机缘，但也不是谁都可以闯的，因为这里是著名的险恶之地。

“万一那些修为在遁一境的大修士贪生怕死，不敢进来，岂不是白白浪费我一片心意？”石昊自言自语道。

那群老魔头到底敢不敢进来？石昊有些怀疑。虽然山外来了很多高手，但是不一定每一个都会进来，如果只是对付年轻一代，他觉得完全没有问题。

“要不我们一起闯到神药山脉外面去，主动攻击那些家伙？”石昊努力撺掇葬士攻击异域的生灵。

葬士无视石昊的话，银色的瞳孔如湖泊般平静，没有一丝波澜。

“荒在这里！”突然，有人大叫道。

原来是异域派出的一队人马，这队人马有七八个年轻人，其中半数为王族高手。

“怎么没有老家伙？我还做了充分的准备呢。”石昊嘀咕道。

异域的这队人马惊慌失措，脸色顿时变得惨白。他们只是在为其他人开路，结果却遇到了石昊和葬士。

“葬士怎么跟荒走在一起？”

“荒简直就是一个魔王，居然与葬士结成了盟友！”

异域的年轻修士们万万没有想到石昊会与葬士如此可怕的生灵并肩同行，看他笑得那么灿烂，就差跟葬士勾肩搭背了。

“逃啊！”异域的一个年轻修士大喊一声，转身就逃。

刹那间，缩地成寸神通，天涯咫尺祖术一齐出现。此时异域的几个年轻修士只有一个念头，那就是有多远跑多远。

“见鬼了，石昊与葬士成了伙伴，难怪他这么厉害！”异域的一个年轻修士惊讶地道。

“荒分明就是最可怕的黄金葬士，黄金葬士与正常的人族没区别，他混在帝关中，图谋甚大！”异域的另一个年轻修士大叫道。

然而，无论异域的这几个年轻修士怎么喊，怎么叫，结局都已经注定了。

“哧！”

伴着一声轻响，石昊迅速化成一道光，挥动手中的大罗剑胎，一下子便除掉了一人。而后，他掉转方向，开始追击第二个目标。

被石昊追击的年轻修士嘶吼着，大喊着，十分绝望，他祭出的黑色天戈被石昊一剑就劈碎了。

当石昊再回头时，其他的几个年轻修士已经不见了，只看见黑雾弥漫，一片模糊。

“什么无畏狮子、神蛄族高手、帝族的年轻大人，怎么一个都不来？”石昊嘀咕道。

一路上，石昊和葬士又遇到了异域的几个人，但都不是厉害的高手。

“走，去地窟，是时候对付那个混账了！”石昊对葬士说道。他要去黄金牛的巢穴，找那个修为在遁一境的大修士报仇。

原本石昊就是朝地窟的方向走的，只要除掉修为在遁一境的大修士，他就会安心不少。那个修为在遁一境的大修士曾在火山中对他下手，他当时负了重伤，险些殒身。

“该讨这笔债了。”石昊沉声道。

前往地窟的路很顺利，石昊先带着葬士进入枯寂之地观察了一番，没有发现那头黄金牛。因为黄金牛被闯进神药山脉的异域人马惊扰了，所以一直在外，没有回来。

地窟幽静，没有声息。

在进入地窟之前，石昊多次叮嘱葬士：“千万要收起所有的气息，不然那个家伙铁定会逃走，他比狐狸还狡猾！”

让石昊感到惊讶的是，葬士确实很不一般，这里明明黑雾弥漫，压力极大，葬士却很平静，似乎没有任何感觉。

“锵”的一声，石昊不小心踩到了阵纹，刺目的光顿时迸发出来。

修为在遁一境的大修士非常谨慎，怕自己修炼到关键时刻黄金牛会突然回来，故此设下了一些法阵。这时，法阵起到了预警的作用，修为在遁一境的大修士睁开双眼，第一时间发现了石昊。

“是你这个小崽子，居然还敢出现在我的面前！”修为在遁一境的大修士冷笑起来。

池子中的金色汁液效果极佳，虽然才过去没多长时间，但是修为在遁一境的大修士已经利用金色汁液治愈了伤口。

“你居然躲在这里！”石昊不断后退，故意惊讶地说道。

“哈哈，小子，真是天堂有路你不走，地狱无门自来投，活腻了吧？”修为在遁一境的大修士毫不掩饰地大笑道。

他眼中闪烁着逼人的冷光，心想：不管怎么样，我都要把荒解决了，这样一来，既可以为年轻一代除掉大患，又可以避免荒将黄金牛引来。

“我下次再对付你！”石昊大喝道。

“小崽子，你进来了还想逃，门儿都没有！”修为在遁一境的大修士厉声道，伸出一只大手向前抓去。

石昊躲过大手的攻击，迅速改变方位，想从地脉的大裂缝中逃走。

“给你一个选择，你若是自缚手脚，跪在我的面前，我便带你回异域，暂不取你的性命。”修为在遁一境的大修士冷冷地说道。他先是动用场域禁锢这片区域，堵住石昊的逃生之路，然后走出金色的池子，用大手拍向石昊的头顶。

“你跪在我面前求饶还差不多！”石昊大吼道。

“送你往生！”修为在遁一境的大修士欲取石昊的性命。

“砰！”

惊天动地的声音响起，修为在遁一境的大修士感到手臂一阵剧痛，一个被黑雾包裹着的生灵一把抓住了他的臂膀。

“轰！”

伴着一声巨响，修为在遁一境的大修士的身体发出刺目的光芒，瞬间照亮了地窟。然而，他被那只黑色的大手牢牢地抓着，根本就没有办法挣脱，与此同时，一股强大的毁灭性力量涌进了他的躯体，他的手臂当即就变得漆黑如墨了。

“啊——”修为在遁一境的大修士惨叫了一声。他的手臂受到了极大的创伤，渗出了鲜血。

“葬士，你是来自古葬区的生灵！”修为在遁一境的大修士嘶吼道，这才明白自己遇上了怎样的对手。

修为在遁一境的大修士自然比一般人更了解葬士，深知不能轻易招惹这种生灵。

“咔嚓！”

清脆的声音响起，修为在遁一境的大修士果断放弃了自己的手臂，打算效仿壁虎断尾逃生。可是，他低估了葬士的反应速度，葬士抓住了他的一条腿，使他动弹不得。

“你……本该沉眠，为何要出手？”修为在遁一境的大修士问葬士。

“这是我的结拜兄弟，你还是安心上路吧。”石昊笑着对大修士说道。

修为在遁一境的大修士又惊又怒，内心受到了极大的触动，这个荒太诡异了，居然和葬士走在了一起！

“啊——”修为在遁一境的大修士愤怒地大叫着，极力摆脱葬士的束缚。他知道自己中了葬士的诅咒，如今只能看着肉身渐渐失去生机，直至殒身。

“嗖”的一声，修为在遁一境的大修士口吐剑光，想让石昊为他陪葬。

“当！”

葬士手指一弹，响声清脆，当即击散了那道剑光。

“哧！”

随着一声轻响，剑光一闪，石昊一剑刺进了修为在遁一境的大修士的眉心，毁灭了他的元神。

“都进来吧，最好都来神药山脉寻我，好让我将你们一个一个除掉！”石昊自语道。

第1196章 母根

WANMEI SHIJIE

“这地方真不错，我想在此闭关。”石昊盯着金色的池子嘀咕道。

“哞——”

这时，黄金牛的吼声传来。它正在地窟附近徘徊，为了追击修为在遁一境的大修士，又寻了过来。

“走吧！”石昊对葬士说道。他不想和那头黄金牛碰上，虽然有葬士在身边，但是真的对决的话，谁胜谁败还不一定。

那头黄金牛疑似是以仙家手段复活的生灵，即便现在的实力远远无法与过去相比，但相对常人来说也很厉害。

葬士始终很镇定，尽管除掉了一个修为在遁一境的大修士，也没有什么情绪波动，如同一根干枯的木桩一般。

“那株天神树去了哪里？”石昊自言自语道。

神药山脉中有一株天神树，在石昊看来，天神树比神药更珍贵。

葬士默默地跟在石昊的后面，心想，这个年轻的家伙有点不可靠，刚才不是叫嚷着要去对付异域的一群老魔头吗？怎么现在又要找一株树了？

“反正我们从这里路过，若是能顺手带走它，那将是极大的收获！”石昊喜形于色，对葬士说道。

传说，如果得到天地间的四株天神树，让四株树合一，便可得到一株仙药树。

仙药树的果实是稀世至宝，从古至今都没有出现过几次，传说只要吃下它，就能成为真仙。也正是因为如此，仙药树才会被冥冥中的一股力量分成四株树，不过，也有人说是因为它在大战中受到了影响，母根断成了四截。

“喂！老树醒一醒，这里有你的兄弟，请你帮我找一找。”石昊取出一个瓦盆，温柔地呼唤着。瓦盆中栽种着一株小树，小树通体璀璨夺目，散发出神圣的气息。

这株天神树是石昊在三千道州与年轻修士争霸时，从那片仙古遗地中带出来的。瓦盆内的土壤是万物土，这种土可让万物不腐，孕育生命，据闻仙王殒身后都是用这种土安葬的。

据说，只要将遗体埋在万物土中，即使千百万年后，也可能会孕育出新的生机。当年，石昊之所以能够带走天神树，就是因为万物土。

金色的天神树还没有表态，一旁的葬士却先一步有了动静。他瞬间就到了石昊近前，伸手准备抓取万物土。

“你要做什么？”石昊抱着瓦盆快速倒退，抽出大罗剑胎作为防备。

“葬土……你……从哪里得到的？”葬士传出模糊的神识。

石昊有点摸不着头脑，葬土？他低头看了看积聚在一起的晶莹砂粒，原来这就是传说中的葬土。

石昊立刻明白了，葬士口中的葬土便是神圣无瑕的万物土。

“这东西可滋养万物，孕育新生，有初始时代的生命精气，怎么会是葬土？”石昊有些怀疑地说道。

“这是传说中最珍稀的葬土之一，你手里居然有！”葬士银色的瞳孔闪烁着神光，背后的腐烂羽翼扇动着，带起恐怖的黑色云雾。

葬士一直处于黑暗之中，石昊到现在都没有见到他的真容。

“等一等！”石昊一下子想到了很多，感到头皮一阵发麻，“几位仙王临终时皆费尽心力寻找万物土，还将自身埋了进去，这……想成为葬士吗？”

“不可能，非我族不能成为葬士！”葬士否定了石昊的猜想。

“让我静一静！”石昊摆手，拿出万物土后，居然引发了一系列的猜想。

“小家伙，你叫我有何事？”很长时间后，老天神树开口了。

石昊回过神来，不再多想，道：“你有一位兄弟在这里，能否将它寻出？”

“我感应到了，有一截母根在附近，让我试一试。”老天神树说完，便将枝叶晃动起来，一股天神树特有的气息飘向远方的山岭。

很快，远处有一股相同的神圣气息传来。

“走！”

石昊抱着瓦盆，快速向山岭深处跑去。

很快，石昊和葬士见到了一株天神树，它通体火红，很是耀眼。四株天神树的颜色不一，这一株是赤红色的，它虽然没有石昊想象中那么高大，但是气势绝不亚于石昊手中这株金色的天神树。

当年，金黄古树被发现时，树冠比山岳还高，如今它缩在瓦盆中，没有显露真身，看起来不是很高。

“兄弟，回家了，别跑！”金色的天神树叫道。

那株赤红的天神树发现石昊他们后，拔根而出，转身就跑。它奔跑起来比施展缩地成寸神通跑得还快，一眨眼就没影儿了。远处传来它的声音：“与葬士混在一起，想坑我，没门儿！”

赤红的天神树扎根在山脉中，毗邻古葬区，显然知道葬士是什么，它很不待见这种神秘的生灵。

“追啊！”金色的天神树比石昊还急，大声催促道。它甚至想从万物土中拔根而起，亲自追赶那株赤红的天神树。

“你别乱动，我来追！”石昊可不敢让金色的天神树乱跑，万一得不到前方的那株天神树，还失去了这一株，那就亏大了。

“咦？一株天神树。这东西会跑，太快了，拦住它！”就在此时，前方传来一阵呼喝声。异域的一群人进入深山，正好堵住了那株赤红的天神树。

这一次来的不仅仅是年轻人，还有两位老者。

“别怕，我来救你。”石昊在后面喊道。

“荒，是荒跟了过来！”异域的一个年轻人大喊道。

“哈哈，正要寻他，居然自己送上门来了，有九目道人前辈在此，拿下他易如反掌！”异域的另一个年轻人大笑起来。

“你们是进山送命来的吗？”石昊淡淡地说道。

异域的一群人面露不屑之色，看向从山林中走出来的石昊。

“也好，先解决了你们再说，我会将你们这次来的所有人都除掉，让你界等候佳音的各族人马大吃一惊！”石昊冷冷地说道。

第1197章 九目道人

WANMEI SHIJIE

九目道人的眉心有一排竖眼，额骨周围弥漫着洁白的雾气，让他的面容看起来有些模糊。他身穿灰色道袍，散发出一股惊天动地的气势，整个人如同深渊般深不可测。

九目道人修成了九眼神通，实力远远超过同等级者，在他那一代人中是赫赫有名的人物。

“年轻人，你没有必要这么张扬。这个世间从来不缺少奇才，历代以来号称天下第一的奇才，又有几个能真正走到最后一步？”虽然九目道人没有呵斥石昊，但是这种警告表明了他的态度。

“老家伙，少倚老卖老，你觉得自己能从年轻一代中活下来很了不起是吗？可你如果在这个年纪殒身，就算不上寿终正寝了。”石昊相当不客气地说道。

“闭嘴，居然敢反驳九目道人。荒，今日你逃不掉了！”

“嚣张！一会儿看你如何求饶，九目道人会亲手除掉你！”

异域的年轻人承认荒的确很强大，可是他居然敢对前辈如此不敬，这简直不可饶恕!

“可惜神蛄族的高手不在，无畏狮子中的返祖者也不在这片区域，不然的话，年轻一代就有强者可以直接除掉你！”异域的一个年轻人冷笑着对石昊说道。

石昊一点也不生气，朗声道：“那就来吧，别客气！”

这时，九目道人身边的一位老者开口了：“现在的年轻人真是自负，想当年我们虽然也年少轻狂，但是不至于敢小觑天下所有的生灵。呵呵，年轻人，你虽然有点实力，但毕竟还没有成道。你们的先祖，上一纪元的先民也很骄傲，最后还不是成了失败者吗？”

异域的这位老者个子不高，但气势惊人，他言语之中提到了九天十地的先民，这等于是在揭九天十地的伤疤。

“没什么好说的，拿下荒！”九目道人厉声道，向石昊逼去。

异域的几个年轻修士都跟在九目道人后面，将石昊围了起来。

石昊主动挑衅，就是怕异域的这队人马过于分散，不好对付。他最担心的是九目道人和异域的那位老者太敏锐，提前感受到葬士的气息。

实际上，石昊多虑了，异域的这队人马刚进山没多久，并不知道葬士的存在，怎么会防备？

“道兄，还是让我来吧。”异域的老者的笑容很冷，也很残酷。

“也好，交给你了。”九目道人点头道。

“嘿嘿，一代凶人荒终于要殒身了，可惜没能看到帝族的年轻大人亲自出手，原本还想见证那一伟大的时刻呢。”异域的一个年轻人叹道。

“倚老卖老！我不陪你们了，走人！”石昊说完，作势欲逃。

“来都来了，还想走？留下吧！”异域的老者喝道。“轰”的一声，他将袍袖一抖，向石昊兜去。

大袖化成一个朦胧的世界，将石昊遮盖在下方，欲将他收进袖里，这是袖里乾坤神通。

“既然你盛情相邀，那我便不走了，不过你可别后悔！”石昊站在猎猎罡风中，身子挺得笔直。

“嗯？”

突然，异域的老者大吃一惊，因为大袖落下时，一道乌光被收了上来。确切地说，是对方主动冲进了他的袖里。他急忙抬手压了下去，动用大法力，全力以赴地攻击。

“噗！”

然而，异域的老者在第一时间就吃了一个大亏，先是他的整条手臂被抓住，接着他的袖里乾坤世界也崩裂了。

“轰隆！”

惊天动地的声音响起，黑雾向四处扩散。

葬士显现真身，束缚了异域的老者，让他动弹不得。

异域的老者太大意了，以为出手就能拿下石昊，没有料到暗中还有一个可怕的葬士。

“啊——”异域的老者的头发瞬间就变得枯黄了，身体也干瘪了。

这一切发生得太快了，异域的这队人马原以为荒会马上束手就擒，没想到自己这一方的名宿竟当场遭了劫。

“你不是让我留下吗？好，我便站在这里，看你这般遭罪，不如让你解脱！”石昊说完，抽出大罗剑胎，刺中了异域的老者。

异域老者的元神想要挣脱，却被一股黑色气息缠住了。

“噗！”

伴着一声轻响，石昊猛地挥剑，刺透了异域老者的元神。

异域的几个年轻修士顿时从头凉到脚，像是做了一场噩梦一样，难以接受眼前的事实。这一切发生得太快了，很多人都还没有反应过来。

“退，他是葬士！”九目道人大吼道。

但是，已经晚了，葬士准备了多时，就等着此时的凌厉一击呢，他背后的一对腐烂羽翼快速放大，刹那间笼罩了天际，不祥之气随之弥散开来。

强大的场域禁锢了这片区域，惨叫声此起彼伏。

九目道人睁开九只竖眼，九道神光一齐射出，气势惊人。他撕开黑雾，打开一角封印，欲带着年轻修士们逃出去。

这时，葬士的一对羽翼朝着九目道人射出的九道神光迎去。一时间，火星四溅，黑雾翻涌，九道神光接连被毁。

不仅如此，葬士的那对羽翼还压在了九目道人的身上，遮住了他的额骨，覆盖了他的九只竖眼。与此同时，葬士动用了一种特别的古术，除了石昊外，所有人都如同戴上了枷锁般，动弹不得。

“我动不了，没有办法逃走！”

“不好，九目道人前辈施展出那么大的神通，结果……还没来得及血拼，就被压制了！”

不少年轻修士难以忍受身体的剧痛，哇哇大叫着。

“真没意思，毫无成就感。”石昊摇头道。因为这一次葬士大发神威，一口气定住了所有对手。

“你们怎么不逃啊？这样对决有什么意思？”石昊故意这样说道。

异域的一群人恨不得破口大骂，心知如今落在了荒的手里，肯定要遭殃。

“我这个人最见不得别人受苦。你们中了葬士的诅咒，如此痛苦，我还是送你们上路吧。”石昊说完，便向前走去，扬起了大罗剑胎。

异域的一群人皆汗毛倒竖，这不是真正意义上的战斗。他们还没有展现出一身修为，便被葬士封印了，若是就这么殒身的话，那也太不值了。

尤其是九目道人，他在异域负有盛名，号称他那一代的佼佼者，现在却要莫名其妙地殒身了，这简直让人无法接受！

“就从你开始吧。”石昊缓缓走向了九目道人。

“小崽子，你……”九目道人大声呵斥道。结果他连话都没说完，便殒命了。

剩下的异域年轻修士皆感到毛骨悚然，同时为九目道人感到悲哀，堂堂一代高手居然就这样殒身了。

“哧！”

伴着一阵轻响，石昊接连挥动大罗剑胎，异域的生灵没有一个能幸免。

可惜赤红的天神树跑了，不过石昊倒也不气馁，继续追寻它的踪迹。

“呵呵，荒应该被拿下了吧？已经陆续进去了六队人马，还有几个老伙计跟随，我想他肯定插翅难逃。”神药山脉外，一位老者手捋胡须，笑着说道。

“千万不要一不小心就除掉了他，说好要留下活口，帝族的那位年轻大人可是有吩咐的。”另一人低语道。

“神蛄族的人也是这么说的，称荒是一块上好的磨刀石，可供年轻一代练手。”老者这般说道。

“不好了，几位大人，出事了！”远处有人大喊道。

“怎么了？难道是没有生擒到荒吗？”一位老者问来人。

“是不是路途上遇到了大麻烦？我们带来了百劫天梯，它能带着你们顺利进入神药山脉。”另一人这样说道。

“都不是。”来人满头大汗，想要开口又不知道应该从何说起。

“慢慢说，不要慌。即便是一不小心除掉了荒也无大碍，帝族的年轻大人那边由我去解释就好了。”王族的一位重要人物也开口了。

第1198章 大危机

WANMEI SHIJIE

几位老者面带笑意，与一些中年人共同坐镇于此，他们都是领军人物一样的存在。

“呵呵，不急，慢慢说，天塌不了。有什么事，我们扛着。”一位生有花白胡须的老者笑道。

“大人……”来人哭丧着脸，跪拜下来。

“说吧，到底发生了什么事情。一个荒而已，随便进去一个修为在遁一境的人就能将他擒住，你们将他怎样了？”另一个中年人浑然没有将石昊放在心上。

“几队人马全灭，几位老大人都没了！”来人跪在地上说道。

这些话一出，此地刹那间没了声息，所有人脸上的笑容都凝固了，时间好像静止了一样。

怎么会这样？

荒虽然有天纵之资，实力不凡，但是还没有成长到让老一辈忌惮的那一步，怎么可能击败老辈的王族高手？

刚才异域的一群人还很淡定，大笑着在这里高谈阔论。在他们看来，结果早已一目了然，现在他们听到这样的消息，犹如晴天霹雳。

异域的一群人的表情不断变换，从淡笑，到僵硬，再到眉头紧皱，接着额头青筋冒起，脸色铁青，甚至有些狰狞。

尤其是刚才那几位颇为自信的老者，现在脸色都十分难看，这太出乎他们的意料了！

“那几个老家伙怎么可能会被荒斩灭？！”一位生有三颗头颅的老者脸色阴沉，难以置信。他的左侧肩头是羊头，金黄璀璨，连羊角都是金色的；中间为黄金人头；右侧是大鹏头，眼神犀利。

“我没有见到荒，只看到了几队人马的遗骸。”来人的声音都在颤抖。

那番景象实在是太恐怖了，无论是年轻一代的修士还是老一辈的强者，都是一样的下场。

“是谁在出手？难道帝关中有什么高手混进了神药山脉？”生有三颗头颅的老

者说道。他是三头王族中的变异者，拥有金色的血液，三颗头颅与本族其他人的不一样。

“进山！”后方，一个满身银色鳞片的怪物大喝一声。它看起来跟穿山甲差不多，头上生有银色龙角，背后长着八对银翅。

“出大事了！应该是葬士被人惊扰出土了，我们得进山施以援手，带上百劫天梯！”那位生有三颗头颅的老者说道。

异域的几位老者通过那些遇害人的死状做出推断，认为不少人马丧命于葬士之手。不过，他们没有想到葬士与石昊是一路的，因为在他们看来，那种从古葬区走出的生灵不会和别人走在一起。

“真有葬士出手的话，我们不见得能与之抗衡。”另一位王族的老者沉声道。他们虽然很强，但不是至尊，与葬士对决会很吃力。

“可是我们不得不进去，那位帝族的年轻大人已经踏入了山脉！”那个形似穿山甲的生灵严肃地说道。

这是一件大事，一位帝族的年轻大人进入了神药山脉，他们必须前去救援。因为葬士太危险，那位年轻大人即便有异域的古宝等，也不见得能全身而退。

“也许是葬土裂开了，一旦葬土与外界相连，麻烦就大了！”一位王族的老者说道。

“速去禀报几位老祖！”那位生有三颗头颅的老者对旁边的人吩咐道。

异域的几位老者都是达到遁一境巅峰的大修士，他口中所说的老祖很明显是至尊。这次异域派人来神药山脉围剿荒，居然连至尊都出动了，异域绝对有所图谋！

这一次的确有至尊抵达边荒，不过他们没有在神药山脉，而是在远处的关键之地守着一些重要的地点。每一个关键之地都矗立着一座阵台，阵台由至尊亲自镇守。

毫无疑问，阵台是为帝关的最高层准备的，一旦他们赶来，异域的至尊便会将他们消灭，以绝后患。

事实上，关于至尊要不要亲自赶赴边荒，异域众人的意见是有分歧的。

有些人持反对意见，觉得没有必要让至尊出手，在他们看来，荒虽然是个奇才，极具天赋，但是还未达到惊动高层的地步。但是有些人坚持让至尊坐镇阵台，再一举拿下荒，他们认为那样帝关就会迅速衰落，因为铲除帝关的高手对帝关来说是致命的打击，会使得帝关的士气低落到极点。

到了那个时候，只要不朽者下法旨进行“招安”，多半就会有长生世家投诚，然后主动打开那扇号称牢不可破的古城门，迎接他们入关。

而这一切都是基于一个重要的消息，那就是帝关有人曾穿过边荒向异域示好，还提供了一些重要的信息。

帝关的那个人不仅告知他们石昊在神药山脉，还说石昊很被看重，如果孟天正得知石昊遇险，说不定会说服其他至尊一同前往神药山脉展开救援。

帝关的那个人对大长老、石昊等人的性格把握得很到位，给异域高层提供了重要的参考信息。

异域的强硬派这一次想搏一把大的，先是让人给几位至尊送了消息，之后再派出生有三颗头颅的老者等人进入神药山脉的深处。

无论对石昊还是帝关来说，这都是一场大危机！

此时此刻，帝关很不平静，暗流涌动。

帝关中出现泄密者这件事非常严重，如果不抓紧时间揪出泄密者，帝关将会人心惶惶，谣言四起。不过，任何人进入帝关必须经过阵台，有严格的限制。到目前为止，帝关还未出过任何事情。

帝关就像是一个庞大的生命体，能够轻松地查出通行者的血脉等信息，而且只有从帝关中走出去的人才能回来，其他的生灵一概不允许入关。

“虽然几个年轻人没有回来，但我不认为是他们泄的密，这只是巧合。”帝关的一位老者冷静地说道。

不少人齐聚在一座宏丽的铜殿中，铜殿可以容纳数十万人，此时坐在这里的都是各族有头有脸的人物。这次大会的目的就是让各族自查，寻出可能有异心的人。

从某种意义上来说，异域让帝关知道了帝关内部有人泄密，这件事算是一种成功，如果异域巧妙利用这种猜忌，说不定会有大收获。

“我觉得是荒泄的密，不然他怎么敢一个人跑到神药山脉？他肯定是去跟异域的人碰头了！”

“没错。据我所知，神药山脉有异域的生灵出没，荒若不是泄密者，早就殒身多时了，不可能现在还活着！”

一些人叫嚷着，给石昊扣上了不可饶恕的罪名。很明显，这些叫嚷的人都是追随王家和金家的，石昊与两大长生世家不睦，因此这些追随者故意污蔑他。

“将荒的那些狐朋狗友都拘禁起来，先审问他们，看看能否查出一些线索！”一个年轻人朗声道。

最近一段时间以来，王家和金家都在极力拉拢身边的人，许以他们莫大的好处。一些人虽然敬畏大长老，但是更怕王长生与金太君联手。

“闭嘴！”铜殿上方，一个中年人喝道。

一群追随者顿时一愣，那不是王家的“九条龙”中的一人吗？他满头灰发，身材魁梧，眸子像星辰一样璀璨。

“用你们的脑子想一想，荒连胜异域的十位年轻强者，与异域结下了大仇，他会叛变吗？”就在此时，一位老妪开口了。她的目光如利箭一般锋利，仿佛能将人的肌体都刺伤。

这位老妪周身弥漫着混沌之气，气势惊人，她是金太君的女儿，实力强大，今日也参与了铜殿中的聚会。

金家和王家的一群追随者心中有些不解，就算知道荒不可能叛逃，此时随便嚷嚷两句又如何？这不正是两大长生世家想要看到的吗？

他们觉得有些尴尬，没有想到马屁拍在了马腿上，两大长生世家貌似不怎么领情。

“荒还是个孩子，天资过人，潜力无限，我们得救他。”此时，一位老者开口了。

第1199章 至尊复苏

WANMEI SHIJIE

这位老者慈眉善目，语气平和，建议众人去救荒，以免荒在神药山脉白白殒身。

刚才说荒是泄密者的那些人顿时变了脸色，疑惑不已，这位老者来自天人族，不是听闻天人族与荒有仇怨吗？他为什么还帮荒说话？

“年轻真好啊！荒是一个有潜力的孩子，我们不能眼睁睁看着他遇害，不然对于整个九天十地来说，这将是莫大的损失。”天人族老者叹道，并直言过去天人族对不起荒，虽然他们有过冲突，但是现在他一定要助荒一臂之力。

不少人面露异色，心想，老家伙到底是出自真心，还是作秀？难道是有意向一些人示好？

“荒不知天高地厚，贸然闯进神药山脉，落得那个下场怪得了谁？”追随王家的一个人突然站了出来，试图阻拦他人营救石昊。

“那是他自己的错，我们为什么要去救他？这对其他人来说太不公平了，难道别人的性命就不是命吗？”一个追随金家的年轻人这般说道。

这时，那个满头灰发的中年男子眸中射出神光，口鼻喷出混沌之气，冷冷地看向说话的几人。他是王家九子中的第五子，实力深不可测，在帝关中唯有大长老等为数不多的几人可以打败他。

“闭嘴！在大是大非面前，总是这般耍心机，当诛！”王五厉声道。他很魁梧，哪怕坐着也比别人高出一个头，如同一条人形蛮龙。

刚才说话的几人顿时大口吐血，踉跄着后退了好几步。

王家的追随者们在心中琢磨了片刻，觉得王家也许只是在做戏给别人看，不见得会营救荒，不过，他们也不敢再随意发表看法了。

“那就商量怎么救荒吧，最好不要让我们的精英有损伤。”金家的那位老妪开口了。

“我看，还是直接去祖坛面见几位至尊，请他们出关吧，那样肯定可以迅速将荒救回来。”一个颇有声望的中年人说道。

就在这时，一条金光大道从祖坛铺展到此地，一位老者踏着金光大道，径直抵达铜殿，正是大长老。

“拜见孟前辈！”所有人都起身行礼。

大长老收起自身的气息，看上去和普通的老人没有什么两样，不过还是让人觉得有些难以接近。

“孟前辈，我等正在商议如何救荒。”金家的老妪对大长老说道。

王五虽然对大长老没有好感，但是此时也站了起来，没有太失礼。

“你们继续！”大长老坐下，让众人接着商议。他皱着眉头，神色严肃，知道神药山脉发生的事后，很是担忧。

“孟前辈，我们觉得应该马上去救荒，您觉得呢？”有人问道。

大长老叹了一口气，目光坚定，看向众人，点了点头，道：“我会亲自去救他。”

“是谁往我兄弟身上泼脏水？还说他是泄密者，叛逃到了异域，一派胡言！”这时，铜殿门口传来吵嚷的声音。曹雨生赶到了，此外还有太阴玉兔、长弓衍等人。

平日里，年轻人是没有资格进入这座铜殿的，但是今日情况不同，长老们破例让年轻人进入了此殿。

“没人去救荒吗？那我就请我师父出关，我就不信救不了荒！”曹雨生咋呼道。

曹雨生的师父非常神秘，除了少数人外，几乎没有人知道他的来历。

曹雨生的师父能预测未来的事，比如曹雨生整日说自己要被活埋，且会在无穷岁月后再现人间并成仙，就是他师父的预言。

“你在这里吵什么？出去！”王五的声音如惊雷般在铜殿中响起。他仅凭一声断喝就能让曹雨生形神俱灭，即便他不下狠手，也足以让曹雨生大口吐血，横飞出铜殿。

然而，金太君的女儿，也就是那位老妪大袖一挥，挡住了王五发出的声波，护住了曹雨生。

大长老望向王五，目光冷厉，王五顿时感到头皮一阵发麻。他虽然很厉害，但是面对大长老还是硬气不起来。

“替我向你师父问好。”大长老转过头，对曹雨生说道。

仅此一句话便让在场的所有人变了脸色，就连王五也大为震惊，孟天正是何等身份，居然对那个小胖子如此客气，还与他的师父是旧识，看来小胖子的师父来头不小。

“大长老，赶紧去救石昊吧，我担心他出事！”太阴玉兔很是焦急，对大长老说道。在他们看来，若是晚一分钟，石昊的情况就会糟糕很多倍。

“孟前辈，是否要去祖坛请出其他的至尊？”金太君的女儿问道。

“不必了，我自己去！”大长老朗声道。

“孟前辈，你一个人去太危险了，那里可不是什么善地。”有人劝道。

“我多年没有进行真正意义上的对战了，我的兵器还没有生锈，今日去走上一趟！”大长老仍坚持独自去营救石昊。

“孟前辈，最好请出一两位至尊相助。”金太君的女儿劝道。

“荒算是我的弟子，他若有难，自当我出面。若是因此让帝关的其他人受损，我会心有不安。”大长老的语气很平静。

这个时候，众人仿佛看到大长老的躯体中有一团火焰，火焰熊熊燃烧着，似乎即将冲出体内。

众人知道那是至尊的战血，它一旦全面散开，就会造成惊天动地的影响，连日月星辰都会被波及。

相传，一滴至尊血就能击落星辰、毁灭太阳，威势惊人。不过，一般的人都没有见过至尊血。

今日，许多人都明白了，大长老毫无保留地释放战血，不是对决那么简单，而是要以命相拼！

“轰！”

伴着一声巨响，大长老走出了铜殿，他体内的骨骼噼啪作响，一股恐怖的气息散发出来，瞬间震动了整个帝关。

要知道，帝关的城墙是以星骸堆砌而成的，其规模之大令人难以想象。此时此刻，全城的人都感觉到了一股恐怖的气息，整个世界仿佛都在战栗。

“轰隆！”

又是一声巨响，大长老体内的至尊血液被彻底释放出来，血液流动的声音比雷声还大，势头比山洪暴发还凶猛。

大长老没有让威势影响帝关，一切的变化只限于他的体内，不然将会造成一场大灾难。

“他……难道已经突破了吗？”王五脸色骤变，自言自语道。

此时，大长老已经悬在了空中，至尊血的复苏让他的身体迅速地发生了变化。

“返老还童，这是获得了新生吗？”有人惊呼起来，瑟瑟发抖。

大长老体内的骨骼噼啪作响，肉身发光，不断地变大。

大长老本是一个枯瘦的老人，岁月在他身上留下了不少痕迹，而现在他像是完全变了一个人一样。

“轰！”

惊天动地的声音响起，在场的所有人皆目瞪口呆，难以置信。

悬在空中的是一个年轻人，他黑发披散，英姿勃发，眸若星辰。

这是大长老孟天正吗？

他看起来最多二十五六岁，处在人生的黄金时期，身体修长而强健，近乎完美，目光冷峻，英气逼人。

大长老穿着一件黄金战衣，金色的光芒包裹着他，让他看起来如同一位无敌的战神。

大长老极力压制着血气，可还是有不少人跪在地上叩首，这完全是出于一种本能。就连王五和金太君的女儿也面色发白，快坚持不住了，欲叩拜大长老。

第1200章 觊觎仙药

WANMEI SHIJIE

大长老满头黑发，英姿勃发，身躯挺拔，这跟以前哪里有半点相似之处？简直就是变了一个人！

一身黄金战衣将大长老衬托得英武盖世，看起来二十五六岁的他有一种无敌的气概，双眸开合间闪烁着神光，体外还环绕着一个绚烂的黄金神环。

大长老如同一位从上一纪元活下来的战仙，渡过岁月长河来到此地，散发出未知与神秘的气息。

许多人都怀疑大长老冲破桎梏，迈出了关键性的一步。

王五知道自己根本没有资格挑战大长老，“九条龙”中也许只有王九有底气与大长老对决。

王家有“九条龙”，末者为最。传说，王九不会比王长生弱多少，早已踏足人界的至高领域。

“哧！”

大长老一抬腿，星斗转动，混沌之气翻涌，接着便消失在天际尽头。他要前往城门所在的位置，欲借助阵台出关。

也不知道过了多久，跪拜在地上的一些人才站起身来，他们无比震惊，那就是真正的至尊复苏的样子吗？

大长老在年轻时走上了以身为种的路，可惜在最后关头出了意外。可以说，在那个时候，大长老的成就是前无古人，后无来者的。那一次的失败让他险些形神俱灭，但是他并未放弃，从未气馁，默默疗伤，调理身体。

看着同辈的人先后崛起，自己却止步不前，道体半废，大长老感到既无奈又痛苦，但最后他还是归来了！

多年后，大长老道体上的裂痕消失了。他站了起来，并最终屹立在人界的巅峰。

如果不是天地环境大变，大长老早就成仙了。

所有人都知道大长老天资过人，他若非年轻时遭受了创伤和打击，肯定比现在还要强大。

“孟前辈年轻时的样子真英俊，整个人都在闪闪发光，我觉得这才是真英雄！”一个少女赞叹道。

“这老家伙真邪门，难道他在近期成功涅槃，又一次孕育出了大量的生命力？”王五皱着眉头，很不服气。

神药山脉的最深处，石昊和葬士一路狂奔，来到了一片郁郁葱葱之地，这里的树都绿得发光。

“道兄，请救我！”此时，树海中，有一株赤红的树正在向那些发光的树求救。

“天神树，不要逃了，我真的没有恶意。你看，你的一位兄长就跟在我身边，还得到了万物土的滋养。”石昊冲着那株赤红的树喊道。

“这些是扎根在死人堆里的尸树。”金色的天神树见多识广，看出了这些发光的树的来历。

“你堕落了，居然向尸树求救！”金色的天神树对着那株赤红的树喊道。

“总比你强，竟跟在葬士的身边！这些尸树并无真正的意识，不会跑出去作乱！”赤红的天神树怒斥道。

葬士闻言，体外的黑雾更浓郁了，随后他开始低声吟诵一种古咒语。

此地突然变得诡异起来，明明是白天，天却昏暗了，紧接着，阴风怒号，黑雾弥漫。

很快，树海发出刺目的光芒，一股强大的力量释放出来，所有的树都在颤抖，而后纷纷伸展枝丫。

“啊——”

赤红的天神树惨叫一声，十分惊恐。因为所有的树都动了，无数树干如同活过来了一般，欲撕咬它。

“放开我！”赤红的天神树大喊道。

石昊被吓了一跳，没想到葬士还有这么一手，居然能控制尸树。

“这是我族种下的，是一种守护葬土的低级树。”葬士见石昊面露惊讶之色，解释道。

石昊愕然，还有这种说法，原来尸树与葬土有关。这么说来，九天十地中的一些东西，比如说万物土、尸树等都是从古葬区传出来的？

“哈哈，老兄弟，别挣扎了，我们终于再聚了，今日便融合归一吧。”金色的天神树很高兴，这般说道。

黑雾弥漫，葬士出手压制了赤红的天神树，让它无法逃走。

当石昊他们赶来时，赤红的天神树已经彻底蔫了，无精打采的，终究是逃不出葬士的手心。

这株赤红的天神树很有意思，树干上有树洞，看起来与人类的口鼻眼等没有什么区别，树冠繁茂。

“与带有不祥之气的葬士长时间相处，我等会堕入黑暗。”赤红的天神树愤愤地说道。

“你多想了，我跟葬士没有关系。”金色的天神树不想让赤红的天神树误解自己，解释道。

“天神树前辈，你真的误会了……”石昊坦诚地道出了实情。他不想得罪赤红的天神树，因为它将来能蜕变成仙药树，仙药树作用甚大，可以让人立地成仙。

赤红的天神树惊疑不定，最后还是相信了石昊他们所说的，因为它并未在石昊身上感应到不祥之气。

“仙药树很了不起吗？古葬区的深处又不是没有。”就在这时，葬士突然开口了。

显然，赤红的天神树的话让葬士很不快，说得他们葬士好像洪水猛兽一样。

“你说什么？”两株天神树看向葬士，大吃一惊。

“古葬区的深处怎么走？”石昊心头一震，询问葬士。

“很远，你们去不了！”葬士拒绝回答石昊的问题。

“那里有仙药树？”石昊双目发光，锲而不舍地追问葬士。

石昊很想得到一株仙药树，有了仙药树，大长老就能突飞猛进，彻底挣脱天地的枷锁。

“有，而且不止一株，我见过，不过仙药树对我等作用不大。”葬士很冷静，仿佛在说一件很平常的事情一样。

石昊的眼睛顿时亮了起来，多株仙药树在古葬区中乱跑，光是想一想就让人口水直流，那可是成仙的大好契机啊！如果能将仙药树都带走，那九天十地中就会出现多名长生者了！

“大哥，带我去古葬区吧！”石昊顺势抱起葬士的胳膊，这般说道。

这股亲热劲让葬士立马起了一层鸡皮疙瘩，他快速后退了几步，确定离石昊够远了，才开口：“你我气息相冲，不要乱碰我。”

“没关系，我不在乎。再说，你又不是女子，不对，女葬士。”石昊为了表示热情，表现出一副毫不在意的样子。

“我在乎！”葬士大声道。

“为什么？”石昊不死心，继续跟葬士套近乎。

“就跟你看到一只蛤蟆爬上你的手臂一样，我觉得难受。”葬士简单而直接的回答让石昊的脸色当即沉了下去。

“你欺人太甚，我还没有嫌弃你呢！”石昊咬牙道。

“好吧，那就换一个说法，男女授受不亲。”不知道葬士是质朴，还是幽默，竟突然冒出了这样的说法。

石昊顿时没了脾气，问道：“你是女葬士？”

“不行吗？”葬士反问石昊。

“行，没问题！”石昊觉得自己有点被绕进去了。

“我不信，仙药树怎么会去古葬区？难道它不怕堕入黑暗，陷入万劫不复之地吗？”赤红的天神树突然开口了。

“其实是那几株仙药树自己不想走，它们在古葬区比在哪里都要安全。”女葬士应道。

“留着它们也是浪费，要不你去将它们捉来，我可以用万物土跟你换！”石昊搓了搓手，直咽口水。

女葬士闻言，皱起眉头，道：“仙药树对我无用，但是，或许……对古葬区深处的存在有用吧。”

石昊一下子就泄气了，他刚才还在图谋得到几株仙药树呢，难道真的没有希望了吗？

“也对，你身上带着不祥之气，与仙药树相冲，葬士中的至高存在说不定已经褪尽了不祥之气。”石昊轻叹道。

“的确有些用处。我想起来了，一位大人曾砍了一株仙药树，拿去做棺椁。”女葬士这般说道。

“这么奢侈？你告诉我那位大人住哪里，我要去找他！”石昊当即就忍不住怒了。

“那位大人养的一只鸡都能轻易打败你。”女葬士面露不屑之色，看向石昊，道。

“你真是女葬士？如果不是，信不信我打晕你？”石昊气愤至极，故意这样说狠话。

“我忘记说了，那只鸡没有落毛前，在古葬区外好像叫什么真凰。”女葬士淡淡地说道。

第1201章 禁地

WANMEI SHIJIE

石昊有些难以置信，古葬区深处的葬士养的一只鸡在没有掉毛之前其实是真凰？这也太荒诞了吧！

“不信就算了，传闻那只真凰浴火重生失败后被大人收留了，大人将它埋在葬土中多年，后来它就成了大人门口散养的一只鸡。”

“俞陀、安澜怎么不挖到那里，看一看到底谁更厉害。”石昊嘀咕道。

“若是真的挖到大人的家门口，保准有他们好受的。”女葬士冷冷地说道。

“一派胡言！仙药树若是生活在古葬区，就不怕被侵蚀吗？再有，便是再堕落的仙药树也不愿被人拿去做棺椁吧。”赤红的天神树根本就不相信女葬士说的话，在它看来，仙药树再怎么样也不会堕落到那一步。

“你以为古葬区的最深处就一定是死气沉沉的吗？”女葬士看向赤红的天神树，示意它仔细看一看石昊手中的瓦盆，“万物土便是最珍稀的葬土之一，有了这种珍贵的葬土，仙药树即便被伐过一次，也会重新生长。”

“我真的不能去古葬区吗？”石昊眼巴巴地看着女葬士，问道。他认为没得到一株仙药树，简直就是白白来了一趟。

“你上次见到古葬区的仙药树是什么时候？”赤红的天神树问女葬士。

“在我沉睡前见过。”女葬士回应道。

“你沉睡一次需要多长时间？”金色的天神树也凑了过来。

“时间短的话，是十万年；时间长的话，可能是半个纪元吧。”女葬士的回答让石昊大吃一惊，葬士一睡就是半个纪元，也太不可思议了！

“你真的不能带我去古葬区吗？”石昊再次询问女葬士，想看一看有没有其他什么办法。

“倒也不是完全不能，但是会很危险，你要试一试吗？”女葬士盯着石昊说道。

“这……”石昊很想去，但又害怕会有生命危险，便问女葬士，“能不能先让我在古葬区的外围看一看？”

两株天神树惊诧万分，这年轻人的胆子也太大了吧，居然敢进入古葬区！

“需要穿过山脉，去这个位置。”女葬士在地上简单地画了一幅地图，为石昊指路。

石昊脸色僵了僵，深吸了一口气，没有想到竟然是那个地方！

“去，我一定要过去看一看！”石昊毫不犹豫地点了点头，因为要去的地方正是他原本的目的地。

女葬士指的位置就是帝关中的那幅兽皮地图所标注的区域，位于神药山脉、天兽森林、古葬区的包围之处，属于一处绝地。

石昊对古葬区有浓厚的兴趣，想揭开它神秘的面纱。当然，更为重要的是，他原本就要到边荒寻找惊天大造化。

“你们要融合吗？”石昊问两株天神树。

“自然！”两株天神树不约而同地给出了回答。

石昊和女葬士为两株天神树护法，融合的过程很神秘，它们在虚空中碰撞，“轰”的一声，生之气息弥散开来。

虚空中，一团仙雾剧烈地翻腾着，两截根须融合为一体，那是真正的仙树之根！

枝叶摇动，沙沙作响，一道又一道精气释放出来，让此地充满了惊人的生命力。

最后，两株天神树融合在了一起，不过这不算蜕变完毕，融合还在继续，它们需要大量的时间才能真正合为一体。

“嗖”的一声，融合后的树体冲向了瓦盆，扎根在万物土内，汲取生机。

“我也要沉眠了，先休养半个纪元。”天神树对石昊说道。

石昊对天神树说道：“好生休养，等你蜕变，我会寻来另外两株天神树。”

随后，石昊又遇到了异域的几个修士，他提着大罗剑胎，亲自与之对抗。当遇上修为在遁一境的大修士时，便是女葬士出击。

“这群人有阴谋，他们不光想除掉我，还妄想钓大鱼，会不会引大长老过来？”石昊很担忧大长老会为了他掉进异域的圈套。异域很有可能派了至尊埋伏在外，布下了绝世大阵，静候帝关的人来救他。

石昊走来走去，焦躁不安，就算他在山中除掉再多异域的生灵也没用，大长老他们很有可能会中计。

“我得想办法警示大长老他们，不然他们若是赶来，肯定会被伏击。”石昊自言自语道。他问女葬士是否有办法给外界传递消息，因为凭借他们俩肯定没有办法闯出去，可现在他很需要向大长老他们示警。

“很简单。”女葬士应道。

“怎么做？”石昊面露惊喜之色，问女葬士。

“神药山脉地下的古葬区支脉通向大漠，汲取了大漠的气息后，我便可以发号施令。”女葬士淡淡地说道。

不久后，大漠中的金黄沙粒下，无数骸骨站立起来，在大漠中拼成了文字，场面震撼人心。

葬士这种生灵十分奇异，可掌控尸树和骸骨，哪怕隔得很远，也一样有效。

大漠中，由骸骨拼凑成的文字是石昊提前告知葬士的，他想以这种方式向帝关传递消息。

石昊告知大长老他们，他在神药山脉中与一个葬士合作，给异域生灵造成了较大的伤亡，不需要援助。此外，他的留言还反复提到异域的至尊埋伏在神药山脉外围，让大长老他们不要硬闯大阵和阵台，他不想因为救他而让其他人白白牺牲。

“嗯？”

这时，石昊大吃一惊，山外来了一大批人，好像是异域的几个老头子和一群中年人。

“你是要去古葬区，还是要继续与他们对决？这些人不好对付，是带着宝具来的！”女葬士说道。

石昊看到一个人手中拿着一架小梯子，那架梯子不过一尺长，雪白如玉，好像是骨质的。

这就是百劫天梯？

异域的生灵有这样的宝具在手，便可避过神药山脉内的许多危险，从而顺利抵达目的地。

“先别理会他们，让他们在这里自生自灭吧。”石昊对女葬士说道。他不想跟异域的人硬碰硬，这一次异域来的高手有些多，还带了宝具。

“我们上路！”石昊朗声道。

“神药山脉太广阔，一路闯出去的话，速度很慢，我们走一段地下葬脉。”女葬士提出了走小路的建议。

一段奇异的旅程开启了。

石昊跟着女葬士进入地下，看到了一条神秘的地脉，随后坐上了一辆生锈的战车。这类似于空间传送，刹那间不知道跨越了多少万里。

片刻后，战车在另一片区域的地脉中停下。女葬士带着石昊离开地下，到了地面上。

石昊惊异不已，不时回头看，葬士的传送法阵也太古怪了。

“我们这是……来到了什么地方？”刚到地面上，石昊就觉得有些不对劲。他浑身酥麻，口干舌燥，随后，他发现自己身上闪烁着光芒，璀璨夺目。

此地既有被葱郁草木覆盖的绿地，也有不长草的赤地，没有一点声息，让人觉得无比压抑。

石昊觉得自身的血肉好像不见了，自己在不知不觉中成了一具骷髅。与此同时，他惊讶地发现对面的女葬士发生了变化，其身上的黑雾成了洁白的雾，还露出了真容。

这是一个美丽得不像话的少女，很难挑出瑕疵，肌肤吹弹可破，秀发披散，如绸缎般光滑，背后生有一对洁白的羽翼，散发着仙气，神圣无比。

“不可能！”石昊瞬间变了脸色。他虽然没有见过女葬士的真容，但是对其背后的羽翼散发的气息很熟悉。

现在怎么一切都变了？

“不用担心，见到的不一定是真实的，你不会有事的。”天籁般的声音在石昊的耳畔响起，正是女葬士发出的。

这个地方实在古怪，石昊一阵心慌，到了这里后为何发生了这么多不可思议的变化？

“你生前就是这个样子吗？”石昊努力平复心情，问女葬士。

“我一直活着，何来生前这个说法？”女葬士露出笑容，明媚动人，与之前的状态完全不一样。

第1202章 葬域圣地

WANMEI SHIJIE

“你活着，那我算什么？”石昊凝视着眼前少女模样的女葬士，问道。

这一切实在太古怪了，之前生有腐烂羽翼的女葬士如今变成了一个翩翩美少女，青春靓丽，仙气十足，而他却只剩下了骨骼，不像是活人了。

“我如果活着，那你觉得你呢？”女葬士收起笑容，背后的一对洁白羽翼散发着仙雾。

“这是幻境！”石昊大喊道，不肯相信。

“为何不愿相信现实，总是留恋已经逝去的呢？”女葬士轻叹道。

突然，女葬士脸上露出惊恐之色，似乎想到了什么：“等一等，难道你是……圣地下的那具骸骨？”

石昊一头雾水，不知道女葬士到底在说些什么。

女葬士深吸了一口气，很长时间后才平静下来，让自己恢复到原来的状态。随后，她拿出一面铜镜，递给了石昊，这是一件强大的宝具，同时也有镜子的基本功能。

石昊接过铜镜，向里望去，发现镜子里面有一个骷髅。骷髅张了张下颌，无声地盯着镜子，其颅骨中有一团火，那是灵魂之火，一直没有熄灭。

“你把我带到这里究竟是何用意？”石昊喝问女葬士。

“或许我该换个说法，见到的不一定是真的，可能是不灭的执念。”女葬士淡淡地说道。

“别拐弯抹角，说得直接一点！”石昊怒吼起来。他感觉自己的血肉好像真的不在了，只剩下了骨骼，不过唯一值得庆幸的是，他的元神还在。

这是什么鬼地方？为何会发生这种事？石昊疑惑不已。

“你听说过某位葬王的事迹吗？”女葬士问石昊。

“我怎么知道？我连古葬区都没有去过！”石昊如实说道。

“那位葬王经历了一场大劫之后，身死道消，葬于坟中，但执念不散，因此血肉化成了一只蝴蝶，翱翔于世间。他一直以为自己还活着，然而有一日蝴蝶落入一座古坟，见到了一具枯骨，于是产生了疑惑，自问我是谁，谁是我。”

石昊顿时汗毛倒竖，向后倒退了几步：“妖女，我现在才发现你很狡诈，你是想让我迷失在这里吗？不可能，我的道心坚如铁！”

“我骗你有何用？在你身为‘蝴蝶’时，我比你强大，抬手就可以除掉你。”女葬士摇了摇头，看向这片幽寂之地，“没有什么地方比这里更真实了，这是古葬区曾经的圣地，能让生灵显露出真实的本质。”

石昊冷然一笑，道：“真是荒谬！你是不是想说我就是那位葬王，如今化蝶而归，见到了自己的尸骨，而我们如今在一座大坟中？”

“自然不是，你不是那位葬王，但是你比他更可怕！”说到这里，女葬士叹了一口气。

“我比他还可怕，为何？”石昊脸上露出疑惑之色。

“因为他离世后执念不消，血肉化成的仅是一只蝴蝶，翩然遨游各界，而你是离世后神念不散，执念难灭，千百万年之后血肉化成了人，与生前一模一样，依旧行走于世间！”女葬士的声音都在颤抖。

这些话像是炸雷一样落入石昊的耳中，他的身体不由自主地颤抖起来。

“休要乱我心志，你当我是三岁孩童吗？岂是那么好骗的？！”石昊怒了，忍不住想翻脸。因为女葬士所说的太过匪夷所思，如果是真的，简直不可想象，他一时间无法接受。

“你为何不相信呢？曾经作为至高存在的你已经逝去了，如今你只是执念不散，有未了的心愿，故此行走在世间。”女葬士向石昊投去怜悯的目光，这般说道。

石昊听到这番话，真不知道说什么好了。

“这里是一处圣土，能映照出生灵真实的本质。你该醒了，执念已经归体。”女葬士面露激动之色，睁大了眼睛，道，“传说是真的，我见到了奇迹！”

“什么乱七八糟的奇迹，你再乱说，别怪我跟你拼命！”石昊呵斥道。

“至高的存在果然执念很深，哪怕逝去了，也不愿意相信这个事实。”女葬士叹了口气，进一步解释道，“自从你来到这里，我便注意到了那种变化，亲眼见你倒下化成光雨……”

“你胡说什么？！”石昊大喝一声。

“你执念不消，昔日的血肉化成人身行走于世间，如今大梦已醒，重归故地，见到自身的骸骨后，血肉才化为光，浮现出真实的面目。”女葬士继续说道。

石昊什么也不说，转身就走，不想在这个地方待下去了。到底怎么了？他究竟来到了一个怎样的鬼地方？为何一切如此诡异？

“你知道这里是什么地方吗？这原本是古葬区的三大祭祀圣地之一，后来葬下一位至高的存在，这里变得诡异重重，便荒废了，所有的葬士都退走了。如今，我见证了奇迹的发生，传说是真的！”女葬士越发激动了。

“你赶紧醒一醒吧！”石昊没好气地说道。

“是你该醒一醒了！这里葬的就是你的骸骨，很多葬士都寻找过你的骸骨，但是一直没有找到，还遇到了不少诡异之事。如今，你化蝶归来，一切都真相大白了。你看，这片土地在复苏，重新变成了圣地！”女葬士试图说服石昊。

这片幽寂之地的确在变化，一些巨石等从地下冒了出来，比山岳还巍峨，巨石上刻着很多古字，这些古字年代久远，难以分辨。

“是你，绝对是你！这些记载说出了因由，只有你归来，此地才会复苏！”女葬士大叫起来。

石昊真的有点蒙了，周围的葬土不断地裂开，一块又一块巨大的石碑浮现，耸入云层中，散发着大道气息。这种气息太过可怕，仿佛能击败诸天的仙魔。

“我一开始只是觉得有可能是你，也没怎么放在心上，没想到现在居然得到了证实。天啊！我见证了传说！”女葬士激动不已，就差向全世界宣告了，“传说中的圣地复苏了，一定会有惊天之变！”

石昊疑惑不已，恍惚间，仿佛听到有人在呼唤他。

“石昊，魂兮归来，再现世间吧，呜呜——”有人在大哭，似乎很伤心。

石昊确定这不是幻觉，他真的听到了。

“谁在诅咒我？！”石昊怒斥道。

“大人！”女葬士先是对石昊参拜，而后望向远方。

在这片古葬区的尽头，天空是裂开的，时间长河从裂缝中流淌而过，混沌之气不断从裂缝往外冒。

“这是什么？”石昊面露不解之色。

“天变！”女葬士惊讶地说道。

“什么是天变？”石昊盯着女葬士，问道。

“一旦圣地复苏，这里的天地就会发生巨变，比如时间长河突然浮现出来，不该出现的人突然出现，这就是天变。”按照女葬士所说，这处圣地不可想象，在复苏的刹那，他们也许会看到未来或过去的世界。

石昊向前迈步，想看一看到底是谁在哭嚎。

女葬士轻轻扇动背后洁白的羽翼，足不沾地，默默地跟在石昊的后面。

“我的兄弟，你在哪里？一个纪元过去了，天帝，你真的死去了吗？”有人一边哭，一边诉说。

“你怎么可能会殒身？你遇到了什么？成仙路上见到了你刻的字，为何你还是不见了？已经一个纪元了，你真的不在世上了吗？我一个人坐看岁月变迁，真是孤寂啊！”那个人的声音听起来很悲伤。

石昊闻言，不禁感到头皮一阵发麻。

第1203章 万古一角

WANMEI SHIJIE

见鬼了！

石昊感到浑身都不自在，今日经历的一切实在太奇怪了，他实在是有些难以置信。

石昊没有停下脚步，快速冲向地平线的尽头，那里弥漫着混沌之气，时间长河横贯天穹。

天变！

这种巨变波及的范围十分广，甚至会涉及不可预知的时空，故此才有天变之称。

现在，传来哭声的那个地方稍微可以看清楚一些了，虽然还是有些模糊，但是石昊看出正在哭诉的是一个胖道士。

“石昊，我的兄弟，魂兮归来，以你之资，你怎么会不在世间呢？”胖道士大哭道。他穿着一身宽松的道袍，那道袍是以数种仙金细丝编织而成的，显然是宝衣，只是看着有些破损，还带着血迹。

显然，胖道士经历过一场血战，不然仙金战甲怎么可能会破损？

“谁能阻你？谁能害你？成仙路上见你留字，各地至今还在传诵你的威名，一剑斩万古，你到底在哪里？”胖道士浑身散发着仙气，哭得很伤心。

“呜呜——”胖道士的哭声饱含感情，带着无尽的遗憾和心酸。

“古地那么多，大荒那么广，但我没有放弃，即便挖遍天下的绝地，掘开所有古代的大坟，我也要找到你！”胖道士念叨着。

石昊心中不由得涌起一阵酸楚和感动，他真的逝去了吗？居然有人这样寻他，希望他还活着。

“师父，几个纪元前的大坟都挖过不少了，再这样下去不是个办法。那个人消失了太久，根本不知道他到底葬在哪里。”这时，一个劝阻的声音响起。

石昊听到这个声音，很是讶然，因为他并未见到第二个人，只看到那个胖道士。

“天变发生，时间长河浮现，不是每一个人都能够显化身形，除非实力够强。”女葬士像是知道石昊在想什么一样，解释道。

“师父，该走了。敌人快来了，我们要去战斗，不能总是沉湎于过去。”那个劝阻的声音再次响起。

“你懂什么？我的兄弟如果还活着，很多事……你知道史上最黑暗的岁月吗？你知道数个纪元的大清算吗？你……什么都不知道！”胖道士虽然法力盖世，但是数落人的语气实在不像一个高人。

“师父，你不是也不知道吗？那段岁月太乱了，后世没有人能说得清楚，都只是传闻。要知道，说什么的都有，到如今都没有定论。什么有人养了一群凤凰当作鸡，天天等着吃鸡蛋；什么横跨了几个纪元，一直在宇宙飘浮的古尸；什么地下破瓦罐子里封着的葬主；什么炼仙壶中沉睡的老怪物；什么与仙域一样广阔的可怕世界；什么即便离世后，血肉还能化成仙蝶遨游各界，执念不散，徜徉世间；什么一座最古老的庙宇中，一直坐着不动的人睁开了眼……”

胖道士的弟子快速说了很多，喘了一口气，接着道：“这些说法中的任何一种都很不可思议，我能相信吗？师父你还说，这些人与事只是那段黑暗岁月中的一朵小浪花，而真正的大波澜比这些还要恐怖百倍、千倍。我实在没有办法想象，也不敢想象！”

“你敢怀疑道爷，不肖的小兔崽子！”“啪”的一声，胖道士似乎在弟子的头上拍了一巴掌。

“那么多传说，我也就见到了三世铜棺的实物。此外，安澜、俞陀也还在，其他的真的没有证据啊！”弟子嘀咕道。

“真正的那段古史更恐怖，那一纪元发生的事超出了所有人的认知。”胖道士叹道。

“师父，你也只是听过传说，又没有经历过，凭什么那么肯定？”弟子似乎不太服气。

“道爷我在那个时候早已出生了，你说我有没有经历过？”胖道士十分不满弟子的反驳。

“师父，别以为我不知道。”那个弟子虽然被教训了几句，但是似乎并不畏惧胖道士，小声道，“我早就听说了，你那个时候已被人埋了，根本就没有身处那个最黑暗与动乱的纪元。”

“胡说八道！道爷我纵横天地，谁埋得了我？那个时候，我虽然年轻，但是出过手！”胖道士瞪大了眼，反驳道。

“我听人说师父你是被人从土里挖出来的，根本没经历那些事。”弟子嘀咕道。

“啪”的一声，胖道士又给了弟子后脑勺一巴掌：“道爷修炼岁月久远，个中奥妙岂是你能懂得的？”

“师父，你还是你吗？我是说，你还是原来的你吗？应该不是了吧，为何非要找到那位故人呢？”弟子轻叹，似乎为师父感到担忧。

“是，也不是。你不懂，你以为我一直沉睡在地府中吗？事实上，我一直在轮回，我的意志征战了九世、十世，甚至更多！我看到了外人无法想象的动荡岁月，所以我说那段可怕的黑暗动乱时期是真实的，尽管我只是见证了历史的一角而已！”胖道士收起思绪，对弟子说道，“接着去挖坟！”

“还挖啊？！”弟子大叫起来。

“挖遍天下！道爷我当年就是这么得道成仙的。说不定有一天挖开某一座终极古坟时，就像是捅破了一层纸，会见到一片浩瀚的疆域，仙气成海，与这片残破之地相连。”胖道士的言语中充满了希望。

“师父，敌人来了！”弟子大喊道。

胖道士当即收起了玩世不恭与笑意，双目盯着远方，严肃地说道：“准备战斗！”

“好，拼了，跟他们决战到底！”弟子吼道。

“我们走！”胖道士带着弟子直接消失了。

一阵猛烈的风刮过，混沌之气弥散开来，胖道士的身影一闪而过，消失不见了。

地平线的尽头，石昊精神恍惚，刚才所见是幻境，还是现实？那个胖道士长得太像曹雨生了，只不过是中年的曹雨生。

“他所说的是真的吗？”石昊握紧了拳头，这其中涉及了太多，蕴含着万古大势的一角。

“应该……是真的！”女葬士轻轻扇动背后洁白的羽翼，也在遥望人影消失的地方。

可惜，时间长河隔断了一切。

“他怎么没有看到我？”石昊很疑惑。

“天变繁复玄奥，不可想象，没有人能说得清楚。我们能见证天变，对面不一定能看到我们。”女葬士解释道。

刚才，胖道士的弟子没有现身，石昊和女葬士只能看到胖道士在一座古坟前大哭。

“曹雨生——”石昊冲着时间长河大喊，想唤回那个胖道士，“谁能告诉我到底发生了什么？”

“唰！”

伴着一声轻响，一道身影被仙气包裹着，出现在了时间长河的对岸。

正是那个胖道士，他又出现了！

“奇怪，我怎么听到有人叫我前世的名字？”胖道士嘀咕道。

“曹胖子，曹雨生！”石昊声音如雷，瞬间震动了这片天地。

“嗯？”

曹雨生一阵狐疑，像是觉察到了什么，而后轻语道：“难道是……有一扇门？”

突然，曹雨生浑身发光，一下子就穿过了一扇门。

他看到了石昊！

一时间，曹雨生愣住了，嘴唇也在微微颤抖。

“石昊，是你吗？你……还在，还活着？”曹雨生强忍着情绪，不让自己落泪。

但是，最后曹雨生还是忍不住咆哮了一声，眼中的泪水像断了线的珠子一样滚落。

“告诉我，发生了什么？”石昊冲着曹雨生大喊道。

曹雨生张了张嘴，像是在说着什么，不料天空中的仙道雷霆落下，劈得他一阵颤抖，石昊什么都没听到。

曹雨生叹了一口气，不再说话。

“怎么会这样？”石昊握紧了拳头。

“因为你们的对话涉及了一些重要的事，可能会波及千古，影响时间长河，故此被阻断了，你的朋友还遭受了天罚！”女葬士的声音都在颤抖。她异常激动，不敢相信眼前的这一切。

曹雨生不但没有退走，反而咬紧牙关，与恐怖的仙道雷霆对抗。

石昊不敢问了，怕为曹雨生引来更大的灾劫。

“我与他究竟是隔着空间，还是时间？”石昊感觉思绪很乱，他看向曹雨生，问道，“你还好吗？”

这些话没有涉及大事，不会造成恐怖的影响。

曹雨生淡淡一笑，道："没成仙前还好，就是经常被狗咬。成仙后，真的没有想到……"

第1204章 叙旧

WANMEI SHIJIE

可惜，曹雨生最重要的后半句话被雷声淹没了。

成仙后，究竟会怎样？

石昊很想知道答案，可是雷霆交织，刺目无比，隔断了长空，震动了时间长河。

被狗咬？

石昊突然觉得有些想笑，这是漫长岁月后的曹雨生吗？他到底经历了什么？居然被狗追着咬，不过看其神态，那应该不是什么苦难，而只是难忘的经历吧。

曹雨生已经不是从前的那个小胖子了，而是经历了无穷岁月，已经得道成仙的胖道士。

从曹雨生和弟子简单的对话中，石昊了解到曹雨生被埋了九次，每一次重生之后，便会爬出坟墓继续修炼。

曹雨生被葬于地底九次，靠肉身通灵活过来，进行一世又一世的积累，每一次重生后，都要再次经历人生百态，尝遍世间的所有滋味。他走出坟墓，看似得到了很多，可是又有谁知道他失去了多少？

每一世都会有难忘的事，刻骨铭心的人，可是，到最后曹雨生只能选择遗忘，一个人走向墓地。

细细想来，曹雨生虽然得道成仙了，但是又有多少遗憾藏在心间呢？哪怕他最后站上了巅峰，再回首时也会怅然，难以弥补心中的缺憾。

而且，曹雨生被葬了九次，每次活过来都是一次轮回，他还是他吗？这个问题，或许连他自己都不愿面对吧。

曹雨生曾经的元神早已消散，不变的只是肉身，强大的血肉之躯再次孕育灵识，虽然得到了当年留下的后手——封印在其他器物中的文字记忆等，但终究还是发生了变化。

石昊叹了一口气，心有些隐隐作痛。

“千百万年后，或者一个纪元逝去之后，还会剩下什么？”石昊看着对面那道身影，故人恐怕也不是原来的故人了吧。

石昊不知道多年过去后，究竟会变成怎样。但是，他知道到了那个时候，这一世的亲朋好友可能都不在了，因为他从曹雨生的话中好像预感到了一些什么，那一日终究会到来。

“石昊，兄弟，我还是我啊！”这时，曹雨生大声呼喊着，似乎猜到了石昊在想什么。

“我不是简单的轮回，我修出了九道轮回印记，真的忆起了过去，我还是我！”曹雨生大叫着，比石昊更激动。

无尽岁月逝去，这是曹雨生第一次见到昔日的友人。

尤其是，这个人是石昊，一个留下无尽传说，威名赫赫，却再也没有出现的人。

曹雨生眼睛发红，忆起了往昔的岁月。他仿佛回到了少年时代，一些故人浮现在眼前，一起大口吃肉、大碗喝酒的小兔子，整日叫嚷着对决的小蚂蚁……最后，他只能轻轻一叹。

特别是石昊，他曾经在那个纪元独自撑起一片天，与黑暗抗争。曹雨生曾想助他一臂之力，但是道行不够，无能为力。

曹雨生不知道是否有人与石昊并肩作战，如果没有，那简直不可想象，因为石昊要面对的困难艰险实在太多了。

所以，当曹雨生看到石昊依旧年轻时，不禁想到了许多，如今稚嫩的年轻人，日后将要踏上怎样的一条路？

曹雨生想知道，却无法知道！

正如曹雨生的弟子所说的那般，曹雨生被长时间地埋在了地下，根本不知道最重要的那段岁月到底发生了什么。

看着消失的故友如今又出现在眼前，看着他依旧青春年少，曹雨生内心深处不禁涌出一些复杂的情感，这个年轻人将来是否能一直笑着？他终是要为了天下而战啊！

“我相信那个时候的你是最强的，会一直活着，可是，后来你为何不见了？”想到后来石昊再也没有出现，曹雨生忍不住大吼起来。

见到年轻时的石昊，曹雨生感到很怅然，恨不得渡过时间长河，坐下来与故友把酒言欢，可是他做不到。

“世界那么大，总有我去的地方，我不会殒身，你放心！”石昊之前看到过未来一角，能感受那种孤独与落寞的心情，故此这般安慰曹雨生。

“对，你不会的，你肯定会出现的。我等你，哈哈！”曹雨生大笑道。他本是一个大大咧咧的人，今日却总是想落泪。

“轰！”响声震天，雷霆猛地劈在了曹雨生的身上。

虽然石昊和曹雨生的交谈没有涉及什么秘密，也没有提及那些影响古今的大事件，但曹雨生还是遭到了天罚。

天罚可以打败强大的高手，毁灭万物。

“为什么我没有被惩罚？”石昊面露不解之色，问女葬士。

“因为那个人强行引开了天威，主动承受了一切惩罚！”女葬士轻叹道。她惊诧万分，今日所见之事绝对万古罕有，哪怕望穿古今，也很难见到这等可怕的事，而她今日却见到了，这将会成为一段秘史！

不久后，雷霆消失了，曹雨生一口一个“道爷”，一口一个“贼老天”，咒骂个不停。

“他们呢？”石昊想知道其他的故人都怎么样了。

曹雨生自然知道石昊在问谁，但是，他有些犯难，有些事他也不是很清楚。

“我被埋葬时，他们……”说到这里，一道雷霆突然击中了曹雨生的身体，光芒四射，他的肉身险些不保。

石昊顿时脸色大变，后悔不该追问这么多，十分自责。

曹雨生明知道会如此，还是给出了回应，无惧生死。

“他们……跟你在一起！”曹雨生冒着生命危险，还是说了出来，“渡劫成功！”

最后，曹雨生重组躯体，恢复了原貌。他所说的这些话并不能影响什么，不是重要的因果，不然他根本没有办法开口。

石昊瞬间松了一口气，觉得希望多了一些，前路似乎也不是十分黑暗，一切都可以改变。

然而，曹雨生的心情却有些沉重，因为无穷岁月后，世间只能听到石昊的名字，没有其他故人的任何消息。

想到这些，曹雨生也在追问自己，那段岁月的真相到底如何？为什么像是被全部隐藏起来了？

后世唯有石昊的威名在流传，尽管石昊不见了，但是曹雨生知道那一纪元确实清算成功了，之后便天下太平了。

“我找了你很多年，踏遍了各地也没能找到你，今天能看到你，我真的很高兴，很激动！”曹雨生大喊道，又忍不住想哭了。

曹雨生握紧拳头，深吸了一口气，努力让自己平静下来。

曹雨生想告诉石昊一些事，哪怕会遭受天罚，他也要讲出来！

第1205章 相见无期

WANMEI SHIJIE

曹雨生浑身发光，仙气弥漫，刹那间光芒照亮了乾坤。

一时间，日月都变得暗淡了，曹雨生眉头紧皱，开始吞吐天地的本源之气，威势惊人。

曹雨生准备大吼出来，结果才刚张嘴，无数条真龙就俯冲下来，将他束缚了。他仔细一看，原来那不是真正的龙，而是由闪电化成的龙，每一道闪电都是龙的形状，伴着仙光。

曹雨生试图以神识传音，结果被雷霆打断了。他不死心，准备横渡时间长河，冲到石昊近前。

一时间，精气滚滚，光芒刺目，曹雨生一身的精粹化成了一团光。

“轰！”

惊天动地的声音响起，巨大的浪涛将曹雨生拍了回去。雷霆一道接一道落在他的身上，真龙形状的闪电缠绕着他，几乎快把他吞没了。

“不要说了，快走！”石昊冲着曹雨生大喊道。

曹雨生不甘心，依旧坚持与天罚对抗，竭尽所能，不断大吼，但就是无法传音。

毫无疑问，再这样下去的话，曹雨生肯定会被劈成飞灰。

“停下，不要说了，我会没事的！”石昊想以这种方式让曹雨生离开，不愿看着他送命。

然而，曹雨生十分执着，硬是要传音，告诉石昊一些事情。恐怖的雷霆不断劈落，渐渐将曹雨生覆盖、包裹。

龙形闪电实在太多了，远远望去，曹雨生所在的位置如同万龙的巢穴般，平日里根本无法见到这种奇景！

曹雨生拼命地嘶吼，声音击断雷霆，震散耀眼的光芒，隐隐约约地传了出来。

“小心……”石昊似乎听到了这两个字。

“不要说了，快走！”石昊大喊道。眼前的一幕让他又惊又忧，他虽然很想知道曹雨生到底要跟他说什么，但是也不愿看到曹雨生因此丢掉性命。

“轰”的一声，曹雨生的躯体被龙形闪电击中，仙气四散，险些殒命。

“殿！”

曹雨生说出了这样一个字。他拼尽一身道行向石昊传音，告诉石昊要注意什么，可惜还有极其重要的一些字句没有传到石昊耳中，可能是因为影响极大，所以被阻隔了。

曹雨生真的尽力了，当“殿”这个字传出去后，他便消失了。

“不！”石昊瞪大了眼睛，大喊道。如果曹雨生就这么殒命了，他怎么能心安？

很长时间之后，雷霆消失得干干净净，一团雾气弥散开来。

石昊紧握双拳，双眼通红，忍不住嘶吼起来：“怎么会这样？！”

这时，那团雾气重聚在一起，曹雨生再次浮现出来。所幸他并未殒身，只不过伤得不轻，差一点就没命了，连他自己都感到一阵后怕。

石昊松开了拳头，心中的石头总算是落下了，如果曹雨生就此殒命，那他一辈子都要活在愧疚与不安之中。

“真的没有办法啊！”曹雨生有些无奈，尽管拼上了性命，也只传出一个重要的字，还是没有说清楚。

“已经够了，你不要再说了！”石昊大喊道。

曹雨生点了点头，他实在没有办法了，如果再强行传音，他肯定会丧命于此，而且也不一定能成功传达消息。

曹雨生对那段古史的后半部分一点都不了解。事实上，所有人都不知道那一段历史的真相，因为没有办法考据。

不过，曹雨生听说过一些传闻，其中有些信息可能对石昊影响深远，故此他才叫石昊小心，因为有很多传闻都指向他想提到的那些东西。

可惜的是，曹雨生了解得还不够透彻。他一直在追查，希望有朝一日能知道真相，然后想办法告知石昊。

“我得找人联手弄清楚那些事！”曹雨生自言自语道，下定了决心。

石昊不敢让曹雨生多说，怕他再次遭到天罚。两人隔着时间长河遥相对望，其实他们有很多话想说，可如今他们不能随意地聊天，因为一不小心提到某些事情就会引来雷霆的攻击。

曹雨生重重地叹了一口气，看着石昊年轻的身影，他想到了过去，想起了当年的人与事，可是一切都已经逝去，再也见不到了，连眼前的石昊对曹雨生来说都是虚幻的。

“我们这边有大劫，才露出一些征兆，就已经了不得……”曹雨生自言自语道。但是，这些事情他没有办法细说，他才成仙没多久，很多事情都还在摸索之中。

这时，时间长河出现了不稳定的现象，曹雨生和石昊知道，告别的时间快到了。两人虽然有太多的话想说，但是又不能说，只能无奈地叹息。

“就此一别，便是万古，我希望你多多保重，有一天再现世间！”曹雨生的声音饱含感情，很是认真。

石昊郑重地点了点头，无论如何，他都要努力地活下去！

“那个……”曹雨生似乎想说什么，张了张嘴，又没说了。

看到年轻时的石昊，曹雨生想起了其他的故人，此时此刻竟生出了一些怅然，哪怕他已经成仙，回忆也无法抹去。

“想说什么？”石昊像是知道曹雨生的心思一样。

“小兔子她……”曹雨生说不下去了。谁无年少时，回想起昔日之事，有些情绪还是会跑出来。

“希望你保护好她！”到最后，曹雨生只说了这么一句话。

当年的人和事留下的是一份纯真和美好，也是一段灿烂的回忆，如今还有什么放不下的？他都已经成仙了，为何思及过去的时候，还是那些最纯真时候的事记忆最深刻？或许，那代表着美好和希望，是一段值得怀念的时光。

石昊向曹雨生投去古怪的目光，道：“你对小兔子难以忘怀？”

“你想多了，我只是伤感不能再和你们大口吃肉，大碗喝酒，再也回不到过去了。”曹雨生摇了摇头，道，“一个纪元后，我不知道你在哪里，也不知道她在何方，更不知道其他人的处境如何。我记得曾有一只兔子称霸一个纪元，被称作妖皇，我怀疑他是小兔子的后代。”

石昊闻言，朗声道：“我会竭尽所能保护所有人！”

就在这时，一个兴奋的声音响起，像是抓住了曹雨生的把柄一样：“师父，你居然也有心仪的女子？”

“小兔崽子，竟敢偷听我们谈话，给我过来！”曹雨生怒声道。

“师父，你这是碰到了传说中的‘门’，与荒在对话吗？天啊！快让我也看一看，荒到底长什么样子，真的有这样一个人吗？”那个弟子很是兴奋。

曹雨生手臂一伸，抓住了一个人。刹那间，一个光头浮现出来，是一个年轻人，一双大眼贼溜溜的。不仅石昊看到了他，他也看到了石昊，一切都是因为曹雨生动用了大法力，让他显形于“门”前。

“这……就是荒？”弟子看着石昊，惊叹道。

“不要乱说话！”曹雨生怕弟子说出什么禁忌，惹来天劫。

石昊心存疑惑，曹雨生是个道士，他的徒弟怎么是个光头，头上还有戒疤？

“你收古僧一脉的人为弟子，与你的身份不符吧？”石昊说道。

“他是我从别人那里借来的弟子。”曹雨生应道。

“我原本有师父……”光头弟子本想说些什么，结果被曹雨生一巴掌拍在后脑勺上，话直接给憋回去了。

原本曹雨生在伤感地缅怀过去，现在情绪都被干扰了，忍不住大笑起来。

石昊也笑了，或许遗忘过去也是不错的选择。

“再见！”石昊挥了挥手，主动作别。

曹雨生收起笑容，注视着石昊，心想，又一次的别离，这次可能真的相见无期了。

一声重重的叹息在此地回荡，先是时间长河消失了，紧接着曹雨生师徒两人也不见了。

（本册完）